LA 6e CIBLE

DU MÊME AUTEUR :

Dans la série « Alex Cross » :
Le Masque de l'araignée, Lattès, 1993.
Et tombent les filles, Lattès, 1995.
Jack et Jill, Lattès, 1997.
Au chat et à la souris, Lattès, 1999.
Le Jeu du furet, Lattès, 2001.
Rouges sont les roses, Lattès, 2002.
Noires sont les violettes, Lattès, 2004.
Quatre Souris vertes, Lattès, 2005.
Grand Méchant Loup, Lattès, 2006.
Sur le pont du loup, Lattès, 2007.
Des nouvelles de Mary, Lattès, 2008.

Dans la série « Women Murder Club » :
1er à mourir, Lattès, 2003.
2e Chance, Lattès, 2004.
Terreur au 3e degré (avec Maxine Paetro), Lattès, 2005.
4 Fers au feu (avec Maxine Paetro), Lattès, 2006.
Le 5e Ange de la mort (avec Maxine Paetro), Lattès, 2007.

La Diabolique, Lattès, 1998.
Souffle le vent, Lattès, 2000.
Beach House, Lattès, 2003.

www.editions-jclattes.fr

James Patterson
et Maxine Paetro

LA 6e CIBLE

Roman

Traduit de l'anglais (États-Unis)
par Yves Sarda

JC Lattès
17, rue Jacob 75006 Paris

Collection « Suspense et Cie »
dirigée par SIBYLLE ZAVRIEW

Titre de l'édition originale
THE 6th TARGET
publiée par Little, Brown and Company, New York.

Pour l'éditeur, le principe est d'utiliser des papiers composés de fibres naturelles, renouvelables, recyclables et fabriquées à partir de bois issus de forêts qui adoptent un système d'aménagement durable.

En outre, l'éditeur attend de ses fournisseurs de papier qu'ils s'inscrivent dans une démarche de certification environnementale reconnue.

ISBN : 978-2-7096-3010-8

Prologue

VOYAGEUR D'UN JOUR

1.

Tueur en repos, Fred Brinkley s'affale sur la banquette, tapissée de bleu, du pont supérieur du bac. Le soleil de novembre darde son gros œil blanc sur le catamaran qui laboure les eaux de la baie de San Francisco. Fred Brinkley, à son tour, fixe le soleil d'un regard furieux.

Une ombre tombe sur lui, la voix d'un gamin lui demande :

— Vous pouvez nous prendre en photo, monsieur ?

Fred refuse de la tête – *non, non et non*. Sa colère est remontée comme un ressort de montre, on dirait qu'un fil d'acier lui cercle le crâne.

Il a envie d'écraser ce gamin comme un insecte.

Fred détourne les yeux et, tout en chantonnant dans sa tête *Ay, ay, ay, ay, Sau-sa-li-to-lindo*, il tâche de faire barrage à ses voix. Il pose sa main sur Bucky pour se réconforter, le palpe à travers son coupe-vent en nylon bleu, mais les voix lui pilonnent le cerveau comme un marteau-piqueur.

Raté. Minable.

Cris de mouettes, semblables à des cris d'enfants. Tout là-haut, le soleil irradie le ciel couvert, qu'il rend aussi transparent que du verre. *Elles savent ce qu'il a fait.*

Des passagers, en shorts et casquettes à visière, s'alignent le long des rambardes, prenant Angel Island, Alcatraz ou le Golden Gate Bridge en photo.

Un voilier file au large, sa grand-voile diminuée de deux ris, son bastingage éclaboussé d'écume. Fred se replie sur lui-même, hanté par ses mauvais souvenirs. Il revoit la baume en mouvement. Entend à nouveau le coup sourd. *Oh, mon Dieu ! Le voilier !*

Quelqu'un doit payer pour ça !

Le grincement des moteurs du bac faisant machine arrière le fait sursauter. Le pont se met à vibrer, le ferry s'apprête à accoster.

Fred se lève, se fraie un passage parmi la foule, passe devant huit tables blanches et des rangées de chaises bleues éraflées ; ses compagnons de traversée le lorgnent bizarrement.

Il entre dans le compartiment ouvert à la proue, aperçoit une mère qui réprimande son fils, un petit garçon de huit-neuf ans aux cheveux châtain clair.

— Tu vas me rendre dingue ! crie la femme.

Fred sent que le fil d'acier cède. *Quelqu'un doit payer.*

Il glisse sa main droite dans la poche de son blouson, et y trouve Bucky.

Puis il enfile son doigt dans l'anneau de la détente.

Le bac tangue en heurtant le débarcadère. Les gens se retiennent les uns aux autres en riant. Des amarres serpentent hors du bateau, à l'avant et à l'arrière.

Fred lance un coup d'œil à la femme qui continue de rabaisser son rejeton. Elle est petite, vêtue d'un pantalon corsaire de couleur fauve, les seins bombés sous l'étoffe légère de son chemisier blanc.

— Qu'est-ce qui tourne pas rond chez toi, hein ? hurle-t-elle plus fort que le rugissement des machines. Tu me gonfles vraiment, bonhomme.

Bucky est dans la main de Fred : le revolver Smith & Wesson modèle 10 est animé d'une existence propre.

La voix tonne : *Tue-la. Tue-la. Elle ne se contrôle plus !*

Bucky vise entre les seins de la femme.

PAM.

Fred sent le recul de l'arme. Il voit la femme sauter en arrière avec un petit glapissement de douleur, une tache rouge fleurir sa blouse blanche.

Bien !

Avec de grands yeux ronds, le petit garçon suit la chute de sa mère sur le pont ; sa glace à la fraise tombe de son cône, de l'urine apparaît sur le devant de son pantalon.

Ce garçon a lui aussi fait quelque chose de mal.

PAM.

2.

Des voiles d'un blanc aveuglant emplissent l'esprit de Fred tandis que le sang versé se répand. Le fidèle

Bucky est chaud dans sa main. Fred balaie le pont du regard.

La voix hurle dans sa tête. *Cours. Tire-toi de là. T'avais pas l'intention de faire ça.*

Du coin de l'œil, Fred aperçoit un type baraqué lui foncer dessus au pas de charge, le visage rageur, avec un regard de fou. Fred relève le bras.

PAM.

Un autre homme, un Asiatique, l'œil noir et dur, la bouche réduite à une fine ligne blanche, tente de lui arracher Bucky.

PAM.

Une femme noire se tient tout près, bloquée sur place par la foule. Elle se retourne vers lui, joues rondes, yeux écarquillés. Elle le fixe bien en face et... *lit dans ses pensées.*

— Bon, fiston, dit-elle en tendant vers lui une main tremblante. Ça suffit comme ça. Donne-moi ce flingue.

Elle sait ce qu'il a fait. Comment elle le sait ?

PAM.

Fred éprouve du soulagement quand la clairvoyante s'abat comme une masse. Dans le petit compartiment avant, les gens se meuvent par vagues, se recroquevillent, passant de gauche à droite au moindre mouvement de tête de Fred.

Ils ont peur de lui. Peur de *lui*.

À ses pieds, la femme noire tient un téléphone portable entre ses mains sanglantes. Le souffle rauque, elle en presse les touches du pouce. *Ah non, pas question !* Fred écrase du pied le poignet de la femme. Puis se penche pour la regarder au fond des yeux.

— Vous auriez dû m'empêcher, lui dit-il, les dents serrées. C'était votre boulot.

Bucky lui colle la bouche de son canon sur la tempe.

— Non, ne faites pas ça ! l'implore-t-elle. Je vous en prie.

— Maman ! hurle quelqu'un.

Un jeune black maigrichon, dix-sept, dix-huit ans peut-être, se dirige vers lui en brandissant un morceau de tuyau, qu'il lève au-dessus de son épaule, à la manière d'une batte de base-ball.

Fred appuie sur la détente au moment où le bateau tangue à nouveau. PAM.

Le tir manque sa cible. Le tuyau métallique tombe, voltige à travers le pont et l'ado court vers la femme, se jetant sur elle. *Pour la protéger ?*

Les gens plongent sous les bancs et leurs cris montent autour de lui comme des langues de feu.

Au bruit des moteurs se joint le fracas métallique de la passerelle qui se met en place. Bucky reste braqué sur la foule pendant que Fred regarde par-dessus la rambarde.

Il évalue les distances.

Il y a un mètre vingt jusqu'à l'infrastructure de la passerelle, puis encore un sacré saut jusqu'au quai.

Fred empoche Bucky et pose ses deux mains sur la rambarde. Il bondit par-dessus et atterrit sur les semelles de ses Nike. Un nuage passe devant le soleil, masque Fred, le rendant invisible.

Presse-toi, matelot. Vas-y.

Et c'est ce qu'il fait... Il saute sur le quai puis court vers le marché, où il se fond dans la cohue qui peuple le parking.

Il gagne ensuite l'Embarcadero en marchant d'un pas presque décontracté sur un demi-bloc.

Il fredonne en dévalant au trot les marches jusqu'au quai du BART[1], fredonne toujours en prenant le train qui le ramène chez lui.

T'as réussi, matelot.

1. Bay Area Rapid Transit, réseau de transport de la ville de San Francisco. (*N.d.T.*)

I

CONNAISSEZ-VOUS CET HOMME ?

3.

Je n'étais pas de service ce samedi matin de début novembre. Mais on m'avait convoquée sur une scène de crime, car on avait retrouvé ma carte de visite professionnelle dans la poche de l'une des victimes.

Plantée dans le salon, plongé dans la pénombre, d'une maison en duplex de la 17e Rue, je toisais une petite ordure du nom de José Alonzo. Torse nu, gras du bide, il était affalé sur un canapé défoncé de couleur indéterminée, ses poignets menottés dans le dos. Sa tête pendait sur sa poitrine et des larmes lui coulaient du menton.

Je n'éprouvais aucune pitié pour lui.

— On lui a énuméré ses droits ? demandai-je à l'inspecteur Warren Jacobi, mon ancien coéquipier, désormais sous mes ordres.

Jacobi, qui venait d'avoir cinquante et un ans, avait vu en vingt-cinq ans de carrière plus de victimes de meurtre que dix autres flics dans toute leur vie.

— Ouais, lieutenant. Juste avant qu'il avoue.

Jacobi, les poings sur les hanches, semblait démangé d'une envie de frapper. Une expression de dégoût balaya son visage marqué.

— Vous avez compris vos droits ? demandai-je à Alonzo.

Il acquiesça en se remettant à sangloter.

— J'aurais pas dû faire ça mais elle m'a rendu trop furax.

Une bambine, qui marchait à peine, un ruban d'un blanc sale dans les cheveux, une couche-culotte mouillée pendant sur ses genoux à fossettes, s'accrochait à la jambe de son père. Sa plainte me brisait le cœur.

— Qu'a fait Rosa pour vous rendre furax ? répliquai-je à Alonzo. J'aimerais vraiment le savoir.

Rosa Alonzo gisait sur le sol, son joli visage tourné vers le mur caramel écaillé, le crâne fendu par le fer dont son mari s'était servi pour la frapper, lui ôtant la vie dans la foulée.

La planche à repasser s'était effondrée près d'elle comme un cheval mort, une odeur d'amidon brûlé flottait dans l'air.

La dernière fois que j'avais vu Rosa, elle m'avait dit qu'elle ne pouvait pas quitter son mari car il lui avait dit qu'il la retrouverait et la tuerait.

J'aurais bien aimé qu'elle se soit enfuie en emmenant le bébé avec elle.

L'inspecteur Richard Conklin, le coéquipier de Jacobi, le plus jeune et le plus récent membre de ma brigade, entra dans la cuisine. Rich versa des aliments dans un bol pour un vieux chat tigré, qui miaulait sur la table en Formica rouge. *Intéressant.*

— Il risque de rester tout seul ici un bon bout de temps, lança Conklin par-dessus son épaule.

— Appelez la SPA.

— Ils m'ont répondu qu'ils étaient débordés, lieutenant.

Conklin ouvrit les robinets, remplit d'eau un bol.

Alonzo reprit la parole.

— Vous savez ce qu'elle m'a dit, lieutenant ? Elle m'a fait comme ça : « Trouve-toi un boulot. » Ça m'a fait péter un plomb, vous comprenez ?

Je l'ai dévisagé jusqu'à ce qu'il détourne le regard et s'adresse au cadavre de sa femme.

— Je voulais pas faire ça, Rosa. Je t'en prie. Donne-moi encore une chance.

Jacobi agrippa le type par le bras et le remit debout.

— Mais ouais, elle te pardonne, mon pote. Allez, viens, on va faire un petit tour.

Le bébé lança une nouvelle salve de hurlements alors que Patty Whelk, du service de Protection de l'Enfance, franchissait la porte ouverte.

— Salut, Lindsay, fit-elle en contournant la victime. Qui est cette petite princesse ?

Je pris l'enfant dans mes bras, retirai son ruban sale de ses boucles et la tendis à Patty.

— Anita Alonzo, répondis-je tristement. Bienvenue dans le système.

Patty et moi échangeâmes un regard d'impuissance tandis qu'elle remettait la petite fille dans une position plus confortable sur sa hanche.

J'abandonnai Patty fouillant dans la chambre en quête d'une couche propre. Conklin resta pour attendre l'arrivée du médecin légiste. Je suivis Jacobi et Alonzo dans la rue.

— À plus, fis-je à Jacobi.

Je montai dans mon Explorer vieille de trois ans, garée près des six bons mètres d'ordures qui jonchaient la rue.

Je venais de mettre le contact quand mon Nextel bipa à ma ceinture. *C'est samedi. Fichez-moi la paix, merde.*

Je pris l'appel à la seconde sonnerie.

C'était mon patron, le chef, Anthony Tracchio. Avec une sécheresse inhabituelle dans le ton, il éleva la voix pour couvrir le son perçant des sirènes.

— Boxer, me dit-il, il vient d'y avoir une fusillade à bord de l'un des bacs. Le *Del Norte*. Trois personnes sont mortes. Deux autres blessées. J'ai besoin de vous ici. Fissa.

4.

J'eus d'emblée un mauvais pressentiment lorsque je tâchai d'imaginer l'ampleur du merdier qui avait bien pu arracher le chef à son *home sweet home* d'Oakland, un samedi. Et ce mauvais pressentiment ne fit que croître quand j'aperçus une dizaine de voitures noires et blanches garées à l'entrée de la jetée, plus deux autres véhicules de patrouille montés sur le trottoir, de part et d'autre du Ferry Building.

Un policier en uniforme me héla. « Par ici, lieutenant. » Puis il me fit signe d'emprunter l'allée sud menant au quai.

Je passai devant les bagnoles de flics, les ambulances et les camions de pompiers pour aller me garer à l'extérieur du terminal. J'ouvris ma portière et sortis dans la brume à dix-sept degrés. Une brise de vingt-deux nœuds environ, soulevant une forte houle sur la baie, faisait se balancer le *Del Norte* au mouillage.

L'activité policière avait excité la foule et un millier de personnes se baguenaudaient entre le Ferry Building et le marché, prenant des photos, demandant aux policiers ce qui était arrivé. On aurait dit qu'ils humaient l'odeur de la poudre et du sang dans l'air.

Je plongeai sous le cordon qui sécurisait le quai, en saluant de la tête les hommes que je connaissais, puis levai les yeux en entendant Tracchio me héler par mon nom.

Le chef se tenait à la proue du *Del Norte*.

Vêtu d'un blazer en cuir, chaussé de Dockers, il arborait sa coupe de cheveux signée Vitalis. Il m'intima d'un geste de monter à bord, m'évoquant le poème de Mary Howitt, *L'araignée et la mouche.*

Je me dirigeai vers lui mais je n'avais pas fait cinq pas sur la passerelle que je dus reculer pour céder le passage à deux auxiliaires médicaux poussant une civière à roulettes qui cahotait entre eux.

Je baissai les yeux vers la victime : une femme aux formes généreuses d'origine afro-américaine, le visage couvert en grande partie d'un masque à oxygène, une perfusion dans le bras. Du sang trempait le drap enveloppant son corps.

J'éprouvai une douleur à la poitrine, mon cœur pigea une bonne seconde avant que mon cerveau n'embraye et fasse le lien.

La victime, c'était Claire Washburn !

Ma meilleure amie avait été abattue sur le bac !

J'agrippai la civière, stoppant sa progression, ce qui obligea l'auxiliaire médicale blond cuivré à l'arrière à me vociférer : « Dégagez le passage, madame ! »

— Je suis flic, fis-je à l'auxiliaire médicale, ouvrant ma veste pour lui montrer mon badge.

— Vous pouvez être Dieu, j'en ai rien à battre, me rétorqua la blonde. On l'emmène aux urgences.

Je restai bouche bée, le cœur me cognant dans les oreilles.

— Claire, l'appelai-je, marchant rapidement à hauteur du brancard à la suite de la civière qui roula bruyamment sur la passerelle puis sur l'asphalte.

— Claire, c'est Lindsay. Tu m'entends ?

Pas de réponse.

— Quel est son état ? demandai-je à l'auxiliaire médicale.

— Vous avez compris qu'on doit l'emmener à l'hôpital ?

— Répondez-moi, bordel !

— Je sais que dalle, merde !

J'attendis, impuissante, que les auxiliaires ouvrent les portières de l'ambulance.

Plus de dix minutes s'étaient écoulées depuis que j'avais reçu l'appel de Tracchio. Claire était demeurée sur le pont pendant tout ce temps, à perdre son sang, s'efforçant de respirer, la poitrine trouée d'une balle.

Je lui pris la main et mes larmes jaillirent immédiatement.

Mon amie tourna son visage vers moi, papillotant des paupières quand elle se força à ouvrir les yeux.

— Linds, articula-t-elle sans émettre un seul son.

J'écartai son masque.

— Où est Willie ? me demanda-t-elle.

Je me rappelai alors : le plus jeune fils de Claire, Willie, travaillait sur le bac le week-end. C'était sans doute la raison de la présence de Claire à bord du *Del Norte*.

— On a été séparés, hoqueta Claire. Il s'est lancé à la poursuite du tireur, je crois bien.

5.

Claire tourna de l'œil tout en s'éloignant de moi. Une fois les montants de la civière repliés, les auxiliaires glissèrent le brancard hors de ma portée, dans l'ambulance.

Claquement de portières. La sirène déclencha son *woup-woup* claironnant et l'ambulance, chargée de l'amie la plus chère à mon cœur, se fondit dans la circulation vers l'Hôpital Général de San Francisco.

Le temps travaillait contre nous. Le tireur était loin et Willie, à ses trousses.

Tracchio posa une main sur mon épaule.

— On est en train d'établir le signalement de celui qui a fait ça, Boxer…

— Il faut que je retrouve le fils de Claire, dis-je.

Je coupai court avec Tracchio et me dirigeai vers le marché, scrutant les visages de la foule qui se déplaçait lentement. J'avais l'impression de traverser un troupeau de bétail.

Je détaillai chaque éventaire de produits frais et l'espace entre eux, ratissai des yeux chaque allée, cherchant désespérément Willie – mais ce fut Willie qui me trouva.

Il se fraya un passage jusqu'à moi en criant mon nom.

— Lindsay ! Lindsay !

Le devant de son T-shirt était trempé de sang. Il haletait, le visage figé par la peur.

Je l'attrapai par les épaules. Les larmes me montèrent aux yeux encore une fois.

— Willie, tu es blessé ? Où ça ?

Il fit non de la tête.

— C'est pas mon sang. C'est celui de maman. On lui a tiré dessus.

Je l'attirai contre moi, le serrai contre ma poitrine, sentis ma terreur s'atténuer un peu. Au moins, Willie était indemme.

— On l'emmène à l'hôpital, lui dis-je.

J'aurais aimé ajouter : « Elle s'en sortira. »

— Tu as vu le tireur ? À quoi il ressemble ?

— C'est un blanc tout maigre, répondit Willie tout en se heurtant à la foule qu'on fendait. Barbu, avec des cheveux longs, bruns. Il a gardé la tête baissée, Lindsay. J'ai jamais croisé son regard.

— Quel âge ?

— Je dirais plus jeune que toi, de quelques années.

— Début trentaine ?

— Ouais. Et plus grand que moi. Plus d'un mètre quatre-vingts, par là. Il portait un pantalon cargo et un coupe-vent bleu. Je l'ai entendu qui disait à ma mère qu'elle était censée stopper la fusillade, Lindsay. Que c'était son boulot. Qu'est-ce que ça peut bien vouloir dire ?

Claire est le médecin légiste en chef de San Francisco. C'est un docteur, pas un flic.

— Tu crois que c'était personnel ? Qu'il visait ta mère ? Qu'il la connaissait ?

Willie fit non de la tête.

— J'aidais à amarrer le bateau quand ça a commencé à crier, dit-il. Il a descendu d'autres personnes avant. Maman a été la dernière. Il lui braquait un flingue sur la tempe. J'ai attrapé un tuyau en fer. J'allais lui éclater la tête avec, alors il m'a tiré dessus. Puis il a sauté par-dessus bord. Je l'ai coursé... mais je l'ai paumé.

Ce que Willie avait fait me frappa alors pour de bon. Je parlai d'une voix forte en lui étreignant les épaules.

— Et si tu l'avais rattrapé ? Tu as pensé à ça, Willie ? Ce « blanc tout maigre » était armé. Il t'aurait tué !

Des larmes jaillirent des yeux de Willie, roulèrent sur son visage jeune et doux. Je relâchai ma prise sur ses épaules et le serrai dans mes bras.

— Tu t'es montré très courageux, Willie. Ça a été très courageux de ta part d'affronter un tueur pour protéger ta maman. Tu lui as sauvé la vie.

6.

J'embrassai Willie sur la joue à travers la vitre baissée de la voiture de patrouille. Puis l'agent Pat Noonan démarra pour conduire le fils de Claire à l'hôpital. Je montai à bord du bac et rejoignis Tracchio dans le compartiment ouvert à l'avant, sur le pont supérieur du *Del Norte*.

La scène baignait dans une horreur indicible. Des corps gisaient encore là où ils étaient tombés, sur les trente à quarante mètres carrés du pont en fibre de verre ensanglanté, des traces de pas allant dans toutes les directions. Des vêtements étaient jetés çà et là : une casquette de base-ball rouge avait été piétinée, au milieu de gobelets en papier, d'emballages de hot dogs et de journaux imbibés de sang.

J'éprouvai une vague de désespoir nauséeux. Le tueur pouvait se trouver n'importe où. Et des indices qui auraient pu nous conduire jusqu'à lui avaient été détruits chaque fois qu'un flic, un passager ou un auxiliaire médical avait traversé le pont.

En outre, je n'arrêtais pas de penser à Claire.

— Ça va ? me demanda Tracchio.

J'opinai, craignant de ne plus être capable de m'arrêter si je me mettais à pleurer.

— Voici Andrea Canello, me dit Tracchio en désignant le corps d'une femme en pantalon fauve et chemisier blanc, couchée tout contre la coque. Si l'on en croit ce gaillard, là-bas, ajouta-t-il en me montrant un ado avec des cheveux hérissés d'épis et un coup de soleil sur le nez, celui qui a fait ça a commencé par elle. Puis il a abattu son fils. Un petit garçon de neuf ans environ.

— Il va s'en sortir ?

Tracchio haussa les épaules.

— Il a perdu beaucoup de sang.

Puis il pointa son doigt vers un autre corps, celui d'un quinquagénaire de race blanche à cheveux blancs, étendu en partie sous un banc.

— Ted Conrad, mécanicien. Il bossait sur le bac. Il a sans doute entendu les coups de feu et cherché à aider. Quant à ce type-là, ajouta-t-il en indiquant un Asiatique couché sur le dos au milieu du pont, il s'appelle Lester Ng. Agent d'assurances. Encore un qui a failli mourir en héros. D'après des témoins, tout s'est passé en deux, trois minutes.

J'ai commencé à me représenter la scène mentalement. En me servant de ce que m'avait raconté Willie et de ce que Tracchio m'apprenait à présent, en examinant ce que j'avais sous les yeux, je tâchais de recoller les morceaux afin de faire tenir ensemble quelque chose qui ait du sens.

Je me demandais si cette fusillade avait été prévue ou si quelque chose avait servi de détonateur au tireur. Et dans ce dernier cas, quoi.

— L'un des passagers pense avoir vu le tireur assis tout seul avant l'incident. Là-bas, me dit Tracchio. Il croit l'avoir vu fumer une cigarette. On a retrouvé un paquet de Turkish Special sous une des tables.

J'ai suivi Tracchio à la poupe où plusieurs passagers horrifiés étaient assis sur un banc épousant la courbe intérieure de la rambarde. Certains d'entre eux étaient éclaboussés de sang. D'autres se tenaient la main. Ils avaient le visage figé, sous le choc.

Des flics en uniforme notaient encore les noms, les numéros de téléphone et relevaient les dépositions. Le sergent Lexi Rose se tourna vers nous.

— Chef, lieutenant, nous salua-t-il. Mr Jack Rooney que voici a de bonnes nouvelles pour nous.

Un homme d'un certain âge en blouson de nylon rouge vif s'avança. Il avait des lunettes à grosse monture et une mini caméra numérique de la taille d'un morceau de savonnette pendue autour du cou par un cordon noir. Il affichait un air de satisfaction morose.

— Je l'ai là-dedans, nous dit Rooney en levant son appareil. J'ai pris ce dingo sur le fait.

7.

Charlie Clapper, chef de l'unité de la police scientifique, franchit la passerelle avec son équipe et monta à bord, quelques instants après qu'on eut libéré les témoins. Charlie s'arrêta devant nous, salua le chef, me gratifia d'un « Bonjour, Lindsay », puis jeta un regard autour de lui.

Fouillant dans les poches de sa veste en tweed à chevrons, il en sortit des gants en latex qu'il enfila d'un coup sec.

— On est dans de beaux draps, fit-il.

— Tâchons de rester positifs, dis-je, incapable de dissimuler que j'étais à cran.

— Tu parles à un optimiste à tout crin, me rétorqua-t-il.

Je me tins près de Tracchio pendant que l'équipe de la scientifique se déployait, traçant des marques, photographiant les corps et le sang répandu un peu partout.

Ils extirpèrent un projectile de la coque, puis mirent en sachet un article pouvant nous conduire au tueur : un paquet de cigarettes turques à moitié vide, retrouvé sous une table, à la poupe.

— Je vais m'éclipser, lieutenant, m'annonça Tracchio en consultant sa Rolex. J'ai rendez-vous avec le maire.

— J'ai envie de m'occuper de cette affaire... en personne, dis-je.

Il me gratifia d'un regard dur, sans ciller. Je venais de toucher l'un de ses points sensibles, mais c'était trop tard pour rattraper la chose.

Tracchio était un type bien que j'appréciais. Mais le chef avait gravi les échelons via l'administration. Il n'avait jamais bossé sur une affaire de sa vie, ce qui lui faisait envisager les choses d'une seule et unique façon.

Il avait envie que je fasse mon boulot sans quitter mon bureau. Et là où je le faisais le mieux, moi, c'était sur le terrain.

La dernière fois où j'avais dit à Tracchio que je voulais bosser sur les affaires en cours « en mettant la main à la pâte », il m'avait rétorqué que j'étais une ingrate, que j'avais beaucoup à apprendre sur la façon de commander, que je devais faire mon boulot, point barre, en me félicitant de la chance d'avoir été promue lieutenant.

Il me rappela sèchement, alors, que l'un de mes coéquipiers avait été tué en pleine action, seulement quelques mois plus tôt. Et que Jacobi et moi nous étions fait canarder dans une ruelle déserte du Tenderloin. Ce qui était vrai. On avait failli y rester tous les deux.

Mais je savais qu'il ne pourrait rien me refuser, aujourd'hui. Ma meilleure amie avait reçu une balle en pleine poitrine et le tireur courait toujours.

— Je travaillerai avec Jacobi et Conklin. Avec McNeil et Chi en renfort. En puisant dans le reste de la brigade selon les besoins.

Tracchio obtempéra en rechignant, mais j'avais son feu vert. Je le remerciai et appelai Jacobi depuis mon portable. Je téléphonai ensuite à l'hôpital, tombai sur une infirmière au grand cœur qui m'apprit que Claire était toujours en chirurgie.

Je quittai la scène de crime avec la caméra de Jack Rooney, prévoyant de visionner la vidéo dès mon retour au Palais pour voir la fusillade de mes propres yeux.

Je descendis la passerelle en marmonnant « dingo ». Des journalistes de trois chaînes de télé locales et aussi du *Chronicle* m'attendaient. Je les connaissais tous.

Déclics d'appareils photo, zooms des caméras. Micros poussés sous mon nez.

— S'agit-il d'une attaque terroriste, lieutenant ?

— Qui est l'auteur de la fusillade ?

— Combien de morts ?

— Lâchez-moi un peu, vous voulez bien. Ça ne date que de ce matin, leur dis-je.

J'aurais aimé que ces mêmes journalistes aient chopé Tracchio ou n'importe quel autre flic parmi la quarantaine grouillant dans le périmètre qui adoreraient se voir aux infos de 18 heures.

— Nous communiquerons le nom des victimes après avoir contacté leurs familles. Et nous retrouverons le responsable de ce carnage épouvantable, dis-je, y mettant à la fois de l'espoir et de la conviction. Il ne nous échappera pas.

8.

Il était 14 heures quand je me présentai à Al Sassoon, le médecin de Claire, qui tenait en main la fiche de mon amie, au centre de l'unité des soins intensifs.

Sassoon, quarante-cinq ans, les cheveux noirs, des rides d'humour aux commissures des lèvres, avait l'air crédible et sûr de lui. Je lui fis confiance sur-le-champ.

— Vous enquêtez sur la fusillade ? me demanda-t-il.

— Oui. Mais Claire est aussi une amie.

— C'est également une amie à moi, dit-il en souriant. Voici ce que je peux vous dire. La balle lui a brisé une côte et a provoqué l'affaissement du poumon gauche. Mais ni le cœur ni les artères principales n'ont été touchés. Elle va souffrir un peu à cause de la côte et bénéficiera d'un drain thoracique jusqu'à ce que son poumon gauche se dilate complètement. Mais elle est en bonne santé et elle a eu de la chance. Elle sera très bien entourée et surveillée ici.

Les larmes que j'avais retenues toute la journée menaçaient de déborder. Je baissai la tête et lâchai d'une voix rauque :

— J'aimerais lui parler. Son agresseur a tué trois personnes.

— Elle ne va pas tarder à se réveiller, m'informa Sassoon.

Il me tapota l'épaule, puis ouvrit la porte de la chambre de Claire. J'y pénétrai.

On avait relevé le dossier du lit de cette dernière pour faciliter sa respiration. Elle avait une canule nasale et un pied à perfusion lui distillait une solution saline. Sous la mince blouse d'hôpital, sa poitrine était emmaillotée de bandages. Elle avait les yeux bouffis et fermés. Depuis tant d'années que je connaissais Claire, je ne l'avais jamais vue ni malade ni abattue.

Edmund, le mari de Claire, assis à son chevet dans un fauteuil, se leva d'un bond dès que je franchis la porte. Il avait une mine de déterré, l'incrédulité et la peur lui déformaient les traits.

Je posai mon grand sac plastique, puis serrai Edmund contre moi, longtemps. Il souffla dans mes cheveux :

— Mon Dieu, Lindsay, ça, c'est trop.

Je lui murmurai tout ce qu'on dit quand les mots sont simplement trop faibles.

— Elle sera bientôt sur pied, Eddie. Tu sais que c'est vrai.

— Je me le demande, répliqua Eddie. Tu t'en es remise, toi, de t'être fait tirer dessus ?

Je ne pus lui répondre. À vrai dire, je me réveillais encore certaines nuits en sueur, sachant que je venais de rêver à nouveau de cette soirée tragique dans Larkin Street. J'éprouvais encore l'impact de ces balles, mentalement, me rappelais mon sentiment d'impuissance et d'avoir su que je risquais de mourir.

— Et Willie ? s'enquit Edmund. Son monde a été chamboulé de fond en comble, ce matin. Attends, laisse-moi t'aider avec ça.

Edmund me tint le sac ouvert afin que je puisse en extraire un gros ballon argenté de « prompt rétablissement ». Je l'attachai au montant du lit de Claire puis, tendant la main, j'effleurai la sienne.

— Elle a dit quelque chose ? murmurai-je à Edmund.

— Elle a ouvert les yeux deux, trois secondes en demandant où était Willie. Et je lui ai répondu : « Il est sain et sauf. À la maison. » Alors elle m'a dit : « Faut que je retourne bosser », puis elle est tombée dans les pommes. C'était il y a une demi-heure.

J'ai fouillé dans ma mémoire : quand avais-je vu Claire pour la dernière fois avant la fusillade ? Hier. On s'était dit au revoir de la main dans le parking en face du palais, à la fin de notre journée de travail. Un petit signe tout ce qu'il y avait d'anodin.

— À plus, petite.

— Bonne soirée, papillon.

Un échange des plus ordinaires. Prenant la vie comme allant de soi. Et si Claire était morte, aujourd'hui ? En nous laissant avec notre chagrin ?

9.

J'avais la main de Claire serrée dans la mienne quand Edmund revint jusqu'au fauteuil et alluma la télé murale avec la télécommande. Baissant le son, il me demanda :

— Tu as vu ça, Lindsay ?

Je levai les yeux et lus l'avertissement : « Les images que vous allez voir peuvent être choquantes. Autorisation parentale conseillée. »

— Oui, juste après la fusillade, répondis-je à Edmund. Mais j'ai envie de le revoir.

Edmund m'approuva d'un signe de tête.

— Moi aussi.

Alors le film amateur de Jack Rooney de la fusillade sur le bac apparut à l'écran.

Ensemble, on regarda à nouveau ce que Claire avait vécu, il y avait quelques heures à peine. Le film de Rooney, à l'image granuleuse, sautait. Il cadrait d'abord trois touristes qui faisaient de grands gestes à la caméra en souriant, un voilier passant dans leur dos. Puis on avait droit à un *pack shot* du pont du Golden Gate.

La caméra montrait ensuite le pont supérieur à ciel ouvert, balayait un groupe de gamins nourrissant les mouettes de miettes de hot dogs. Un petit garçon, coiffé d'une casquette de base-ball rouge à l'envers, dessinait sur une table. C'était Tony Canello. Un type barbu dégingandé, assis près de la rambarde, s'arrachait les poils du bras, l'air un peu dérangé.

L'image s'immobilisa et un coup de projecteur encercla l'homme barbu.

— C'est lui, souffla Edmund. Il est fou, Lindsay ? Ou bien est-ce un tueur qui a prémédité son geste ?

— Les deux, peut-être, répondis-je, les yeux rivés sur l'écran alors qu'un second extrait suivait le premier.

Une foule exubérante s'accrochait à la rambarde pendant l'accostage du bac. La caméra se déportait soudain à gauche cadrant une femme horrifiée qui portait la main à sa poitrine avant de s'effondrer.

Tony Canello, le petit garçon, se tournait alors vers la caméra. On avait flouté ses traits.

Je grimaçai en le voyant sursauter et pivoter pour tenter d'échapper au tireur.

L'objectif de la caméra se mettait alors à bouger dans tous les sens. On aurait dit que Rooney avait été bousculé, puis l'image redevenait stable.

Je me mis une main sur la bouche et Edmund agrippa les accoudoirs du fauteuil quand nous vîmes Claire tendre la main vers le tireur. Même si on n'arrivait pas à l'entendre à cause des cris de la foule, il était évident qu'elle lui demandait de lui remettre son arme.

— Mon Dieu, qu'elle est courageuse, murmurai-je.

— Bien trop courageuse, merde, marmonna Edmund en se passant la main dans ses cheveux grisonnants.

Le tireur tournait le dos à la caméra quand il appuya sur la détente. Je vis le recul de l'arme dans sa main. Claire porta un bras à sa poitrine et tomba.

Encore une fois, le point de vue se déporta sur des visages horrifiés dans la foule agitée. Puis l'homme au flingue apparaissait à nouveau à l'écran, accroupi, le visage détourné de la caméra. Il écrasait du pied le poignet de Claire tout en l'apostrophant en pleine figure.

— Espèce de malade, sale fils de pute ! s'écria Edmund.

Derrière moi, Claire gémit dans son lit.

Je me retournai pour la regarder, mais elle dormait toujours. Mes yeux revinrent en un éclair vers l'écran de télévision à l'instant où le tireur se retournait et où son visage devenait visible.

Il baissait les yeux, sa barbe lui mangeait le bas de la figure. Il se dirigeait vers le cameraman qui, finissant par perdre son sang-froid, s'arrêta de filmer.

— Il a tiré sur Willie à la suite de ça, dit Edmund.

Et puis, j'étais à mon tour sur l'écran de télé, échevelée d'avoir couru à travers le marché aux primeurs, le sang de Claire tachant ma veste, les yeux écarquillés par l'intensité du choc.

J'entendis ma voix qui disait : « Si vous avez des renseignements sur cet homme, merci de nous les communiquer. »

À mon visage succéda une image fixe du tueur. Le numéro du téléphone et l'adresse Web du SFPD défilaient lentement au bas de l'écran sous ce texte en capitales : CONNAISSEZ-VOUS CET HOMME ?

Edmund se tourna vers moi, effondré.

— Vous avez déjà quelque chose, Lindsay ?

— La vidéo de Jack Rooney, répondis-je en tapotant l'écran de télé du doigt. Nous avons une couverture médiatique non-stop et environ deux cents témoins oculaires. On va le retrouver, Eddie. Je te le jure.

Mais je n'ajoutai pas ce que j'avais en tête : si jamais ce type m'échappe, autant ne plus être flic.

Je me levai, récupérant mon grand sac plastique.

— Tu n'as pas encore quelques minutes ? me demanda Eddie. Claire sera contente de ta présence.

— Je repasserai, affirmai-je. Il y a quelqu'un que je dois voir tout de suite.

10.

Je sortis de la chambre de Claire au quatrième étage et descendis par l'escalier jusqu'aux soins intensifs pédiatriques, au premier. Je me préparai à affronter ce qui allait être à coup sûr un interrogatoire atroce, crève-cœur.

Je songeai au jeune Tony Canello, regardant sa mère recevoir une balle un instant avant qu'on ne lui tire aussi dessus. Je devais demander à cet enfant s'il avait déjà vu le tueur, si cet homme avait dit quelque chose juste avant ou juste après avoir tiré, s'il voyait une raison pour laquelle sa mère et lui avaient été pris pour cibles.

Je fis passer mon sac plastique de la main droite à la gauche, puis descendis les dernières marches. Je savais que ma façon de mener l'interrogatoire ne cesserait de hanter ce petit garçon.

Le département de police conservait tout un tas de peluches pour les enfants ayant subi un traumatisme.

Mais ce genre de jouet me parut trop banal pour un gamin qui venait de voir sa mère tuée violemment sous ses yeux. J'avais fait halte à l'Atelier Build-A Bear où j'avais fait faire un ourson sur mesure pour Tony. Avant de lui enfiler une tenue de footballeur, on avait cousu un cœur en tissu sur la poitrine de l'ours, avec mes vœux de prompt rétablissement pour Tony.

J'ouvris la porte du premier étage et pénétrai dans le couloir pastel du service pédiatrique. Des fresques murales, arcs-en-ciel ou pique-niques, s'alignaient joyeusement sur les murs.

Je découvris les soins intensifs et montrai brièvement mon badge à l'infirmière de garde, une quadragénaire aux cheveux grisonnants et aux grands yeux marron. Je l'informai que je devais parler à mon témoin, mais que ça ne prendrait pas plus de quelques minutes.

— Vous voulez dire Tony Canello ? Le petit garçon qui a été blessé par balle sur le bac ?

— J'ai deux ou trois questions à lui poser, précisai-je. Je lui faciliterai la tâche au maximum.

— Ah, je regrette infiniment, lieutenant, répondit l'infirmière sans me quitter des yeux. L'intervention chirurgicale était des plus délicates. Sa blessure par balle mettait en jeu plusieurs organes majeurs. Je suis désolée de vous apprendre qu'il a succombé il y a environ vingt minutes.

Je m'affaissai contre le bureau de la permanence.

L'infirmière me parlait, me demandant si je désirais qu'elle aille me chercher quelque chose ou quelqu'un. Je lui tendis le sac plastique contenant l'ours sur mesure en la priant d'en faire cadeau au prochain gamin qui serait admis dans l'unité des soins intensifs.

Je ne sais comment je réussis à retrouver ma voiture au parking, puis à retourner au palais de justice.

11.

Le palais était un cube de granit gris. Le bâtiment occupait un bloc entier sur Bryant Street. Ses neuf étages délabrés et lugubres abritaient le tribunal de grande instance, les bureaux du D.A.[1], la division sud du SFPD. Le dernier étage était occupé par des cellules de détention.

Le bureau de médecine légale se trouvait dans un immeuble adjacent, mais on pouvait y accéder par une porte de service, au rez-de-chaussée du palais. Je poussai les portes en verre et acier au fond du hall d'entrée, sortis à l'arrière de l'immeuble puis enfilai le passage couvert conduisant à la morgue.

En ouvrant la porte menant aux salles d'autopsie, je fus aussitôt immergée dans leur atmosphère glaciale. Je traversai les lieux comme s'ils m'appartenaient, une habitude encouragée par Claire, ma meilleure amie, médecin légiste en chef.

---

1. *District attorney*, équivalent du procureur de la République. (*N.d.T.*)

Bien entendu, Claire n'était pas sur son échelle à prendre des clichés en plongée de la morte allongée sur la table. L'adjoint du D.A., un quadragénaire de race blanche, un mètre soixante-dix environ, les cheveux poivre et sel, des lunettes à monture d'écaille noire, avait pris sa place.

— Docteur G., fis-je en entrant en coup de vent dans la salle d'autopsie.

— Regardez où vous mettez les pieds, lieutenant.

Le Dr Humphrey Germaniuk, qui dirigeait le service depuis six heures environ, avait déjà disposé bien proprement des piles de paperasse le long des murs. Du bout du pied, je remis bien dans l'alignement celle que j'avais dérangée accidentellement.

Je savais que Germaniuk était un perfectionniste, porté sur les vannes et excellent à la barre des témoins. En fait, il était autant qualifié que Claire pour être médecin légiste en chef et certains prédisaient que si Claire venait à démissionner, le Dr G. était assuré de prendre la relève.

— Comment ça se passe avec Andrea Canello ? lui demandai-je en m'approchant du corps étendu sur la table.

La « patiente » du Dr G. était nue, couchée sur le dos, la blessure par balle entre les deux seins, bien au centre.

Je me penchai pour mieux voir, mais le Dr Germaniuk s'interposa entre le cadavre de la morte et moi.

— Pas d'intrusion, lieutenant. C'est un espace non-flic, ici, blagua-t-il, même si je voyais qu'il ne plaisantait pas, au fond. Je viens déjà de me payer une maltraitance d'enfant présumée, la victime d'un accident de la circulation, plus une femme dont on a fendu la tête avec un fer à repasser.

» Les victimes du bac vont être ma corvée de la journée et je m'y attelle à peine. Si vous avez des questions, posez-les-moi tout de suite. Sinon, laissez votre numéro de portable sur mon bureau. Je vous appellerai quand j'aurai fini.

Là-dessus, il me tourna le dos et entreprit de mesurer la plaie par balle d'Andrea Canello.

Je battis en retraite, des élancements dans la tête dus au refoulement de ma flambée de colère. Je ne pouvais pas me permettre de m'aliéner le Dr G. Sans compter qu'il était parfaitement dans son droit. En l'absence de Claire, le bureau de médecine légale, déjà à court de personnel en temps normal, se trouvait en état de surchauffe. Germaniuk me connaissait à peine, il devait protéger son service, son boulot, les droits de ses patients, et par-dessus tout veiller à l'intégrité de l'enquête.

Et il lui fallait pratiquer en personne l'autopsie de chacune des victimes du bac.

Si un autre pathologiste le secondait dans le cadre de ce multiple homicide, un bon avocat de la défense jouerait les deux experts légistes l'un contre l'autre, chercherait les disparités dans leurs témoignages respectifs à seule fin d'en diminuer la portée.

À condition qu'on retrouve le psychopathe qui avait tué ces personnes.

Et à condition aussi qu'on le fasse passer en jugement.

Il était presque 16 heures. Si Andrea Canello était la première victime du bac dont s'occupait Germaniuk, sa corvée de la journée allait se prolonger en corvée de la soirée.

N'empêche, j'avais mes propres problèmes. Quatre personnes étaient mortes. Et plus le temps passait, plus il était vraisemblable que le tueur du bac m'échapperait.

— Docteur G.

Il se détourna de son diagramme en fronçant les sourcils.

— Pardon d'être entrée en force mais le tireur a fait quatre victimes. Et on ignore qui il est et où le trouver.

— Vous voulez dire trois ? protesta Germaniuk. Je n'ai que trois corps.

— Le petit garçon de cette femme, Tony Canello, est mort il y a une demi-heure à l'Hôpital Général de San Francisco, lui appris-je. Il avait neuf ans. Ça fait quatre morts. Quant à Claire Washburn, elle est sous assistance respiratoire. On lui a posé un drain thoracique.

Une vague de compassion balaya l'indignation qui se lisait sur les traits du Dr Germaniuk. Sa voix avait perdu de son mordant quand il déclara :

— Dites-moi en quoi je peux vous aider.

12.

Le Dr Germaniuk se servit d'une sonde souple pour explorer en douceur la plaie à la poitrine d'Andrea Canello, transpercée par balle.

— On dirait qu'elle a reçu une K-5 en plein cœur. Je n'en jurerai pas tant que l'expert en balistique ne l'aura pas confirmé, mais d'après moi, il semblerait qu'on l'ait abattue avec un calibre 38.

Même si j'avais conclu la même chose d'après la vidéo, je voulais en être certaine. Jack Rooney avait détourné sa caméra d'Andrea Canello dès qu'elle avait été touchée. Si elle avait survécu un instant, si elle connaissait son assassin, elle aurait pu crier son nom.

— Elle a pu vivre quelques instants après avoir été atteinte ?

— Aucune chance, répondit Germaniuk. Avec un projectile en plein cœur comme ça, elle était morte avant de toucher le pont.

— Vous parlez d'une fusillade, renchéris-je. Six balles, cinq cartons. Et avec un revolver.

— Le bac était bondé de passagers, il était inévitable qu'il fasse mouche sur quelques-uns, trancha le Dr Germaniuk, pragmatique.

On leva les yeux en même temps quand les portes en inox de la salle d'autopsie s'ouvrirent à grand fracas et qu'un technicien fit rouler une civière à l'intérieur en s'écriant :

— Où je vous mets ça, docteur G. ?

Le corps sur le brancard, recouvert d'un drap, mesurait environ un mètre trente. Le « ça » en question était un enfant.

— Laissez-le là, dit Germaniuk à l'homme. On va s'en charger.

Avec le médecin, nous nous approchâmes de la civière. Il rabattit le drap.

La simple vue de l'enfant mort me déchira le cœur. La peau de Tony était marbrée de bleu et une incision de trente centimètres, récemment suturée, barrait son maigre torse. Je refoulai l'envie de lui toucher le visage, de lui caresser les cheveux, bref de faire tout ce qu'on fait pour réconforter un enfant assez malchanceux pour s'être trouvé dans la ligne de mire d'un tireur fou.

— Je suis si triste, Tony.

— Voici ma carte, me dit Germaniuk qui, la pêchant dans la poche de sa blouse de labo, me la glissa dans la main. Appelez-moi sur mon portable en cas de besoin. Et quand vous verrez Claire... dites-lui que j'irai à l'hôpital dès que je pourrai. Dites-lui qu'on est tous avec elle... et qu'on ne la laissera pas tomber.

13.

Ceux de ma brigade avaient tiré leurs chaises et s'étaient attroupés autour de moi. Ils me bombardaient de questions et formulaient des hypothèses sur le tireur du *Del Norte* quand mon portable sonna. En reconnaissant le numéro d'Edmund, je pris l'appel.

Edmund parla d'une voix rauque, brisée par l'émotion :

— Claire vient juste de passer des radios. Elle a une hémorragie interne.

— Je ne pige pas, Eddie. Qu'est-il arrivé ?

— La balle lui a causé un hématome au foie... on doit l'opérer à nouveau.

Je m'étais laissé bercer d'illusions par le sourire du Dr Sassoon quand il m'avait dit que Claire était prête à rentrer chez elle. La peur me donnait la nausée à présent.

Quand j'entrai dans la salle d'attente des soins intensifs, la famille et les amis de Claire la remplissaient à moitié, sans compter Edmund, Willie et Reggie Washburn, le fils de vingt et un ans de Claire et d'Edmund qui venait d'arriver par avion de l'université de Miami.

Je les serrai tous contre moi, puis m'installai près de Cindy Thomas et de Yuki Castellano, mes meilleures amies tout comme celles de Claire. On formait, toutes les quatre, les membres de ce qu'on appelait en plaisantant le « Women Murder Club ». Serrées les unes contre les autres, on attendait des nouvelles dans cette salle sinistre.

Pour meubler ces heures interminables, pleines de tension, on camoufla nos craintes en se rappelant, et en renchérissant l'une sur l'autre, toutes les fois où Claire s'était montrée pêchue. On avala du café noir, engloutit les barres Snickers du distributeur et, au petit matin, Edmund nous proposa de prier avec lui.

On joignit nos mains et Edmund demanda à Dieu de bien vouloir épargner Claire. Je savais qu'on espérait tous et toutes qu'en restant proches d'elle et en faisant preuve d'une foi suffisante, elle ne mourrait pas.

Au cours de ces heures exténuantes, j'effectuai un flash-back : je me revis quand on m'avait tiré dessus... Claire et Cindy avaient été là pour moi alors.

Puis je me rappelai d'autres moments où j'avais attendu dans des pièces presque semblables à celle-ci. Pendant le cancer de ma mère. Quand un homme que j'aimais avait été tué dans l'exercice de ses fonctions. Quand la maman de Yuki avait été fauchée par une attaque.

Tous étaient morts.

— Où se trouve ce salopard de tireur à l'heure qu'il est ? demanda Cindy. Est-ce qu'il savoure une clope après avoir dîné ? Ou bien dort-il du sommeil du juste en rêvant à sa prochaine fusillade et en jouissant d'avance ?

— Il ne dort pas dans un lit, dit Yuki. Dix dollars que ce mec pionce sur un morceau de carton.

Vers 5 heures du matin, c'est un Dr Sassoon épuisé qui vint nous donner des nouvelles.

— Claire va bien, nous annonça-t-il. On a réparé les dégâts sur son foie et sa tension remonte. Tous ses signes vitaux sont bons.

Un hourra s'éleva et, spontanément, nous nous mîmes à applaudir. Edmund serra ses fils contre lui. Ils avaient tous les trois les larmes aux yeux.

Le médecin sourit et je dus reconnaître que c'était un battant.

Je fis un saut chez moi pour courir au lever du soleil avec Martha, ma border-collie, autour de Potrero Hill.

Puis j'appelai Jacobi alors que le soleil montait au-dessus du toit de ma voiture. À 8 heures, je les retrouvai, lui et Conklin, devant la batterie d'ascenseurs, à l'intérieur du palais.

On était dimanche.

Ils avaient apporté du café et des beignets. J'adorais ces deux mecs.

— Mettons-nous au travail, leur dis-je.

14.

Conklin, Jacobi et moi venions de nous poser dans mon bureau, ce cube vitré dans un angle de la salle de garde, quand les inspecteurs Paul Chi et Cappy MacNeil pénétrèrent dans l'espace de travail défraîchi de six mètres sur neuf qui servait de port d'attache aux douze membres de la brigade criminelle.

Cappy pesait facilement cent vingt-cinq kilos. La chaise sur laquelle il s'assit craqua sous son poids. Chi, tout en souplesse, s'installa sur mon bahut, à côté de Jacobi, en pleine crise de toux, ce qui lui arrivait fréquemment.

Tous les sièges étant occupés, Conklin choisit de rester debout derrière moi, le dos appuyé à la fenêtre qui donnait sur la rampe d'accès de l'autoroute, jambes croisées, décontracté.

Je sentais la chaleur que dégageait le corps de Conklin, ce qui ne me rendait que trop consciente de son mètre quatre-vingts, de ses proportions parfaites, de la frange de cheveux châtain clair qui tombait sur ses yeux bruns. Ses vingt-neuf ans et son look m'évoquaient un lointain cousin des Kennedy, croisé peut-être avec un marine.

Chi avait apporté le *San Francisco Chronicle* et l'avait posé devant moi sur le bureau.

La photo du tireur, photogramme flou tiré de la bande de Jack Rooney, figurait en première page. On lisait en dessous la légende : CONNAISSEZ-VOUS CET HOMME ?

Nous nous penchâmes pour examiner encore une fois ce visage poilu.

Les cheveux bruns du tireur lui pendaient sur les mâchoires et sa barbe dissimulait le bas de son visage, de la lèvre supérieure à la pomme d'Adam.

— Jésus-Christ, lâcha Cappy.

Nous nous tournâmes vers lui.

— Quoi, qu'est-ce que j'ai dit ? Je trouve qu'il ressemble au Christ.

— Le labo ne nous enverra rien un dimanche matin, mais on a quand même ça, dis-je.

Je pris la photocopie de l'emballage marron de Turkish Special sur mon plateau du courrier.

— Et aussi tout ça.

Je posai ma main sur la pile de cinq centimètres de dépositions de témoins, messages téléphoniques et autres sorties papier d'e-mails que Brenda, notre assistante, avait récupérés hier sur le site web du SFPD.

— On n'a qu'à se les partager, suggéra Jacobi.

Une discussion bruyante s'ensuivit jusqu'à ce que Chi affirme d'un ton sans réplique :

— Au fait. Les cigarettes, c'est du boulot de longue haleine. La boutique où on vend une marque du genre Turkish Special a toutes les chances d'être une épicerie de quartier. Et l'un de ces épiciers pourrait se rappeler notre tireur.

— OK, les mecs, chargez-vous-en.

Jacobi et Conklin emportèrent les deux tiers des dépositions de témoins à leurs bureaux respectifs dans la salle de garde et se mirent à téléphoner. De leur côté, Chi et McNeil passèrent quelques coups de fil avant d'aller battre le pavé.

Restée seule, j'étudiai ce que Brenda avait réuni sur les victimes : tous et toutes étaient des citoyens modèles.

Y avait-il un lien quelconque entre le tueur et l'une des personnes qu'il avait abattues ?

Je composai, l'un après l'autre, les numéros figurant sur les dépositions, mais rien au cours de mes premiers appels ne me fit sauter sur mon siège. Puis je joignis un pompier qui se trouvait à trois mètres, pas plus, d'Andrea Canello, quand le tireur avait ouvert le feu.

— Elle engueulait son gamin quand ce type l'a allumée, me confia ce témoin. J'allais lui dire de la mettre en sourdine. La seconde d'après, elle était morte.

— Et elle lui disait quoi ? Vous vous en souvenez ?

— « Tu me fais tourner en bourrique, bonhomme. » Un truc comme ça, terrible quand on y pense. Le gamin, il s'en est sorti ?

— Je regrette de vous le dire, mais non.

Je pris d'autres notes, tâchant de réunir ces morceaux épars et de les faire tenir ensemble. J'avalai ce qui restait de mon café, puis appelai le suivant sur la liste.

Il s'appelait Ike Quintana et avait téléphoné la veille, en toute fin d'après-midi, en disant qu'il avait peut-être été ami avec le tireur, une quinzaine d'années plus tôt.

— Ça m'a l'air d'être le même mec. Si c'est lui, on était tous les deux à l'hôpital de Napa State à la fin des années quatre-vingt, déclara Quintana.

J'agrippai le téléphone, me plaquant l'écouteur sur l'oreille. Je ne voulais pas en rater une syllabe.

— Vous comprenez ce que je veux dire ? me demanda Quintana. On était tous les deux bouclés chez les dingos.

15.

Je griffonnai une étoile près du numéro de téléphone d'Ike Quintana.

— Et quel est le nom de votre ami ? lui demandai-je, l'écouteur pressé tout contre l'oreille.

Mais soudain, Quintana devint évasif.

— J'ai pas envie de vous le dire, au cas où ça serait pas lui, fit-il. J'ai une photo. Vous pouvez venir la voir, à condition de passer tout de suite. J'ai un tas de trucs à faire aujourd'hui.

— Ne bougez pas de chez vous, on arrive !

J'entrai dans la salle de garde et lançai :

— On a une piste. L'adresse, c'est San Carlos Street.

— J'ai envie de continuer à bosser au téléphone, dit Conklin. De nouvelles vidéos de la fusillade ont été e-mailées sur notre site web.

Jacobi se leva et enfila sa veste.

— C'est moi qui conduis, Boxer, dit-il.

Je connaissais Jacobi depuis dix ans, j'avais travaillé avec lui en équipe trois ans avant d'être promue lieutenant. Pendant la période où nous avions été coéquipiers, nous étions devenus très bons amis, communiquant quasiment par télépathie. Mais je crois qu'aucun d'entre nous n'admettait ce degré d'intimité jusqu'au soir où deux ados déjantés nous avaient flingués. Avoir frôlé la mort nous avait liés à jamais.

Et maintenant, Jacobi nous conduisait en voiture dans un bloc crapoteux en bordure du Tenderloin.

On arriva à l'adresse que Quintana m'avait donnée, celle d'un immeuble d'un étage, avec la permanence d'une église au rez-de-chaussée et deux appartements au-dessus.

Je sonnai et un bourdonnement me répondit. Je tirai la poignée métallique ternie, puis pénétrai dans un vestibule sombre suivie de Jacobi. Nous grimpâmes l'escalier en faisant craquer les marches avant d'atteindre un couloir à la moquette qui sentait le moisi.

Il y avait une porte de part et d'autre de ce couloir.

Je frappai à celle marquée 1R et, trente interminables secondes plus tard, elle s'entrebâilla en grinçant.

Ike Quintana était un individu de race blanche d'environ trente-cinq ans, aux cheveux bruns pleins d'épis qui rebiquaient, habillé bizarrement de plusieurs couches de vêtements superposées. On apercevait un maillot de corps sous le col en V de sa chemise de flanelle, un gilet de laine tricoté était boutonné par-dessus et les deux pans d'un cardigan rouille lui tombaient jusqu'aux hanches.

Il portait le bas d'un pyjama à rayures bleues et des pantoufles en feutre marron. Son sourire, aux dents écartées, était doux. Il nous tendit la main, serra les nôtres tout en nous priant d'entrer.

Jacobi passa le premier. Je suivis les deux hommes dans un tunnel formé de piles de journaux en équilibre instable et de sacs-poubelle en plastique, remplis de bouteilles de boisson gazeuse qui s'alignaient le long du couloir, du sol au plafond. Dans le salon, des cartons débordaient de pièces de monnaie, de boîtes de détergent vides et de stylos à bille.

— À mon avis, vous êtes paré à toute éventualité, marmonna Jacobi.

— C'est ça, l'idée, rétorqua Quintana.

En atteignant la cuisine, j'aperçus partout des pots et des casseroles. Quant à la table, déployant plusieurs couches archéologiques alternées de coupures de journaux et de nappes, elle représentait un bon mètre d'archives.

— Je suis la carrière des Giants depuis ma naissance ou presque, expliqua Quintana avec timidité.

Il nous offrit du café. Jacobi et moi refusâmes.

Quintana alluma néanmoins un brûleur de la gazinière et mit de l'eau à bouillir.

— Vous avez une photo à nous montrer ? lui demandai-je.

Quintana attrapa une vieille boîte à savon en bois sur le sol, la déposa sur le dessus de la table. Il tripota des liasses de photos, de menus et autres objets de collection assortis, dont je ne pus distinguer la nature.

— Tenez, dit-il en brandissant une photo format A4 jaunie. Je crois qu'elle a été prise en 1988, par là.

Cinq ados – deux garçons et trois filles – regardaient la télévision dans la salle commune d'une institution quelconque, semblait-il.

— Là, c'est moi, dit Quintana en nous désignant une version juvénile de lui-même, avachie dans un fauteuil orange.

Déjà à l'époque, il portait plusieurs vêtements les uns par-dessus les autres.

— Et vous voyez ce mec, assis sur le rebord de la fenêtre ?

Je scrutai la photo. Le garçon en question était mince, portait les cheveux longs et une esquisse de barbe. On voyait son visage de profil. Ça aurait pu être notre tireur. Ou bien n'importe qui.

— Vous voyez comme il s'arrache les poils des bras ? insista Quintana.

J'acquiesçai.

— C'est à cause de ça que je pense que ça pourrait bien être lui. Il faisait ça pendant des heures. J'adorais ce type. Je l'appelais *Frédélito lindo*. À cause d'une chanson qu'il chantait tout le temps.

— C'est quoi son vrai nom ? lui demandai-je.

— Il était vachement dépressif, répondit Quintana. C'est pour ça qu'il avait atterri à Napa. Interné, vous voyez. Y avait eu un accident. Sa petite sœur était morte. Ça avait quelque chose à voir avec un voilier, il me semble.

Quintana éteignit la gazinière et s'éloigna. Une pensée me traversa l'esprit : par quel miracle cet immeuble n'a-t-il pas brûlé de fond en comble ?

— Monsieur Quintana, ne nous obligez pas à vous reposer la question, d'accord ? grommela Jacobi. Comment s'appelle ce type ?

Quintana revint près de la table, sa tasse de café ébréchée à la main. Véritable garde-robe ambulante, il affichait la confiance d'un homme riche nous recevant en son manoir familial.

— Fred. Alfred Brinkley. Mais je vois vraiment pas comment il a pu tuer tous ces gens-là, dit Quintana. Fred est le garçon le plus gentil du monde.

16.

J'appelai Rich Conklin depuis la voiture, lui communiquai le nom de Brinkley pour qu'il le soumette au NCIC [1] tandis que Jacobi, toujours au volant, nous ramenait à Bryant Street.

Chi et McNeil nous attendaient à l'intérieur du Pub des Bières du Monde de MacBain, un bar plongé dans la pénombre, pris en sandwich entre deux officines d'agents de cautionnement, en face du palais.

---

1. National Crime Information Center ou Fichier des Recherches Criminelles. (*N.d.T.*)

Jacobi et moi commandâmes une Foster's pression. Je demandai à Chi et à McNeil de nous faire une mise à jour.

— On a interrogé le vendeur du tabac sur Polk Street à Vallejo, expliqua Chi. Le proprio de la boutique nous a déclaré qu'il vendait des Turkish Special. Deux paquets par mois, à un habitué. Il a pris une cartouche sur l'étagère pour nous montrer qu'il manquait deux paquets.

Conklin entra et prit un siège, commanda une Dos Equis et un burger Angus saignant.

Il semblait en avoir gros sur la patate.

— Mon coéquipier s'excite sur une cartouche de cigarettes, lâcha Cappy.

— Rira bien qui rira le dernier, balança Chi à McNeil.

— Viens-en au fait, tu veux bien ? ronchonna Jacobi.

La bière arriva. Jacobi, Conklin et moi levâmes nos verres à Don MacBain, le propriétaire de l'endroit, ancien et atypique capitaine du SFPD, dont le portrait était encadré au-dessus du bar.

Chi poursuivit son récit.

— Alors le vieux bonhomme nous a dit que ce client à lui était un Grec de quatre-vingts balais puis il nous a demandé à revoir la photo.

Cappy reprit là où Chi s'était arrêté.

— Alors je pousse la photo du tireur sous son pif et il nous dit : « C'est ce type-là ? Je voyais ce gars-là tous les matins quand il achetait son journal. C'est lui qui a tiré sur tous ces gens ? »

Jacobi fit signe à la serveuse.

— Syd, pour moi, ce sera un burger à point avec des frites, dit-il.

Chi couvrit sa commande en reprenant la parole.

— Alors le bonhomme du tabac nous dit qu'il ne connaît pas le nom de notre suspect mais qu'il pense qu'il habite en face, au 1513 Vallejo Street.

— On y est allés..., commença Cappy.

— Abrège mes souffrances, s'il te plaît, lui dit Jacobi, les coudes sur la table.

— Et on a obtenu un nom, acheva Cappy. Le gardien du 1513 Vallejo Street l'a identifié sur la photo avec certitude. Il nous a appris que le suspect s'était fait expulser deux mois plus tôt, juste après avoir perdu son boulot.

— Roulement de tambour, s'il vous plaît, lança Chi. Le tireur s'appelle Alfred Brinkley.

Même si ça allait faire mal de voir la déception se peindre sur les visages de McNeil et de Chi, il fallait que je les mette au parfum.

— Merci, Paul. Mais on connaît déjà son nom. Vous avez découvert où il travaillait ?

— Oui, lieutenant. Dans une librairie, le Bazar du Bouquin de Sam, sur Mason Street.

Je me tournai vers Conklin.

— Richie, vous m'avez tout l'air du chat d'Alice au Pays des Merveilles. Qu'avez-vous ?

Conklin, adossé à sa chaise, jouissait visiblement de tout ce badinage. Il se pencha sur la table.

— Brinkley n'a pas de casier. Mais il a servi à la base de Presidio pendant deux ans. Puis on l'a libéré pour raisons médicales en 1994.

— Il est entré dans l'armée en sortant d'un asile de fous ? demanda Jacobi.

— Il était tout gosse quand il a séjourné à Napa State, fit remarquer Conklin. Son dossier médical est sous scellés. De toute façon, les recruteurs de l'armée n'ont pas dû être trop regardants.

L'image brouillée du tireur se précisait. Pour effrayante qu'elle fût, j'avais maintenant la réponse à ce qui m'avait turlupinée depuis la fusillade.

Brinkley était un très bon tireur parce qu'il avait reçu un entraînement militaire.

17.

À 9 heures, le lendemain matin, Jacobi, Conklin et moi garâmes nos voitures banalisées sur Mason Street, près de North Point. Nous étions à deux blocs de Fisherman's Wharf, quartier touristique qui regorgeait d'hôtels, de restaurants, de boutiques de location de bicyclettes et de marchands de souvenirs. Et les vendeurs à la sauvette installaient leurs étals au bord des trottoirs.

Je me sentais remontée à bloc quand nous pénétrâmes dans l'immense librairie. Jacobi montra son badge à l'employée la plus proche à l'accueil, puis lui demanda si elle connaissait Alfred Brinkley.

L'employée bipa l'un des chefs de rayon, qui nous accompagna jusqu'à l'ascenseur et de là, au sous-sol, où il nous présenta au gestionnaire des stocks. C'était un trentenaire basané du nom d'Edison Jones, vêtu d'un T-shirt de Duran Duran usé jusqu'à la corde, arborant un piercing au nez.

Nous nous déployâmes un peu partout dans la pièce : contre les murs de béton s'alignaient des étagères réglables, des portes en tôle ondulée s'ouvraient sur le monte-charge, des types poussaient des chariots pleins de bouquins autour de nous.

— Fred et moi, on était potes, dit Jones. On ne traînait pas ensemble après le taf ni rien, mais il en avait dans le citron et je l'aimais bien. Puis il a commencé à devenir bizarre.

Jones baissa le volume d'une télé posée sur une table métallique croulant sous les factures et autres fournitures de bureau.

— Bizarre dans quel sens ? demanda Conklin.

— Ça lui arrivait de me dire : « T'as entendu ce que Wolf Blitzer[1] vient de me balancer ? » Comme si la télé s'adressait à lui, voyez ? Et il devenait de plus en plus agité, il fredonnait et marmonnait tout seul. La direction était mal à l'aise, continua Jones, en caressant légèrement son T-shirt. Quand il a commencé à plus se pointer au boulot, ça leur a donné une bonne raison pour le virer. J'ai mis ses livres de côté, ajouta Jones, attrapant sur une étagère un carton qu'il posa sur la table.

Je l'ouvris, aperçus des ouvrages sérieux de Jung, Nietzsche et Wilhelm Reich. Il y avait aussi une édition de poche abîmée de *La Naissance de la conscience dans l'effondrement de l'esprit* de Julian Jaynes.

Je sortis le livre de poche du carton.

— C'était son bouquin de chevet, dit Edison. Je suis surpris qu'il ne soit pas venu le récupérer.

---

1. Journaliste à CNN, animateur de deux émissions d'information à la télévision. (*N.d.T.*)

— Ça parle de quoi ?

— Selon Fred, la théorie de Jaynes, c'est qu'il y a trois mille ans, les deux hémisphères cérébraux n'étaient pas reliés, nous expliqua Jones. Si bien que les deux moitiés du cerveau n'étaient pas en communication directe.

— Et ça mène à quoi ? questionna Jacobi.

— D'après Jaynes, à l'époque, les hommes croyaient que leurs pensées venaient de l'extérieur d'eux-mêmes, qu'elles étaient en fait des commandements des dieux.

— Ça veut dire quoi ? interrogea Jacobi. Que Brinkley entendait des voix, celles des dieux de la télé ?

— Je crois qu'il entendait des voix tout le temps. Et qu'elles lui disaient quoi faire.

Les propos de Jones me firent frissonner jusqu'au bout des ongles. Plus de quarante-huit heures s'étaient écoulées depuis la fusillade sur le bac. Pendant que les pistes sans issue s'accumulaient, Brinkley était encore quelque part dans la nature. Écoutant des voix. Et trimbalant un flingue.

— Vous avez une idée de l'endroit où se trouve Brinkley en ce moment ? demandai-je à Jones.

— Je l'ai aperçu qui traînait devant un bar, il y a un mois de ça. Il était tout dépenaillé. Sa barbe avait vachement poussé. Quand je lui ai dit en plaisantant qu'il retournait à l'état sauvage, il a eu une expression bizarroïde. Il a pas arrêté d'éviter mon regard.

— Où est-ce que ça s'est passé ?

— Devant le Double Shot Bar dans Geary Street. Fred ne boit pas, alors peut-être qu'il vivait à l'hôtel, au-dessus du bar.

Je connaissais l'endroit. L'hôtel Barbary était l'un des nombreux hôtels à touristes du Tenderloin, aux chambres louées à l'heure par les prostituées, les drogués et les indigents. C'était la dernière étape avant de finir dans le ruisseau.

Si Fred Brinkley logeait à l'hôtel Barbary un mois plus tôt, il s'y trouvait peut-être encore.

18.

Monsieur Météo avait annoncé de la pluie, même si le soleil brillait haut dans le ciel laiteux. Quand Fred Brinkley tendit la main, il vit pile au travers.

Il se dirigea vers l'obscurité du métro, descendant au trot les marches de la station Civic Center qu'il empruntait quand il travaillait encore.

Brinkley baissa la tête, mesurant ses pas sur le sol dallé familier bordé de granit noir, traversant tranquillement l'entresol, sans lever les yeux vers les esclaves en col blanc en train d'acheter leurs billets, des fleurs ou des bouteilles d'eau, avant de prendre leur navette. Il n'avait pas envie de surprendre leurs idées provenant de leurs cerveaux de hamster, ne désirait pas apercevoir les regards inquisiteurs filtrant de leurs yeux aux paupières tombantes.

Il prit l'escalator jusqu'aux tunnels, mais au lieu de se sentir plus calme, il eut conscience que plus il s'enfonçait dans le sol, plus il devenait agité et en colère.

Les voix en avaient à nouveau après lui. Elles l'insultaient.

Tête baissée, Brinkley gardait les yeux rivés au sol et fredonnait intérieurement *Ay, ay, ay, BART-a-lito-lindo*, tâchant de réprimer les voix, essayant de leur faire barrage.

À peine descendu de l'escalator au second niveau, il comprit son erreur. Le quai était bondé de banlieusards revenant chez eux après le boulot.

On aurait dit des nuées d'orages avec leurs manteaux foncés. Leurs yeux le transperçaient, le prenant au piège.

Un flux d'images, qu'il avait vues sur le mur d'écrans télé dans la vitrine de la boutique d'électronique, défilaient dans la tête de Fred. Des images de lui tirant sur les passagers du bac.

Il avait fait ça !

Brinkley se faufila à travers la foule, marmonnant et fredonnant entre ses dents. Puis il s'arrêta au bord du quai, les orteils dans le vide.

Il ressentait la haine et la condamnation de ses actes tout autour de lui, et sa propre rage en était multipliée. Les murs carrelés de blanc semblaient se renfler, animés d'une pulsation qui leur était propre. Fred voyait du coin de l'œil les gens se tourner vers lui et déchiffrer ses pensées.

Il eut envie de hurler. *Je devais le faire ! Faites gaffe. Ça pourrait être votre tour.*

Il fixa les rails en contrebas, sans bouger ni regarder quiconque, gardant les mains dans ses poches, la droite refermée sur Bucky.

Ils sont au courant, rugirent les voix à l'unisson. *Ils t'ont percé à jour, Fred.*

Une voix aiguë s'éleva derrière lui :

— *Hé !*

Brinkley se retourna et vit une femme, mâchoire anguleuse et minuscules yeux noirs, le montrer du doigt.

— C'est lui ! Il était sur le bac. Il y était. C'est le tireur du bac. Il faut appeler la police !

Les choses se disloquaient désormais. Tout le monde savait qu'il avait fait quelque chose de mal.

T'es qu'une merde. Un raté.

Aya yai, aya yai, aya yai yai yai.

Fred tira Bucky de sa poche, le brandit au-dessus de la foule. Tout le monde, autour de lui, s'écarta à grands cris.

Un grondement dans le tunnel.

Des wagons aérodynamiques, bleu et argent, défilèrent en flèche dans la station, le bruit oblitérant tout autre son et toute autre pensée.

Le train s'arrêta. Des agrégats de passagers s'échappèrent à gros bouillons des wagons, tels des rats, tandis que d'autres s'y précipitaient par vagues, souffletant Fred comme la marée, l'envoyant valdinguer contre un pylône.

Il en eut le souffle coupé.

Se libérant, Fred pataugea à contre-courant de la cohue et regagna l'escalator. À grandes enjambées bondissantes, il fonça pour remonter l'escalier roulant, dépassa ce peuple de rongeurs et regagna enfin l'air libre et la rue.

La voix hurlait dans sa tête. *Cours ! Tire ton cul d'ici vite fait !*

19.

L'horloge numérique du micro-ondes affichait 7 : 08. J'étais lessivée, physiquement, et rétamée, mentalement, d'avoir passé toute la journée le Tenderloin au peigne fin. Et tout ça pour récolter au final une liste de tous les endroits où Alfred Brinkley n'était pas.

Je mis un plat de macaroni au fromage bio au micro-ondes puis appuyai cinq fois sur le minuteur.

Pendant que mon dîner tournait sur lui-même, je me repassai le film de la journée dans ma tête, cherchant ce qui aurait bien pu nous avoir échappé pendant notre tournée d'une cinquantaine d'hôtels louches, au cours de nos interrogatoires inutiles de réceptionnistes et de flopées de locataires au rabais.

Martha se frotta contre moi ; je lui caressai les oreilles, versai de la nourriture pour chien dans un bol. Elle pencha la tête en agitant sa queue touffue.

— Tu es une brave fille. La prunelle de mes yeux.

Je venais de décapsuler une bière quand on sonna à la porte. *Quoi encore ?*

Je boitillai jusqu'à la fenêtre pour voir qui avait l'audace de venir sonner chez moi... mais je ne reconnus pas l'homme qui me fixait depuis le trottoir.

Il n'avait ni barbe ni moustache, mais se tenait en partie dans la pénombre... et brandissait une enveloppe.

— Que voulez-vous ?

— J'ai quelque chose pour vous, lieutenant. C'est urgent. Je dois vous remettre ça en mains propres.

Qui était-il ? Un mandataire ? Un fileur de tuyaux ? Dans mon dos, le micro-ondes bipa, m'avertissant que le dîner était prêt.

— Laissez-la dans la boîte à lettres ! lui criai-je.

— Je peux faire ça, fit son visiteur. Mais vous avez dit à la télé : « Connaissez-vous cet homme ? », vous vous rappelez ?

— Vous le connaissez ? lui criai-je.

— Oui, c'est moi. C'est moi qui ai fait ça.

20.

Je connus un instant de confusion et de stupéfaction.

Le tireur du bac était en bas de chez moi ?

— J'arrive ! criai-je brusquement.

J'attrapai mon arme et mon holster accrochés au dos d'une chaise, clippai les menottes à ma ceinture. En arrivant sur le palier du premier étage, j'appelai Jacobi sur mon portable, tout en sachant parfaitement que je ne pouvais pas attendre son arrivée.

Je risquais, en m'avançant à découvert, de servir de cible dans un stand de tir. Mais si l'individu qui se trouvait en bas de chez moi était bien Alfred

Brinkley, je ne pouvais pas courir le risque de le laisser s'échapper.

Mon Glock en main, j'entrebâillai la porte d'entrée, m'en servant comme d'un bouclier.

— *Laissez vos mains bien en vue*, hurlai-je.

L'homme paraissait d'humeur fluctuante. Il sembla hésiter, recula dans la rue avant de revenir vers ma porte. Il lançait des regards éperdus un peu partout et je remarquai qu'il chantonnait entre ses dents.

Bon Dieu, il était fou… et dangereux. Où était son flingue ?

— Haut les mains. Restez où vous êtes ! criai-je à nouveau.

Le type cessa ses tours et détours. Il leva les mains, agitant l'enveloppe comme un drapeau blanc.

Je scrutai ses traits, tâchant de faire coïncider ce que je voyais avec ma représentation mentale du tireur. Ce type s'était rasé, en s'y prenant mal. Des touffes de poil tachaient de sombre la pâleur de sa peau.

Pour le reste, ça correspondait. Il était grand, maigre, portait des vêtements similaires ou identiques à ceux du tireur.

Était-ce bien Alfred Brinkley ? Ce type violent était-il simplement venu sonner à ma porte pour se rendre ? Ou bien avais-je affaire à un autre genre de fou furieux, cherchant son quart d'heure de gloire ?

Je sortis sur le trottoir, dans les ombres projetées par la lune, agrippant mon Glock à deux mains, le braquant sur la poitrine de l'homme. L'odeur de son corps mal lavé flotta jusqu'à mes narines.

— C'est moi, dit-il. Je vous ai vue à la télé. Dans la boutique vidéo.

— Couchez-vous ! criai-je. À plat ventre, les mains derrière la nuque, que je puisse les voir.

Il vacilla légèrement sur place.

— À terre ! Tout de suite ! hurlai-je à nouveau.

Il se laissa tomber sur le trottoir, les mains sur la tête.

Mon arme appuyée sur sa nuque, je le palpai pour vérifier qu'il n'était pas armé, des images de la vidéo de Rooney ne cessant de me revenir devant les yeux tandis que je le fouillais au corps.

Je sortis un flingue de la poche de son blouson, le fourrai sous ma ceinture, dans mon dos, et poursuivis ma palpation. Il n'avait pas d'autre arme sur lui.

Je remis mon Glock dans son étui et m'emparai des menottes.

— Quel est votre nom ? lui demandai-je, tirant ses bras épais comme des allumettes en arrière avant de lui menotter les poignets.

Puis je ramassai l'enveloppe sur le trottoir et la fourrai dans ma poche de devant.

— Fred Brinkley, répondit-il avec une agitation grandissante. Vous savez qui je suis. Vous m'avez dit de venir, vous vous rappelez ? « On découvrira qui a fait cette chose terrible. » J'ai tout noté par écrit.

Les images de la vidéo tournaient en boucle dans ma tête. Je revoyais cet homme abattre cinq personnes. Je le revoyais en train de descendre Claire.

Je pris son portefeuille dans sa poche d'une main tremblante, l'ouvris d'un coup sec, examinai son permis de conduire à la lumière affaiblie du lampadaire de l'autre côté la rue.

Il s'agissait bien d'Alfred Brinkley. Je le tenais.

J'énumérai ses droits à Brinkley et il y renonça, en répétant :

— C'est moi qui ai fait ça. Je suis le tireur du bac.

— Comment m'avez-vous retrouvée ? lui demandai-je.

— Votre adresse est sur Internet. À la bibliothèque, répondit Brinkley. Bouclez-moi, d'accord ? Je crois bien que je pourrais recommencer.

À ce moment-là, la voiture de Jacobi s'arrêta près de nous dans un crissement de pneus. Il en bondit, arme au poing.

— Tu pouvais pas m'attendre, Boxer ?

— Mr Brinkley s'est montré coopératif, Jacobi. Je maîtrise la situation.

Mais voir Jacobi en sachant que tout danger était écarté me soulagea au point d'avoir envie de rire, de pleurer et de pousser des cris de Sioux.

— Du bon boulot, entendis-je Jacobi conclure.

Je sentis alors sa main se poser sur mon épaule. J'inspirai un grand coup, tâchant de retrouver mon calme. Puis Jacobi et moi mîmes Brinkley debout.

Au moment où on le poussait à l'arrière du véhicule de Jacobi, Brinkley se retourna vers moi.

— Merci, lieutenant, dit-il, lançant toujours des yeux fous de tous les côtés.

Le visage décomposé, il éclata en sanglots.

— Je savais que vous m'aideriez.

21.

Jacobi me suivit dans mon bureau. On avait les nerfs tendus comme des cordes de guitare. En attendant qu'on ait fini de traiter Brinkley, nous bûmes un café en discutant de la marche à suivre.

Brinkley avait avoué être le tireur du bac et refusé les services d'un avocat. Mais la déposition écrite qu'il m'avait remise n'était qu'un ramassis délirant sans queue ni tête où se mêlaient lumière blanche, peuple de rongeurs et un flingue surnommé Bucky.

Il nous fallait obtenir des aveux de Brinkley en bonne et due forme afin de montrer que, même si Alfred Brinkley était mentalement dérangé, il avait toute sa raison *à l'heure actuelle*.

Après avoir appelé Tracchio, je téléphonai à Cindy pour la prévenir en exclusivité de la capture de Brinkley. Outre le fait d'être l'une de mes meilleures amies, elle était le grand manitou de la rubrique criminelle du *Chronicle*. Puis j'arpentai la salle de garde, les yeux rivés sur les aiguilles de la pendule qui faisaient *lentissimo* le tour du cadran, pendant qu'on attendait l'arrivée de Tracchio.

À 21 h 15, on avait photographié Alfred Brinkley et relevé ses empreintes ; on lui avait échangé ses vêtements contre une combinaison orange afin de pouvoir les soumettre à des tests, ayant trait aux éclaboussures de sang et autres résidus de poudre.

Je demandai à Brinkley de laisser un auxiliaire médical lui faire unc prise de sang et lui expliquai pourquoi :

— Je tiens à m'assurer que vous n'étiez pas sous l'emprise de l'alcool ou de la drogue quand vous nous avez fait vos aveux.

— Je touche pas à ça, assura Brinkley en retroussant sa manche.

Brinkley nous attendait à présent dans la salle d'interrogatoire numéro deux, le box où la caméra vidéo au plafond marchait les trois quarts du temps.

Jacobi et moi rejoignîmes Brinkley dans la pièce carrelée de gris. Après avoir retiré des chaises de sous la table métallique éraflée, nous nous assîmes en face du tueur.

J'avais encore la chair de poule rien qu'à observer son visage blême et peu soigné.

Je me souvenais de ce qu'il m'avait dit : « C'est moi qui ai fait ça. »

22.

Brinkley était très nerveux. Il cognait ses genoux contre le dessous de la table et avait croisé ses poignets menottés afin de pouvoir arracher les poils de son avant-bras.

— Mr Brinkley, vous avez bien compris que vous êtes autorisé à garder le silence ? lui demandai-je.

Il m'écouta en acquiesçant pendant que je lui énumérais une nouvelle fois ses droits. Et il répondit « oui » à ma question : « Vous avez bien compris vos droits ? »

Je posai un formulaire de renonciation devant lui, qu'il signa. J'entendis une chaise racler le sol dans la salle d'observation derrière le miroir sans tain et vrombir faiblement la caméra au plafond. L'interrogatoire était enregistré.

— Savez-vous quel jour de la semaine on est ?

— Lundi, répliqua-t-il.

— Où habitez-vous ?

— Dans les stations du BART. Les magasins informatiques. La bibliothèque, quelquefois.

— Vous savez où vous vous trouvez en ce moment ?

— Au palais de justice, 850, Bryant Street.

— Très bien, Mr Brinkley. Maintenant, pouvez-vous répondre à ceci : avez-vous pris le bac *Del Norte* samedi, avant-hier autrement dit ?

— Ouais. Il faisait vachement beau. J'ai trouvé le billet pendant que j'étais au marché aux primeurs, me dit-il. J'ai pensé que c'était pas un crime que d'utiliser ce billet, j'ai pas raison ?

— Vous l'avez pris à quelqu'un ?

— Non, je l'ai trouvé par terre.

— Bon, admettons, dit Jacobi.

Brinkley paraissait plus calme à présent et beaucoup plus jeune qu'il ne l'était en réalité. Ça commençait à me contrarier qu'il ait l'air puéril et même inoffensif. Comme s'il était lui-même une victime.

Une pensée me vint : quel effet ferait-il à des jurés ? Le trouveraient-ils aimable ?

« Non coupable » en raison du facteur sympathie autant que du fait qu'il était fou à lier ?

— Lors du trajet de retour, Mr Brinkley...

— Vous pouvez m'appeler Fred.

— OK, va pour Fred. Au moment où le *Del Norte* accostait à San Francisco, avez-vous sorti une arme puis fait feu sur certains de ses passagers ?

— J'ai été obligé de le faire, dit-il d'une voix qui se brisait, soudain tendue. Cette mère de famille... écoutez, j'ai fait quelque chose de mal, je le sais. Je veux qu'on me punisse.

— Avez-vous abattu ces personnes ? insistai-je.

— Oui, c'est moi ! J'ai tiré sur cette mère et sur son fils. Et sur ces deux hommes. Et sur cette autre femme qui me regardait comme si elle savait tout ce que j'avais dans la tête. Je regrette vraiment. Je passais un très bon moment jusqu'à ce que tout aille de travers.

— Mais vous aviez prémédité cette fusillade, n'est-ce pas ? demandai-je à Brinkley sans élever le ton, allant même jusqu'à lui sourire pour l'encourager. Vous portiez une arme chargée sur vous, c'est bien la vérité ?

— Bucky, je le porte toujours sur moi, répondit Brinkley. Mais je ne voulais pas de mal à ces gens-là. Je ne les connaissais pas. Je n'ai même pas cru qu'ils étaient réels jusqu'à ce que je voie cette vidéo à la télé.

— Ah bon ? Pourquoi avoir tiré sur eux alors ? s'enquit Jacobi.

Brinkley fixa la surface du miroir sans tain au-dessus de ma tête.

— C'est les voix qui m'ont dit de le faire.

Était-ce la vérité ? Ou bien Brinkley jouait-il déjà le grand air de la démence comme argument de défense ?

Jacobi lui demanda de quel genre de voix il parlait. Mais Brinkley cessa de répondre. Menton baissé sur la poitrine, il marmonna :

— Je veux que vous me boucliez. Vous voulez bien ? J'ai vraiment besoin de dormir.

— Je suis presque sûre qu'on peut vous trouver une cellule vide au neuvième étage, dis-je.

Je tapai au battant de la porte et le sergent Steve Hall entra dans la salle d'interrogatoire. Et vint se poster derrière le prisonnier.

— Mr Brinkley, dis-je alors que nous nous levions, vous êtes inculpé du meurtre de quatre personnes, de tentative de meurtre sur une cinquième et d'au moins quatorze autres délits mineurs. Je vous conseille de prendre un bon avocat.

— Merci, murmura Brinkley qui me regarda en face pour la première fois. Vous êtes quelqu'un de bien. Je vous suis vraiment reconnaissant de tout ce que vous avez fait pour moi.

23.

Le journal m'attendait sur mon paillasson le lendemain matin, barré d'un très gros titre, surmontant la signature de Cindy : LE TIREUR DU BAC EN CALE SÈCHE.

Un petit groupe de journalistes guettait mon arrivée au palais de justice.

— Comment vous sentez-vous, lieutenant ?

— En super forme, lançai-je avec un grand sourire. Je ne me suis jamais mieux portée.

Je répondis à des questions, fis l'éloge de mon équipe et souris pendant qu'on me prenait en photo. Puis j'entrai dans le bâtiment et montai jusqu'au deuxième étage en ascenseur.

À peine avais-je franchi le portillon de la salle de garde que Brenda frappa le petit gong posé près d'elle, puis se leva et me serra dans ses bras. J'aperçus les fleurs sur mon bureau à l'autre extrémité de la pièce.

Je réunis mon équipe autour de moi et les remerciai pour tout ce qu'ils avaient fait. Quand l'inspecteur Lemke me demanda si je pouvais donner des cours pour leur apprendre à faire apparaître les assassins comme par magie, on éclata de rire.

— J'ai beau maîtriser le truc du nez qui remue, ajouta-t-il, ça ne marche jamais avec moi.

— Parce qu'il faut que tu remues le nez, que tu croises les bras et que tu clignes de l'œil en même temps, lui lança Rodriguez.

Je me servais du café avant de me plonger dans l'épaisse pile de paperasses qui occupait la moitié de la surface de mon bureau quand Brenda apparut à la porte.

— Le Chef sur la ligne un, annonça-t-elle.

Je retournai dans mon bureau et déplaçai l'énorme corbeille de fleurs posée sur ma table de travail tout en jetant un coup d'œil à la carte glissée entre les roses. Le petit mot de Joe était rempli de X et de O [1]. Joe, mon merveilleux Joe, mon homme à moi.

---

1. Pour symboliser *Hugs and Kisses*, gros bisous. (*N.d.T.*)

Je souriais encore en décrochant le combiné. La voix du chef, tout sucre tout miel, me demanda de monter dans son bureau.

— Le temps que je réunisse l'équipe, répondis-je.

— Non, venez seule.

Après avoir prévenu Brenda que je m'absentais quelques minutes, je pris l'escalier et gagnai l'antre lambrissé de noyer de Tracchio, au quatrième.

Le chef se leva à mon entrée, me tendit sa main charnue au-dessus du bureau et serra la mienne.

— Boxer, l'arrestation de ce barjo est à marquer d'une pierre blanche pour le SFPD. Je tiens à vous féliciter une fois de plus pour l'excellence de votre travail.

— Merci, chef. Et merci de votre soutien.

Je m'apprêtai à partir, mais le chef eut soudain l'air embarrassé – une expression que je ne lui connaissais pas.

Il me fit signe de m'installer et se rassit de son côté, faisant rouler son fauteuil plusieurs fois sur la moquette avant de croiser les mains à hauteur de son nombril.

— Lindsay, j'en suis arrivé à une décision contre laquelle j'ai bataillé bec et ongles.

Allait-il me donner plus d'effectifs ? me demandai-je. Augmenter le budget des heures sup ?

— J'ai observé la manière dont vous avez mené cette affaire. La ténacité et la détermination dont vous avez fait preuve au cours de cette enquête m'ont impressionné.

— Merci...

— Et je dois reconnaître que vous aviez raison et que j'avais tort.

Raison à propos de quoi ? Je cherchai à anticiper son raisonnement, tâchant de devancer ses paroles... mais j'échouai.

— Comme vous me l'aviez dit, poursuivit Tracchio, vous êtes bien meilleure sur le terrain que clouée derrière un bureau. Et je vous comprends maintenant. Pour faire simple, vous cantonner à des tâches administratives, c'est gaspiller votre talent.

Je dévisageai le chef qui posa un insigne devant moi.

— Félicitations, Boxer. Vous avez bien mérité d'être rétrogradée sergent.

24.

L'incrédulité me donna soudain le vertige.

J'entendais parler Tracchio, mais on aurait dit que son bureau avait traversé le mur du fond et qu'il s'adressait à moi depuis l'autre côté de l'autoroute.

— Nos rapports hiérarchiques fonctionneront en pointillé. Et bien entendu, vous conserverez votre salaire actuel.

Je hurlai dans ma tête : « Vous me rétrogradez ? Vous osez me rétrograder ? Aujourd'hui ? »

Je m'agrippai au bord de son bureau. Je vis Tracchio s'adosser à son fauteuil. Son expression indiquait qu'il était aussi stupéfait par ma réaction que moi par ce qu'il venait de m'annoncer.

— Qu'y a-t-il, Boxer ? N'est-ce pas ce dont vous rêviez ? Vous ne cessez de me harceler depuis des mois...

— Non... je veux dire, oui, c'est vrai. Mais je ne m'attendais pas...

— Voyons, Boxer, qu'est-ce que vous me chantez ? J'ai consacré toute ma soirée à mettre ça au point dans les moindres détails parce que vous m'aviez dit que c'était ce que vous désiriez.

J'ouvris la bouche puis la refermai, incapable de dire un mot.

— Laissez-moi un peu de temps pour digérer la chose, vous voulez bien, Tony ? bafouillai-je enfin.

— Je renonce, fit Tracchio en donnant un grand coup d'agrafeuse sur son bureau. Je ne vous comprendrai jamais !

Si je ne me revois pas quitter le bureau du chef, je me souviens en revanche qu'atteindre l'escalier me parut interminable, sans compter que je devais adresser un sourire forcé à tous ceux qui me lançaient leurs félicitations.

Mon esprit tournait en circuit fermé. Merde, qu'est-ce qui m'avait pris ? Et qu'est-ce que je voulais, au juste ?

J'atteignis la cage d'escalier, m'appuyai lourdement à la rampe. J'entamais la descente vers la salle de garde quand j'aperçus Jacobi monter en sens inverse.

— Tu ne vas pas en croire tes oreilles, Warren.

— Sortons d'ici, dit-il.

Nous gagnâmes le rez-de-chaussée, puis Bryant Street, et nous dirigeâmes ensuite vers le Flower Mart.

— Tracchio m'a appelé hier soir, m'apprit Jacobi.

Je levai les yeux vers lui. Jacobi et moi n'avions jamais eu de secrets l'un pour l'autre. Il avait l'air peiné, et cela me secoua.

— Il m'a proposé ton poste, Lindsay. Mais je lui ai répondu que j'accepterais seulement si tu n'y voyais pas d'inconvénient.

Le grondement sous mes pieds était sûrement celui du Caltrain entrant en gare, mais cela me fit l'impression d'un tremblement de terre.

Je savais ce que j'étais censée répondre : « Félicitations. Excellent choix. Tu vas être génial, Jacobi. »

Mais les mots ne voulaient pas sortir.

— Il me faut un peu de temps pour réfléchir, Jacobi. Je vais prendre un jour de congé, bafouillai-je.

— Bien sûr, Lindsay. On ne fera rien à moins que...

— Deux jours, peut-être.

— Arrête, Lindsay ! Dis-moi quelque chose.

Mais j'étais déjà loin.

Je traversai la rue, sortis ma voiture du parking et gagnai la 6e Rue via Bryant Street. De là, je m'engageai sur la 280 Sud en direction de Potrero Hill.

J'arrachai mon portable de ma ceinture et appelai Joe. J'écoutai les sonneries tout en appuyant sur le champignon de mon Explorer, puis empruntai la voie rapide.

Il était 13 heures à Washington.

Décroche, Joe !

Le répondeur s'enclencha. Je laissai un message.

— Appelle-moi. Je t'en prie.

Puis j'appelai l'Hôpital Général de San Francisco, et demandai à la standardiste de me mettre en contact avec Claire.

25.

J'espérais avoir Claire au bout du fil, mais ce fut Edmund qui répondit. il m'apprit qu'il avait passé une nouvelle nuit à dormir sur une chaise.

— Comment va-t-elle ? demandai-je, la gorge dans un étau.

— On lui refait une autre IRM.

— Tu diras à Claire qu'on a arrêté le tireur, lançai-je. Il a avoué et on l'a mis sous les verrous.

Je dis à Edmund que je rappellerais Claire plus tard, puis je refis le numéro de Joe. Cette fois, je tombai sur sa boîte vocale à son bureau, alors j'essayai chez lui.

Là encore, j'eus droit au répondeur.

Je freinai au feu rouge de la 18e Rue, tapotai le volant nerveusement, et redémarrai pied au plancher dès que le feu repassa au vert.

Un souvenir ancien me revint : le jour où j'avais été promue lieutenant après avoir arrêté le « tueur des jeunes mariés », un psychopathe qui aurait bien mérité de figurer dans les dix premiers de la liste des criminels les plus dépravés de tous les temps. À l'époque, j'avais presque considéré cette promotion comme une nomination politique : aucune femme n'avait occupé ce poste avant moi. J'avais foncé, les laissant m'épingler un insigne doré sur la poitrine sans même me demander si le pouvoir et la responsabilité attachés à ce boulot étaient bien ce que je voulais.

En réalité, je n'en savais toujours rien.

J'avais demandé à réintégrer le rang, alors bien sûr Tracchio ne comprenait pas ma réaction. D'ailleurs, je ne la comprenais pas moi-même.

Mais parfois, on n'est sûr de rien tant qu'on n'est pas confronté à la réalité.

Entretenir un rapport hiérarchique en pointillé avec Tracchio, c'était de la foutaise.

Je rentrerais dans le rang à reculons.

Pourrais-je supporter de recevoir des ordres de Jacobi ?

« Je lui ai répondu que j'accepterais seulement si tu n'y voyais pas d'inconvénient », m'avait-il dit.

Il fallait que j'en parle avec Joe.

Je pris le portable posé à côté de moi et composai à nouveau son numéro. La voix de Joe, sur son message, m'évoquait tellement de souvenirs : nos voyages merveilleux, notre façon de faire l'amour, tous ces petits riens que j'adorais chez lui, ces instants que je savourais parce qu'ils étaient éphémères.

Que n'aurais-je donné pour être dans ses bras ce soir, pour me sentir enveloppée de son amour, lui qui savait si bien me percer à jour. Son contact seul avait le don de faire disparaître mes idées noires...

Je refermai mon téléphone sans laisser de message, appelai les deux autres numéros de Joe : idem.

Je garai ma voiture et restai là, comme une idiote, à regarder dans le vide, comme si j'espérais voir Joe apparaître.

Puis il me vint une idée de génie.

Qu'est-ce qui m'en empêchait ?

26.

J'étais le seul spécimen dans mon genre dans la salle d'embarquement : rien que des hommes en costume gris et cravate rouge ou bleue... et moi, vêtue d'un pull en cachemire clair, d'un jean serré et d'une veste en tweed ultra courte. Les hommes me regardaient à la dérobée, ce qui gonfla mon ego.

En attendant d'embarquer, je repassai tout en revue dans ma tête : la *dog-sitter* de Martha avait pris son service. J'avais mis sous clé mon arme et mon badge dans le tiroir de la coiffeuse. J'avais laissé mon portable dans la voiture – à vrai dire, cet oubli était un acte manqué, et je n'avais nul besoin d'un psy pour comprendre qu'en me dépouillant de mon attirail j'envoyais paître le boulot.

Je voyageais léger, mais j'avais emporté l'essentiel : mon rouge à lèvres, et le billet classe affaires aller-retour à destination de Reagan National que

Joe m'avait remis avec ses clés et un petit mot qui disait : « Voici un passe-file pour venir me voir. Il est valable n'importe quand. Je t'embrasse, Joe. »

Je me sentais un peu téméraire en montant à bord de l'appareil. Non seulement je quittais la ville en laissant derrière moi un important conflit non résolu, mais autre chose aussi m'inquiétait. Si Joe m'avait fait des visites surprises, jamais je n'avais rappliqué chez lui sans prévenir.

La coupe de champagne d'avant vol contribua à m'apaiser. À peine l'avion eut-il décollé que j'abaissai le dossier de mon siège et m'endormis. La voix du pilote nous annonçant notre atterrissage imminent à Washington D.C. me réveilla.

À l'aéroport, je donnai à un taxi l'adresse de Joe, au nord-ouest de la ville.

Une demi-heure plus tard, le taxi contournait les plantations et les fontaines du luxueux complexe résidentiel Kennedy-Warren. Quelques minutes plus tard, je sonnai à la porte de Joe, située dans l'aile historique du dernier étage.

Comme Joe ne répondait pas, je sonnai de plus belle. Je glissai alors la première clé dans la serrure, puis la seconde, et ouvris la porte.

— Joe ? criai-je en pénétrant dans le vestibule non éclairé.

Je l'appelai à nouveau en m'approchant de la cuisine.

Enfin, je me posai la question : Mais où donc est-il ? Pourquoi n'a-t-il répondu à aucun de mes appels ?

La cuisine s'ouvrait sur un grand espace accueillant qui servait à la fois de salon et de salle à manger. Le parquet brillait sous les flots de lumière entrant par les fenêtres situées à l'autre extrémité de la pièce. J'aperçus une terrasse au-delà.

Je remarquai que l'ameublement en bois sombre, somptueusement tapissé, était disposé en ordre parfait.

Mais au second coup d'œil, je ressentis un violent coup au cœur.

Une femme, pelotonnée sur un canapé tourné vers les fenêtres, lisait un magazine, les cordons blancs d'un iPod lui pendant à ses oreilles.

Sous le choc, je restai immobile, incapable de prononcer un mot.

27.

Mon rythme cardiaque s'accéléra tandis que je concentrais mon attention sur la femme installée sur le canapé. Il y avait un sandwich et une tasse de thé à sa portée, sur la table basse.

Je notai qu'elle portait un débardeur et un pantalon de survêtement noirs. Son épaisse chevelure méchée de blond était nouée sur sa nuque, ses pieds étaient nus.

J'avais l'impression d'avoir été vidée de mon sang, sauf au bout de mes doigts qui me picotaient. Joe menait-il une double vie pendant que moi, à San Francisco, j'attendais ses coups de fil et espérais ses visites ?

Je rougis de colère et de honte. Je ne sus si je devais hurler ou m'enfuir.

Comment Joe avait-il pu me tromper ?

La femme dut apercevoir mon reflet dans les vitres. Elle laissa tomber son magazine, porta ses mains à son visage et se mit à hurler.

Je hurlai à mon tour.

— Qui êtes-vous ?

— Et qui êtes-vous, *vous*, d'abord ? me cria-t-elle en réponse.

Ses cheveux se répandirent sur ses épaules quand elle arracha l'iPod de ses oreilles.

— La petite amie de Joe, rétorquai-je.

Je me sentis mise à nu, j'aurais tout donné pour avoir mon badge et le lui coller sous le nez.

— Je suis Milda, dit-elle en se levant d'un bond du canapé, m'entraînant dans la cuisine. Je travaille ici, je fais le ménage pour Mr Molinari.

J'éclatai de rire. Pas tant à cause de la cocasserie de la situation que sous l'effet du soulagement.

Elle tira un chèque de sa poche et me le mit devant les yeux.

Mais j'avais du mal à la fixer. Des images de ces derniers jours se bousculaient dans ma tête. Et maintenant, en la présence de cette jeune femme, je ne maîtrisais plus mes émotions.

— J'ai fini tôt et je me suis dit que j'allais souffler quelques minutes, dit-elle en lavant la vaisselle qu'elle venait d'utiliser. Ne lui dites rien, je vous en prie.

J'acquiesçai mollement.

— Bien sûr. Je ne lui dirai rien.

— Je dois y aller, reprit-elle en fermant les robinets. Je n'ai pas envie d'être en retard pour récupérer mon fils.

Je hochai la tête.

Je longeai un couloir jusqu'à la salle de bains. J'ouvris une armoire à pharmacie et passai en revue boîtes et autres flacons, à la recherche de vernis à ongles, tampons hygiéniques ou produits de maquillage.

Chou blanc. Je passai dans la chambre, grande pièce moquettée donnant sur le jardin. J'ouvris à la volée la penderie de Joe, y vérifiai l'absence de chaussures de femme, laissai courir mes mains le long de la tringle. Ni jupes ni chemisiers.

Mais qu'est-ce qui me prenait ? Je connaissais Joe, non ?

Je me tournai vers le lit, m'apprêtant à défaire la literie pour inspecter les draps, quand j'aperçus une photo sur la table de nuit. Joe et moi, six mois plus tôt, à Sausalito. Lui m'entourant de ses bras, la brise faisant battre mes cheveux sur mon visage. Nous avions l'air amoureux.

J'enfouis mon visage entre mes mains.

J'avais tellement honte que les larmes se mirent à couler toutes seules. Je sanglotai, plantée dans la chambre de Joe.

Là-dessus, je m'en allai et rentrai en Californie.

II

LA FILLETTE AUX YEUX BRUNS

28.

Madison Tyler sautilla à cloche-pied en respectant les lignes du trottoir puis, revenant en courant près de sa nounou, elle lui attrapa la main tandis qu'elles s'avançaient vers Alta Plaza Park.

— T'as écouté ce que j'ai dit, Paola ? lui demanda Madison.

Paola Ricci serra la menotte de Madison.

Parfois, la précocité de la fillette de cinq ans dépassait presque les facultés de compréhension de Paola.

— Mais oui, bien sûr que je t'ai écoutée, ma chérie.

— Je disais donc, reprit la petite fille sur ce drôle de ton adulte, quand je joue la *Bagatelle* de Beethoven, les premières notes sont une gamme ascendante et elles ressemblent à une échelle bleue...

Elle fredonna les notes.

— Puis, dans la partie suivante, quand je joue do-ré-do, les notes sont roses-vertes-roses ! s'exclama-t-elle.

— Alors tu imagines que les notes ont des couleurs ?

— Non, Paola, rectifia la fillette patiemment. Les notes *sont* ces couleurs. Tu ne vois pas de couleurs quand tu chantes ?

— Nan, répondit Paola. À mon avis, je suis complètement neuneu. Une nounou neuneu.

— Je ne sais pas ce que c'est une nounou neuneu, fit Madison, son sourire éblouissant faisant étinceler ses grands yeux bruns. Mais à t'entendre, c'est très rigolo.

Toutes les deux éclatèrent de rire. Madison attrapa Paola par la taille et enfouit son visage dans le manteau de la jeune femme, au moment où elles passaient devant la très huppée Waldorf School, à quelques rues à peine de l'endroit où Madison vivait avec ses parents.

— C'est samedi, chuchota Madison à Paola. Je suis même pas obligée de regarder l'école le samedi.

Le parc était un bloc plus loin. En apercevant les murs de pierre qui l'entouraient, Madison, excitée comme une puce, changea de sujet.

— Maman m'a dit que je pourrais avoir un Lakeland terrier rouge quand je serais plus grande, confia-t-elle à Paola au moment où elles traversaient Divisadero Street. Je l'appellerai Wolfgang.

— C'est un nom bien sérieux pour un petit chien, fit remarquer Paola, prenant garde à traverser en toute sécurité.

Elle jeta à peine un coup d'œil au minivan noir qui roulait au ralenti à l'extérieur du parc. Ce genre de véhicule était aussi courant que des corbeaux à Pacific Heights.

Paola tira Madison par le bras et la fillette sauta sur le trottoir, puis s'arrêta soudain. Quelqu'un descendit du véhicule, s'avançant rapidement vers elles.

— C'est qui, Paola ? demanda Madison à sa nounou.

— Que se passe-t-il ? lança Paola à l'homme qui était descendu du van.

— Un problème à la maison. Il faut que vous veniez toutes les deux avec nous, tout de suite. Madison, ta maman est tombée dans les escaliers.

Madison s'écarta de sa nounou en s'écriant :

— Mon papa m'a dit de pas monter en voiture avec des inconnus ! En plus, vous avez l'air bizarre.

L'homme attrapa la fillette comme un sachet de graines pour oiseaux.

— Au secours ! Posez-moi par terre, s'écria-t-elle.

— Monte, intima l'homme à Paola en lui braquant une arme de poing sur la poitrine. Sinon, tu peux dire adieu à la gosse.

29.

Nous venions de rentrer à la salle de garde, Conklin et moi, après une sinistre matinée d'enquête portant sur une fusillade motorisée des plus brutales, quand Jacobi nous fit signe de le rejoindre dans son bureau.

On traversa la pièce au sol tapissé de linoléum gris jusqu'à la cage de verre où nous nous assîmes. Conklin se percha sur mon bahut, là où Jacobi avait l'habitude de s'asseoir ; je me rabattis sur la chaise près du bureau, regardant Jacobi prendre ses aises dans le fauteuil qui avait été autrefois le mien.

J'essayais encore de me faire à la nouvelle tournure des événements. Je balayai d'un regard le souk que Jacobi avait créé en moins de quinze jours de prise de possession des lieux : journaux empilés sur le sol et le rebord de la fenêtre, odeurs de nourriture émanant de la poubelle.

— Tu es un vrai cochon, Jacobi, lui dis-je. Et j'entends ça au sens propre du terme[1].

Jacobi éclata de rire, ce qui depuis peu lui arrivait plus fréquemment qu'au cours des deux dernières années. Et en dépit du coup porté à mon ego, j'étais heureuse qu'il n'ait plus à s'essouffler en grimpant les collines. C'était un super flic, apte à gérer l'ingérable, et je faisais tout mon possible pour l'apprécier à nouveau.

Jacobi toussota, puis nous dit :

— On a un kidnapping sur les bras.

— Et pourquoi on s'en occupe ? demanda Conklin.

— Le département du grand banditisme bosse dessus depuis quelques heures, mais un témoin s'est fait connaître, et maintenant il semblerait qu'il y ait eu meurtre, développa Jacobi. On agira en coordination avec le lieutenant Macklin.

Un bourdonnement s'éleva de l'ordinateur quand Jacobi l'alluma, geste nouveau pour lui. Il extirpa un

1. *Pig* signifie aussi « flic » en argot. (*N.d.T.*)

CD du bazar entassé sur son bureau et le glissa maladroitement dans le lecteur.

— Une fillette de cinq ans se rendait au parc avec sa nounou, ce matin à 9 heures. Elles ont été enlevées toutes les deux, expliqua-t-il. La nounou est italienne : Paola Ricci, originaire de Crémone, titulaire d'un visa de travail. L'enfant s'appelle Madison Tyler.

— Le Tyler du *Chronicle* ? demandai-je.

— Ouais. Henry Tyler est le père de la petite.

— Tu nous as bien dit qu'il y avait un témoin ?

— Oui, Boxer. Une femme qui baladait son chien avant d'aller bosser a aperçu une silhouette en manteau gris sortir d'un minivan noir, devant Alta Plaza Park, sur Scott Street.

— Comment ça, une « silhouette » ? demanda Conklin.

— Tout ce qu'elle a pu dire, c'est qu'elle a vu une personne en manteau gris, sans savoir s'il s'agissait d'un homme ou d'une femme, parce que ladite personne lui tournait le dos et qu'elle ne l'a observée qu'un instant. Elle n'a pas pu non plus identifier la marque du véhicule. D'après elle, tout ça s'est déroulé trop vite.

— Et qu'est-ce qui laisse penser qu'il y a eu un meurtre ? insistai-je.

— Le témoin affirme avoir entendu un coup de feu dès que le véhicule a tourné dans Divisadero. Puis elle a vu du sang éclabousser la vitre arrière du van.

30.

Jacobi cliqua deux, trois fois sur sa souris, puis fit pivoter l'ordinateur portable vers Conklin et moi afin que nous puissions voir la vidéo qui se déroulait sur l'écran.

— Voici Madison Tyler, nous dit-il.

La caméra cadrait une fillette blonde qui sortait de derrière le rideau puis entrait sur scène. Elle était vêtue d'une robe en velours bleu marine toute simple avec des socquettes, et portait des souliers à bride d'un rouge brillant.

C'était sans conteste la plus jolie fillette que j'aie jamais vue, mais ses yeux pétillants d'intelligence montraient qu'elle était plus qu'une petite reine de beauté.

Des applaudissements envahirent le bureau de Jacobi quand la fillette, grimpant sur un tabouret, prit place devant un piano à queue Steinway.

Les acclamations s'estompèrent et elle se mit à jouer un morceau de musique classique que je ne reconnus pas. Il était compliqué, mais la fillette me parut l'interpréter sans la moindre faute.

Elle termina sa prestation avec emphase, étirant ses bras au-dessus du clavier, égrenant les dernières notes sous une salve d'applaudissements.

Madison se tourna et s'adressa au public.

— Je ferai mieux quand mes bras auront poussé.

Des rires attendris débordèrent des haut-parleurs, puis un petit garçon sortit des coulisses et lui tendit un bouquet.

— A-t-on prévenu ses parents ? demandai-je, détachant mon regard de l'écran.

— C'est encore un peu tôt, répondit Jacobi. Il n'y a pas encore eu de demande de rançon.

31.

Cindy Thomas travaillait chez elle, dans le bureau qu'elle s'était aménagé dans son nouvel appartement. CNN en fond sonore, elle était plongée dans l'article qu'elle écrivait sur le procès à venir d'Alfred Brinkley. Elle hésita à répondre au téléphone quand il sonna. Puis, jetant un coup d'œil au nom qui s'affichait, elle décrocha.

— Mr Tyler ? fit-elle.

La voix d'Henry Tyler était presque méconnaissable, d'une étrangeté sinistre. Elle crut d'abord qu'il lui faisait une blague, mais ce n'était pas du tout son genre.

Scotchée au combiné, hoquetant des « Non... oh non », elle s'efforçait de comprendre l'homme en pleurs, qui perdait le fil de son discours au point de devoir demander à Cindy ce qu'il venait de dire.

— Elle portait un manteau bleu, dit Cindy, lui servant de souffleur.

— Oui, c'est ça. Un manteau bleu foncé, un pull rouge, un pantalon bleu, des souliers rouges.

— Vous aurez l'article dans une heure, fit Cindy. D'ici là, ces salopards vous auront donné des nouvelles en vous précisant le montant de la rançon à payer pour récupérer Maddy. Car vous allez la récupérer.

Cindy prit congé de l'éditeur associé du *Chronicle*. Puis elle se posa un moment, s'agrippant aux accoudoirs de son fauteuil, saisie de peur et de vertige. Elle avait « couvert » assez de kidnappings pour savoir que, si l'enfant n'était pas retrouvée aujourd'hui même, les chances de la découvrir vivante diminueraient de cinquante pour cent. Et encore de cinquante si on ne la retrouvait pas demain.

Elle repensa à la dernière fois qu'elle avait vu Madison. C'était au début de l'été, quand la fillette était passée au bureau avec son père.

Pendant une vingtaine de minutes, Madison n'avait cessé de faire pivoter le fauteuil en face de Cindy, de l'autre côté de son bureau.

Gribouillant sur un bloc sténo, elle faisait semblant d'être une journaliste qui interrogeait Cindy sur son boulot.

— Pourquoi on appelle une « deadline » comme ça ? Vous n'avez pas peur quand vous rédigez un article sur des « gens méchants » ? C'est quoi le papier le plus débile que vous ayez écrit ?

Maddy n'avait rien d'une enfant gâtée, elle était délicieuse et drôle. Cindy avait été chagrinée quand la secrétaire de Tyler était revenue en déclarant : « Venez, Madison. Miss Thomas a du travail. »

Cindy avait plaqué un baiser sur la joue de la fillette en lui disant :

— Tu es mignonne, non pas comme un, mais comme dix cœurs, tu le sais, ça ?

Madison avait jeté ses bras autour de son cou et lui avait rendu son baiser.

— À plus, ma puce, lui avait lancé Cindy.

Et Madison s'était retournée, tout sourires, pour lui rétorquer :

— À toute, ma choute !

Cindy fixa à nouveau l'écran de l'ordinateur, paralysée à l'idée que Madison était retenue prisonnière. Elle se demanda si la fillette était ligotée dans le coffre d'une voiture, si elle avait subi des violences sexuelles, si elle était déjà morte.

Cindy ouvrit un nouveau dossier sur son ordinateur et, après quelques faux départs, sentit les mots affluer. « La fillette de cinq ans de Henry Tyler, l'éditeur associé du *Chronicle*, a été enlevée ce matin à quelques rues de son domicile... »

Elle entendait la voix étranglée de chagrin d'Henry Tyler dans sa tête : « Écrivez l'article, Cindy. Et Dieu fasse que Madison soit de retour avant qu'il ne paraisse. »

32.

Yuki Castellano, assise à trois rangs du fond dans le tribunal de grande instance 22, attendait que l'huissier appelle le numéro de l'affaire.

Elle faisait partie du bureau du district attorney depuis seulement un mois, et même si elle avait travaillé plusieurs années comme avocat de la défense dans un cabinet juridique réputé, passer du côté de l'accusation s'avérait plus salissant et plus exigeant que de défendre des clients en col blanc dans des procès au civil.

C'était exactement ce qu'elle désirait.

Ses anciens collègues n'auraient jamais imaginé à quel point sa nouvelle vie « du côté obscur de la force » lui plaisait.

Le but de l'audience du jour était de fixer la date du procès d'Alfred Brinkley. Il y avait un assistant au bureau du district attorney dont le boulot consistait à participer à ce genre de procédure et à tenir à jour le calendrier.

Mais Yuki ne voulait pas déléguer un seul détail de cette affaire.

Elle avait été choisie par Leonard Parisi, assistant du D.A. senior, pour le seconder dans un procès qui tenait très à cœur à Yuki. Alfred Brinkley avait assassiné quatre personnes. C'était un miracle qu'il n'ait pas tué aussi Claire Washburn, l'une de ses amies les plus chères.

Elle balaya d'un coup d'œil les rangées de sièges, les drogués et les bourreaux d'enfants, leurs mères et petites amies, les avocats commis d'office qui parlementaient avec leurs clients.

Son regard finit par se fixer sur Barbara Blanco, avocate commise d'office en plein conciliabule avec le tireur du bac. Barbara était une femme intelligente qui, comme elle-même, avait tiré un drôle de numéro avec Alfred Brinkley.

Me Blanco, qui avait plaidé que Brinkley n'était pas coupable lors de sa mise en examen, allait certainement essayer d'invalider les aveux de son client avant le procès. Elle soutiendrait que Brinkley n'était pas maître de lui-même au moment des faits et se trouvait depuis sous traitement médical. Et elle s'emploierait à le faire sortir du système pénal pour qu'il intègre un hôpital psychiatrique.

Eh bien, qu'elle essaie.

L'huissier appela le numéro de l'affaire. Le pouls de Yuki s'accéléra. Elle ferma son ordinateur portable et s'avança vers le juge.

Alfred Brinkley suivit docilement son avocate, l'air plus soigné et moins agité que lors de sa mise en examen.

Yuki ouvrit le portillon en bois qui séparait la tribune du prétoire et se tint devant le siège au côté de Barbara Blanco et de Brinkley, les yeux levés vers le juge Norman Moore.

Ce dernier leur rendit brièvement leur regard, puis baissa la tête vers le rôle des causes.

— Très bien. Que diriez-vous de traiter cette affaire au plus tôt, disons lundi 17 novembre ?

— Le ministère public n'y voit pas d'inconvénient, monsieur le président, répondit Yuki.

Mais Barbara Blanco ne l'entendait pas de cette oreille.

— Monsieur le président, Mr Brinkley souffre de troubles mentaux depuis longtemps. Il devrait être examiné conformément à la résolution 1368, afin que soit déterminée son aptitude à être jugé.

Moore laissa retomber ses mains sur son bureau et soupira.

— Très bien, maître Blanco. Le Dr Charlene Everedt est rentrée de vacances. Elle m'a fait savoir ce matin qu'elle disposait d'un peu de temps libre. Elle procédera à l'examen psychiatrique et clinique de Mr Brinkley.

Il tourna son regard vers Yuki.

— Maître Castellano. C'est bien votre nom ?

— Oui, monsieur le président. Il s'agit d'une manœuvre dilatoire, dit-elle, débitant les mots comme une mitraillette. L'avocate de la défense désire soustraire son client à l'attention publique afin que l'agitation médiatique meure. Me Blanco sait très bien que Mr Brinkley est tout à fait apte à être jugé. Il a abattu quatre personnes. Il s'est livré de lui-même et a tout avoué. Le ministère public désire et mérite un procès rapide.

— Je comprends ce que désire le ministère public, maître Castellano, la coupa le juge patiemment. Mais nous obtiendrons un retour rapide du Dr Everedt. Ça ne devrait pas prendre plus de quelques jours. Je crois que le ministère public peut patienter jusque-là, n'est-ce pas ?

— Oui, monsieur le président, répondit Yuki.

Et, tandis que le juge lançait à l'huissier « affaire suivante », Yuki quitta le tribunal, traversant le vestibule avant de franchir les doubles portes de la salle d'audience.

Elle suivit le couloir en marbre pour regagner son bureau, tout en espérant que la psychiatre désignée par la Cour percevrait ce que Lindsay et elle savaient être la vérité.

Alfred Brinkley, aussi dérangé qu'il fût, ne l'était pas sur un plan juridique.

C'était un assassin qui avait tué quatre fois avec préméditation. Et si tout se passait bien, l'accusation aurait sans tarder l'occasion de le prouver.

33.

Je lançai les clés à Conklin, puis m'installai côté passager dans la voiture de patrouille.

Conklin, nerveux, sifflotait entre ses dents quand on emprunta Bryant Street avant de rouler vers le nord en suivant la 6e Rue, pendant quelques blocs, pour ensuite traverser Market Street et nous diriger vers Pacific Heights.

— S'il y a bien un truc qui m'enlèverait l'envie d'avoir des mômes, c'est ça, fit-il.

— Et sinon ?

— J'aimerais en avoir une ribambelle.

On lança des hypothèses sur le kidnapping : y avait-il eu meurtre ? La nounou avait-elle joué un rôle dans l'enlèvement ?

— Elle était dans la place, remarquai-je. Elle devait savoir tout ce qui se passait dans la maison. Les ressources pécuniaires des Tyler, leurs habitudes, leurs allées et venues. Si Madison lui faisait confiance, l'enlèvement, c'était du gâteau.

— Mais dans ce cas, pourquoi la buter ? demanda Conklin.

— Elle avait peut-être cessé d'être utile.

— Une part de rançon en moins. De là à la descendre sous les yeux de la petite...

— Mais était-ce bien la nounou ? lançai-je. N'ont-ils pas abattu l'enfant ?

Nous gardâmes le silence en tournant dans Washington Street, l'une des plus jolies artères de Pacific Heights.

La maison des Tyler se profilait à quelques mètres. C'était un petit manoir de style victorien jaune pâle. Des plantes retombaient en cascades par-dessus les bacs à fleurs. Une demeure de rêve, le genre d'endroit qu'on n'imaginerait jamais visité par la terreur.

Conklin se gara. Nous empruntâmes l'allée de pierre avant de grimper les six marches menant à la porte d'entrée.

Je soulevai le heurtoir de cuivre, puis le laissai retomber. Je savais qu'à l'intérieur de cette belle maison deux personnes se morfondaient dans une peur et un chagrin atroces.

34.

Henry Tyler ouvrit la porte d'entrée et pâlit en me voyant. Je lui montrai mon badge.

— Je me présente, sergent Boxer, et voici l'inspecteur Conklin.

— Je sais qui vous êtes, dit-il. L'amie de Cindy Thomas. Vous êtes de la criminelle.

— C'est exact, Mr Tyler, mais je suis au regret de vous dire que nous n'avons aucune nouvelle de votre fille.

— D'autres inspecteurs sont venus tout à l'heure, dit-il en nous précédant le long d'un couloir jusqu'à un salon somptueux, aux meubles XIXe authentiques. Antiquités, tapis persans et portraits d'une époque révolue. Un piano était disposé en face à une vue imprenable de la baie.

Tyler nous invita à nous asseoir et prit place en face de nous sur un canapé en velours.

— Nous sommes ici parce qu'un témoin du kidnapping a entendu un coup de feu, annonçai-je.

— *Un coup de feu ?*

— Nous n'avons aucune raison de croire qu'on a fait du mal à Madison, Mr Tyler, mais nous avons besoin d'en savoir plus sur votre fille et sur Paola Ricci.

Elizabeth Tyler entra dans la pièce, les yeux rougis et gonflés. Elle s'assit près de son mari et lui étreignit la main.

— Le sergent vient de m'apprendre que la femme qui a vu Madison se faire enlever a entendu un coup de feu.

— Oh mon Dieu ! s'exclama Elizabeth Tyler.

Je répétai mes explications en faisant de mon mieux pour calmer les parents de la fillette. Je leur précisai que nous n'étions sûrs que d'une chose : un coup de feu avait été tiré. Je ne mentionnai pas que du sang avait éclaboussé la vitre arrière du van.

Une fois que Mrs Tyler se fut ressaisie, Conklin demanda au couple s'ils avaient remarqué quelqu'un d'inhabituel rôdant dans le quartier.

— Je n'ai rien vu qui sorte de l'ordinaire, répondit Tyler.

— On s'espionne les uns les autres par ici, renchérit Elizabeth. Les gens sont d'une curiosité insatiable, vous savez. Si un seul d'entre nous avait noté quelque chose de suspect, il aurait prévenu la police.

Nous questionnâmes les Tyler sur leurs allées et venues les jours précédant l'enlèvement, et sur leurs habitudes : quand quittaient-ils la maison, l'heure à laquelle ils allaient se coucher...

— Parlez-moi de votre fille, dis-je. N'épargnez aucun détail.

Le visage de Mrs Tyler s'illumina un court instant.

— C'est une petite fille très heureuse. Elle adore les chiens. Et elle est très douée pour la musique, vous savez.

— Je l'ai vue jouer du piano sur une vidéo, dis-je.

— Vous savez qu'elle possède le don de synesthésie ? me demanda Elizabeth Tyler.

Je fis non de la tête.

— Et c'est quoi, la « synesthésie » ?

— Quand elle entend ou joue de la musique, les notes lui apparaissent sous forme de couleurs. C'est un don extraordinaire...

— C'est un trouble neurologique, l'interrompit Henry Tyler avec impatience. Et ça n'a aucun rapport avec son enlèvement. Il s'agit seulement de rançon.

— Que pouvez-vous nous dire de Paola ? demandai-je.

— Elle parle un excellent anglais, dit Tyler. Elle n'est avec nous que depuis deux mois. Ça remonte à quand, ma chérie ?

— À septembre. Juste après que Mala est rentrée chez elle, au Sri Lanka. Paola nous a été chaudement recommandée, ajouta Mrs Tyler. Et Maddy s'en est entichée immédiatement.

— Connaissez-vous les amis de Paola ?

— Non, répondit Mrs Tyler. Elle n'est pas autorisée à ramener des gens à la maison. Elle a ses jeudis et ses samedis libres, et ce qu'elle fait ces jours-là, je regrette, mais nous ne le savons pas vraiment.

— Elle est toujours pendue à son portable, continua Tyler. C'est Madison qui me l'a dit. Elle doit donc avoir des amis. Que suggérez-vous par là, inspecteur ? Vous pensez qu'elle est derrière tout ça ?

— Cela vous semble-t-il possible ?

— Bien sûr, dit Tyler. Elle connaît notre mode de vie. Peut-être a-t-elle eu envie d'en tirer parti. Ou peut-être qu'un garçon lui a mis cette idée en tête.

— À l'heure actuelle, nous ne pouvons exclure aucune hypothèse, conclus-je.

— Faites tout ce qui est en votre pouvoir, nous pria Henry Tyler, son épouse s'effondrant près de lui, je vous en supplie, retrouvez notre petite fille.

35.

La chambre de Paola Ricci chez les Tyler était féminine, sans aucune place perdue. L'affiche d'une équipe de foot italienne était collée sur le mur, face au lit, et au-dessus du dosseret était accroché un crucifix sculpté à la main.

La petite pièce comptait trois grandes portes : la première menait au couloir, une autre à la salle de bains, et la dernière communiquait avec la chambre de Madison.

Le lit de Paola était fait. Ses vêtements étaient bien rangés dans son placard : robes chasubles de bon goût, jupes et chemisiers classiques et, sur une étagère, des pulls aux couleurs discrètes. Quelques paires de chaussures à talons plats s'alignaient sur le sol. Un sac en cuir noir était pendu à la poignée de la penderie.

J'ouvris le sac à main et examinai le contenu du portefeuille.

Son permis de conduire indiquait que Paola avait dix-neuf ans.

— Elle mesure un mètre soixante-treize, cheveux marron, yeux bleus… et elle ne dit pas non à un joint de temps en temps.

J'agitai un sachet contenant trois joints que j'avais découvert dans une poche zippée.

— Pas de portable. Elle a dû l'emporter avec elle.

J'ouvris l'un des tiroirs de la commode de Paola tandis que Conklin fouillait son vanity-case.

Si les sous-vêtements de Paola étaient pour la plupart blancs, elle avait aussi de la lingerie en satin aux coloris tropicaux.

— À la fois coquine et sage, dis-je.

Je passai dans la salle de bains, ouvris l'armoire à pharmacie, aperçus divers produits de beauté. Puis je remarquai un test de grossesse.

Avec qui couchait-elle ?

Un petit ami ? Henry Tyler ?

Ce ne serait pas la première fille au pair à coucher avec le maître de maison. Y avait-il quelque chose de tordu là-dessous ? Une liaison qui aurait mal tourné ?

— J'ai trouvé un truc, lieutenant, m'interpella Conklin. Sergent, je veux dire.

Je revins dans la chambre.

— Si tu ne peux pas m'appeler Boxer, lui dis-je, essaie Lindsay.

— OK, fit-il, un grand sourire éclairant sa belle gueule. Paola tient un journal, Lindsay.

36.

Pendant que Conklin allait fouiller la chambre de Madison, je parcourus le journal de sa nounou.

Paola, qui avait une très belle écriture, utilisait des symboles et autres smileys pour ponctuer son style exclamatif.

Un simple coup d'œil à ces pages suffit à m'apprendre que Paola Ricci adorait les États-Unis. Elle s'extasiait sur les cafés et les boutiques de Fillmore Street, écrivant qu'elle attendait le beau temps avec impatience pour pouvoir s'installer en terrasse avec ses amies, comme chez elle, en Italie.

Elle avait noirci des pages entières sur les tenues aperçues dans les vitrines, et rapportait ce que ses amies de San Francisco disaient des garçons, des vêtements et des stars.

Chaque fois qu'elle mentionnait ses amies, Paola les désignait uniquement par leurs initiales. J'appris qu'elle fumait de l'herbe avec ME et LK les soirs où elle était libre.

Je cherchai des allusions à Henry Tyler, mais Paola n'y faisait référence que très peu souvent. Et quand c'était le cas, elle l'appelait « Mr B. ».

Cependant, elle évoquait souvent un certain « G. » : chaque regard, chaque rencontre étaient consignés. Mais j'eus la très nette impression qu'il s'agissait davantage de fantasmes que de sentiments réciproques.

La personne que Paola citait le plus dans son journal était Maddy. C'est là que je mesurai véritablement l'amour qu'elle portait à la fillette. Elle avait même collé certains dessins et poèmes de Madison.

Mais je ne trouvai rien concernant des plans, des rendez-vous ou une quelconque vengeance.

Je refermai le petit carnet rouge de Paola, tout en songeant qu'il ne s'agissait que du journal intime d'une jeune fille naïve à l'étranger.

À moins qu'elle n'ait laissé traîner ce journal pour nous le faire croire...

Henry Tyler nous raccompagna sur le perron. Il m'agrippa le bras.

— Je vous remercie d'avoir minimisé les choses devant ma femme, mais je comprends pourquoi vous êtes venus ici. Quelque chose a déjà dû arriver à ma fille. Je vous en prie, tenez-moi au courant quoi qu'il se passe. Et j'insiste pour que vous me disiez la vérité.

Je donnai à Henry Tyler mon numéro de portable en lui promettant de l'appeler régulièrement. Des techniciens mettaient les lignes téléphoniques des Tyler sur écoute et des inspecteurs de la brigade du grand banditisme démarraient leur enquête de voisinage lorsque Conklin et moi partîmes.

Nous roulâmes jusqu'à Alta Plaza Park, joyau historique avec des points de vue à couper le souffle.

Se mêlant aux jeunes filles au pair, aux bambins et aux propriétaires de chiens se promenant tranquillement dans le parc, des flics se livraient à des interrogatoires.

Conklin et moi nous joignîmes à l'enquête et, à nous tous, nous interrogeâmes toutes les baby-sitters et tous les enfants qui connaissaient Madison, y compris l'une des nounous qui portait les initiales ME, l'amie que Paola avait mentionnée dans son journal.

Madeline Ellis éclata en sanglots et exprima ses craintes pour Maddy et Paola.

— C'est comme si tout mon univers avait été mis sens dessus dessous, dit-elle. Cet endroit est censé être sûr !

Madeline berçait dans son landau le bébé dont elle avait la charge.

— C'est une fille sympa. Elle n'est pas très mûre pour son âge, ajouta-t-elle d'une voix étranglée.

Elle nous apprit que le « G. » du journal de Paola s'appelait George et qu'il était serveur au Rhapsody Café. Ils avaient flirté, mais Madeline était certaine qu'ils n'étaient jamais sortis ensemble.

Nous nous rendîmes au Rhapsody Café, sur Fillmore Street, pour interroger George Henley. Après l'avoir cuisiné et tenté de l'intimider, mon flair me souffla qu'il n'avait trempé ni dans un kidnapping ni dans un meurtre.

Ce n'était qu'un gamin qui finançait ses cours du soir en travaillant pour obtenir son diplôme des beaux-arts.

George s'essuya les mains sur son tablier, prit le permis de conduire de Paola que je lui tendais et observa la photo.

— Ah, bien sûr. Je l'ai vue par ici avec ses amies. Mais jusqu'à maintenant, je ne connaissais même pas son nom.

37.

Le soleil se couchait sur Pacific Heights au moment où nous quittions l'appartement d'un homme à tout faire du nom de Will Evans qui logeait au-dessus du garage d'un des voisins des Tyler. C'était un personnage répugnant aux ongles d'une saleté inimaginable. Une vingtaine de terrariums abritaient des serpents et des lézards. Mais tout visqueux qu'il fût, Willy Evans avait un alibi en béton.

Conklin et moi enfilâmes nos manteaux et rejoignîmes les enquêteurs de voisinage, montrant des photos de Paola et de Madison aux propriétaires qui rentraient à peine de leur journée de travail.

Malgré tous nos efforts, nous repartîmes sans une seule piste.

De retour au palais, nous compilâmes notes et idées dans un rapport, précisant que les Devine – voisins des Tyler –, en vacances avant, pendant et après l'enlèvement, n'avaient pas été interrogés, et que les amies de Paola Ricci la décrivaient comme une sainte.

Une profonde tristesse s'abattit sur moi.

Le seul témoin de l'enlèvement avait affirmé avoir entendu un coup de feu et vu du sang éclabousser la vitre arrière du van, à 9 heures ce matin.

Était-ce le sang de Paola ?

Ou bien la fillette s'était-elle débattue et l'avait-on fait taire d'une balle ?

Je souhaitai une bonne soirée à Conklin et roulai jusqu'à l'hôpital. Claire dormait quand j'entrai dans sa chambre. Elle ouvrit les yeux, me lança un « salut, ma chérie » et se rendormit aussi sec. Je restai à son chevet un petit moment, puis embrassai mon amie sur la joue pour lui dire au revoir.

Je garai mon Explorer dans la côte, à quelques mètres de mon appartement, et sortis mes clés, tout en songeant à Madison Tyler. Les idées se bousculaient dans ma tête.

Je dus ouvrir et fermer les yeux plusieurs fois pour m'assurer que je ne rêvais pas : Joe m'attendait devant mon appartement, assis sur les marches. Il tenait une laisse autour du poignet, un bras autour de Martha.

Il se leva et je me précipitai dans ses bras.

C'était tellement bon de se retrouver près de lui.

38.

Joe n'était pas au courant de de ma mésaventure à Washington, mais le moment me parut mal choisi pour la lui raconter.

— Tu as nourri Martha ? lui demandai-je en le serrant plus fort contre moi.

— Oui, et je lui ai fait faire sa promenade, murmura-t-il. Et j'ai acheté un poulet rôti et des légumes. Le vin est au frais.

— Un de ces jours, j'entrerai dans mon appartement et je te descendrai accidentellement.

— Tu me ferais jamais ça, hein, blondinette ?

Je reculai légèrement et levai les yeux vers lui en souriant.

— Non, bien sûr que non, Joe.

— Je te reconnais bien là.

Puis il m'embrassa à nouveau, et je frissonnai. Mon corps se fondit au sien. Nous gravîmes les marches jusqu'à mon appartement tandis que Martha, avec force aboiements, jouait au chien de berger.

Comme toujours, le repas dut attendre.

Joe retira mes vêtements, puis les siens, régla la douche à la bonne température et, une fois que nous fûmes dans la cabine, il me lava doucement, lentement, me frottant jusqu'à ce que j'aie envie de crier. Il m'enveloppa ensuite dans une serviette de bain et m'attira jusqu'au lit. Il alluma la petite lampe de chevet et me délivra doucement de ma serviette, comme s'il découvrait mon corps pour la première fois.

J'eus le temps d'admirer son large torse, ses poils frisés qui guidèrent mon regard vers le bas... Quand je tendis la main pour le toucher, il était fin prêt.

— Allonge-toi, tu veux bien, chuchota-t-il à mon oreille.

L'avantage de vivre sans Joe, c'est que dès que j'étais avec lui, une part d'inconnu pimentait notre familiarité.

Je m'étendis sur les oreillers, entièrement livrée aux caresses de Joe qui me rendait dingue en m'embrassant partout et en effleurant de ses doigts certaines zones érogènes, pressant son corps contre le mien.

Je me dissolvais dans cette chaleur bienfaisante. Mais j'avais beau mourir de désir pour lui, autre chose me trottait dans la tête. Je luttais contre ce que j'éprouvais pour Joe, sans savoir pourquoi.

Puis la réponse s'imposa à moi : je n'avais pas envie de ça.

39.

J'étais tiraillée par des sentiments contradictoires.

Je me tins d'abord le raisonnement suivant : l'inquiétude liée à Madison et à Paola me taraudait. Mais je fus ensuite assaillie par la honte d'avoir débarqué chez Joe, quinze jours plus tôt, en manque de lui, avec le sentiment de ne pas être à ma place.

Allongé près de moi, sa main reposait sur mon ventre.

— Quelque chose ne va pas, Lindsay ?

Je secouais la tête, mais Joe me tourna face à lui, me forçant à regarder dans le bleu profond de ses yeux.

— J'ai eu une journée épouvantable.

— Bien sûr, rien de nouveau sous le soleil. Mais ton humeur, ça c'est nouveau.

Honteuse, je sentis des larmes monter. Je ne voulais pas me montrer vulnérable devant Joe. En tout cas, pas maintenant.

— Allez, raconte-moi.

Je roulai vers lui, appuyai mon bras sur son torse et fourrai ma tête dans son cou.

— Je n'en peux plus, Joe.

— Je sais. Je comprends ce que tu ressens. J'ai envie de venir m'installer ici, mais ce n'est pas le bon moment.

Ma respiration s'apaisa tandis qu'il me parlait de la situation en Irak, des prochaines élections, des attentats à la bombe dans les grandes villes et de l'attention portée à la sécurité du territoire.

À un certain stade, je cessai de l'écouter. Je quittai le lit et enfilai un peignoir.

— Tu vas revenir ? me demanda Joe.

— En plein dans le mille, lui dis-je. C'est *toujours* la question que je me pose à ton sujet.

Joe commença à protester, mais je le coupai net.

— Laisse-moi parler, dis-je en m'asseyant au bord du lit. C'est génial entre nous, mais je ne peux pas compter sur toi, Joe. Je suis trop vieille pour te voir apparaître et disparaître à ta guise.

— Lindsay...

— Tu sais que j'ai raison. Je ne sais jamais quand je vais te voir ou si je vais tomber sur toi quand je t'appelle. Puis tu arrives et ensuite, tu repars. Moi je reste seule, et tu me manques. On n'a jamais le temps de souffler ensemble, de mener une existence normale. On a parlé je ne sais combien de fois de l'éventualité que tu viennes t'installer ici, mais nous savons tous les deux que c'est impossible.

— Lindsay, je te jure...

— Je ne peux pas attendre que le nouveau gouvernement se mette en place ou que la guerre en Irak se termine. Tu comprends ?

Il s'était redressé sur le lit. Ses yeux exprimaient tellement d'amour que je dus détourner les yeux.

— Je t'aime, Lindsay. Je t'en prie, pas de dispute entre nous. Je dois repartir dès demain matin.

— Je veux que tu partes, *maintenant*, Joe, m'entendis-je lui dire. Ça me déchire de te dire ça, mais je ne supporte plus d'entendre tes promesses. Finissons-en, d'accord ? On s'est bien amusés. Je t'en prie, si tu m'aimes, ne t'accroche plus à moi.

Après le baiser d'adieu de Joe, je restai couchée sur mon lit à fixer le plafond, trempant les oreillers de mes larmes. Qu'est-ce que je viens de faire ? me demandai-je.

40.

Samedi soir, aux alentours de minuit. Cindy dormait dans son nouvel appartement – seule – quand elle fut réveillée par une femme criant à pleins poumons en espagnol, à l'étage du dessus.

Une porte claqua, elle entendit des pas, puis des gonds grincèrent et une autre porte claqua, cette fois, plus proche de Cindy.

Peut-être la porte de l'escalier ?

Ensuite elle entendit des cris dans la rue. Des voix d'hommes s'élevèrent jusqu'à ses fenêtres, puis elle entendit des bruits de bagarre.

Cindy se surprit à se demander si elle était vraiment en sécurité ici.

Avait-elle fait une si bonne affaire en achetant cet appartement ?

Repoussant les couvertures, elle sortit de sa chambre et entra dans le salon, clair et spacieux. Elle regarda par le judas… personne. Elle tourna le verrou de sécurité avant de s'installer à son bureau.

Elle se passa les mains dans les cheveux, les réunit en chignon. Elle s'aperçut qu'elle tremblait.

Ce n'était peut-être pas seulement dû à l'agitation nocturne de l'immeuble. Peut-être avait-elle la frousse à cause de l'article qu'elle rédigeait sur les enlèvements d'enfants. Depuis le coup de fil d'Henry Tyler, elle avait surfé sur le Web et en avait appris plus que jamais auparavant sur les milliers d'enfants qu'on kidnappait chaque année aux États-Unis.

La plupart de ces gamins étaient enlevés par des membres de leur famille, puis retrouvés et rendus à leurs parents. Mais chaque année, d'autres étaient étranglés, poignardés ou enterrés vivants.

Et la majorité d'entre eux étaient assassinés dans les premières heures suivant l'enlèvement.

Statistiquement, il était plus que probable que Madison eût été enlevée par un extorqueur de fonds que par un pédophile meurtrier. Le seul problème que présentait cette version, c'est qu'elle laissait en suspens un énorme point d'interrogation.

Pourquoi n'avait-on pas contacté les Tyler pour leur réclamer une rançon ?

Cindy revenait vers sa chambre quand on sonna à sa porte. Elle s'immobilisa, le cœur battant à tout rompre.

Elle ne connaissait personne dans cet immeuble. Qui donc pouvait venir sonner chez elle ?

On sonna à nouveau, avec insistance.

Serrant son peignoir, Cindy s'approcha de la porte et regarda par le judas. Elle n'en crut pas ses yeux.

C'était Lindsay. Et elle avait une mine de déterrée.

41.

Je me préparais à faire demi tour quand Cindy ouvrit la porte en pyjama rose, un élastique rassemblant ses boucles au-dessus de sa tête. Elle me regarda comme si elle venait de voir un mort.

— Ça va ? lui demandai-je.

— Moi ? Oui, Lindsay, ça va. J'habite ici, je te rappelle. Mais toi, qu'est-ce qui ne va pas ?

— J'aurais dû appeler, dis-je en serrant mon amie contre moi pour tenter de me ressaisir.

Mais Cindy, de toute évidence, avait remarqué ma mine chamboulée. Et à vrai dire, elle non plus n'avait pas l'air fraîche.

— Mais je ne savais pas que je viendrais ici avant d'être arrivée, repris-je.

— Entre et assieds-toi, proposa-t-elle d'une voix inquiète.

Des cartons étaient empilés contre les murs et des couches de papier bulle volèrent à mon passage.

— Qu'est-ce qui t'arrive, Lindsay ? Tu tires une tête d'enterrement...

J'émis un rire faiblard.

— C'est plus ou moins ce que je ressens.

— Qu'est-ce que tu veux boire ? Du thé ? Quelque chose de plus fort, peut-être ?

— Du thé, ça sera très bien.

Je me laissai aller sur les coussins du canapé et, quelques minutes plus tard, Cindy revint de la cuisine et me tendit un mug.

— Raconte-moi tout, dit-elle.

Cindy était un paradoxe vivant : toutes fanfreluches roses et boucles dehors, elle ne sortait jamais sans rouge à lèvres et chaussures assorties, mais à l'intérieur, la femme fatale était un véritable bouledogue qui vous agrippait la jambe et ne la lâchait plus, au point que votre unique choix, c'était de lui dire ce qu'elle désirait savoir.

Je me sentis soudain idiote. La seule vue de Cindy me remontait le moral et je n'avais plus aucune envie de m'épancher à propos de Joe.

— Je voulais voir ton appartement.

— Ouais, ouais, c'est ça.

— Tu es impitoyable...

— La faute à mon plan de carrière.

— En plus, tu en es fière.

— Et comment...

— Espèce de garce !

Je me surpris à rire.

— Allez, ôte-toi ce poids de la poitrine, lâche-toi ! m'intima-t-elle.

— Te traiter de garce, c'était me lâcher.

— Bon, d'accord. Alors, que se passe-t-il ?

— J'ai rompu avec Joe, lâchai-je en soupirant.

— Tu plaisantes ?

— Sois sympa, Cindy, tu veux bien ? Sinon, je vomis sur ta moquette.

— OK, OK. Bon, qu'est-ce qui t'a pris ? Joe est intelligent, il est beau mec. Il t'aime. Tu l'aimes.

Je repliai mes genoux contre moi, les emprisonnant entre mes bras. Cindy s'assit près de moi sur le canapé, et me prit dans ses bras.

J'eus la sensation de m'accrocher à un arbrisseau en plein raz de marée. J'avais tant pleuré récemment que j'avais l'impression de perdre la tête.

— Prends ton temps, ma chérie. Je suis là. La nuit est encore longue. Enfin, si on veut.

Je déversai tout : l'épisode embarrassant de mon voyage éclair à Washington et tout ce que j'avais sur le cœur à propos de Joe.

— Ça a beau me faire un mal de chien, Cindy, il n'y avait pas d'autre solution.

— Ce n'est pas uniquement parce que tu ne l'as pas trouvé chez lui et que tu es tombée sur cette fille ?

— Non. Bien sûr que non.

— Allons, Linds. Je ne dis pas ça pour te faire de la peine. Allonge-toi. Ferme les yeux.

Cindy me fit basculer sur le côté et glissa un coussin sous ma tête. Un instant plus tard, elle m'enveloppa d'une couverture. La lumière s'éteignit et je sentis Cindy qui me bordait.

— Ce n'est pas fini, Linds. Fais-moi confiance. Ce n'est pas fini.

— Il t'arrive d'avoir tort de temps en temps, tu sais, marmonnai-je.

— On parie ? renchérit Cindy en m'embrassant sur la joue.

Je me laissai embarquer dans mes rêves et sombrai dans un sommeil tourmenté. Je me réveillai quand le soleil entra à flots par les fenêtres sans rideaux.

Je me forçai à me redresser et aperçus le mot de Cindy sur la table basse où elle me disait qu'elle était sortie chercher du café et des petits pains.

Alors la date me revint en mémoire.

Jacobi et Macklin tenaient une réunion à 8 heures, le matin même. Tous les flics bossant sur l'affaire Tyler-Ricci y assisteraient… sauf moi.

Je griffonnai quelques lignes à Cindy, enfilai mes chaussures puis franchis la porte à la hâte.

42.

Jacobi leva les yeux au ciel en me voyant me faufiler devant lui pour aller m'installer au fond de la salle de garde. Le lieutenant Macklin m'honora d'un bref coup d'œil tout en résumant ce qui s'était passé au cours de la réunion jusque-là. En l'absence de tout renseignement sur le lieu où pouvaient se trouver Madison Tyler et Paola Ricci, nous étions chargés d'interroger les délinquants sexuels fichés.

— Patrick Calvin, lus-je sur notre liste, en montant avec Conklin à bord de la voiture de patrouille. Condamné pour délit sexuel, remis récemment en liberté surveillée après avoir purgé une peine pour avoir abusé de sa propre fille. Elle était âgée de six ans au moment des faits.

Conklin démarra.

— Ce genre de saloperie est inexplicable. Et tu sais quoi ? Je ne tiens pas à ce qu'on me fournisse des explications.

Calvin habitait un immeuble locatif au croisement de Palm Street et d'Euclid Street, à proximité de

Jordan Park, à environ deux kilomètres de l'endroit où vivait Madison Tyler. Une Toyota Corolla bleue, enregistrée au nom de Calvin, était garée dans la rue.

Je sentis une odeur de bacon frit tandis que nous traversions le patio. Nous grimpâmes les marches du perron avant de frapper à la porte de Calvin.

Un type de race blanche tout ébouriffé nous ouvrit. Il mesurait environ un mètre soixante et portait un pyjama écossais et des chaussettes blanches.

Il avait l'air d'avoir quinze ans et je faillis lui demander si son père était là. Mais une ombre de barbe grisâtre sur ses joues et des tatouages de prisonnier sur ses phalanges indiquaient que Pat Calvin était un ancien pensionnaire de notre système pénitentiaire.

— Patrick Calvin ? demandai-je, en lui montrant mon badge.

— Qu'est-ce que vous me voulez ?

— Je suis le sergent Boxer, et voici l'inspecteur Conklin. Nous avons quelques questions à vous poser, si ça ne vous dérange pas ?

— Si, ça me dérange. Qu'est-ce que vous voulez ?

Conklin avait une manière de rester calme que je lui enviais. Je l'avais vu interroger des psychopathes presque en douceur – « le bon flic » dans toute sa splendeur.

— Pardon, Mr Calvin, dit Conklin. Je sais qu'on est dimanche matin et qu'il est tôt, mais une fillette a disparu et on n'a pas beaucoup de temps.

— Quel rapport ça a avec moi ?

— Il va falloir vous y faire, Mr Calvin, repris-je, vous êtes en conditionnelle...

— Vous voulez fouiller chez moi, c'est ça ? s'écria Calvin. On est dans un pays libre, oui ou merde ? Vous n'avez même pas de mandat, que dalle !

— Vous vous mettez drôlement en pétard pour quelqu'un d'innocent, lança Conklin.

Je le laissai expliquer à Calvin qu'on pouvait appeler son agent de probation, qui ne verrait aucun problème à ce qu'on entre chez lui.

— On peut aussi obtenir un mandat, poursuivit-il. Et faire en sorte que deux voitures de patrouille se garent toutes sirènes hurlantes devant chez vous, histoire de bien montrer à vos voisins quel genre de type vous êtes.

— Bon... ça vous dérange de nous faire entrer ? lui demandai-je à nouveau.

Calvin répondit à mon regard noir par un coup d'œil assassin.

— J'ai rien à cacher, lança-t-il.

Et il s'écarta pour nous laisser passer.

43.

L'ameublement de l'appartement de Calvin était des plus sommaires. Il y avait une étagère garnie de poupées au-dessus de la télé : des grandes, des petites, des baigneurs ou encore des poupées costumées.

— Je les ai achetées pour ma fille, grogna Calvin en s'affalant dans un fauteuil. Au cas où elle viendrait me rendre visite.

— Elle a quel âge aujourd'hui ? Seize ans ? lui demanda Conklin.

— La ferme, fit Calvin. Fermez-la, c'est tout.

— Surveillez votre langage, répondit Conklin avant de disparaître dans la chambre.

Je m'assis sur le canapé et sortis mon calepin.

Je chassai de mon esprit l'image de la jeune fille qui avait eu la terrible malchance d'avoir cette ordure comme père, et demandai à Calvin s'il avait déjà vu Madison Tyler.

— Je l'ai vue aux infos hier soir. Elle est très mignonne. Je dirais même mieux : *comestible.* Mais je ne la connais pas.

— Bon, d'accord, fis-je en serrant les dents, tout en éprouvant un vif et subit accès de frayeur pour Madison.

» Où étiez-vous hier matin à 9 heures ?

— Je regardais la télé. J'aime bien me tenir au courant des derniers dessins animés afin d'avoir les mêmes références que les petites filles, si vous voyez ce que je veux dire.

Avec mon mètre soixante-dix, je faisais une tête de plus que Calvin, et j'étais en meilleure forme. Des images de violence bouillonnaient dans ma tête, exactement comme lors de l'arrestation d'Alfred Brinkley. J'étais beaucoup trop stressée…

— Quelqu'un peut-il confirmer votre emploi du temps ?

— Bien sûr. Y a qu'à demander à Popol, dit Calvin en tapotant la braguette de son pantalon de pyjama et en empoignant ledit Popol à pleines mains. Il vous dira tout ce que vous voulez savoir.

Je craquai. Je pris Calvin au collet, l'étranglant à moitié avec son pyjama de flanelle. Il battit l'air de ses mains quand je le soulevai de son fauteuil et le cognai violemment contre le mur.

Des poupées tombèrent au sol.

Conklin sortit de la chambre au moment où je m'apprêtais à frapper Calvin encore une fois. Mon coéquipier fit mine de ne pas remarquer mon expression empreinte de folie et s'appuya nonchalamment au montant de la porte.

Je pris peur en me sentant si proche d'exploser. Il ne me manquait plus qu'une plainte pour brutalité policière. Je lâchai le pyjama de Calvin.

— Vous avez une belle collection de photos, Mr Calvin, lui lança Conklin sur le ton de la conversation. Tous ces clichés de petites filles qui jouent à Alta Plaza Park.

Je jetai un coup d'œil à Conklin. Madison et Paola avaient été enlevées à l'entrée du parc.

— Vous avez vu mon appareil ? lança Calvin sur un ton de défi. Sept mégapixels et un zoom 12x. J'ai pris ces photos à un bloc de distance. Je connais les lois, et je n'en ai violé aucune.

— Sergent, reprit Conklin en se tournant vers moi. Une fillette sur l'une de ces photos pourrait bien être Madison Tyler.

J'appelai Jacobi et l'informai que Patrick Calvin possédait des photos qu'on devrait regarder de plus près.

— Il nous faut deux policiers pour surveiller Calvin pendant que Conklin et moi on vient rédiger un mandat, lui dis-je.

— Pas de problème, Boxer. J'envoie une voiture. Mais Chi va s'occuper du mandat et embarquer Calvin.

— On peut s'en charger, Jacobi, répondis-je.

— *Vous pourriez,* rectifia Jacobi. Mais une fillette correspondant à la description de Madison vient de nous être signalée par la sécurité de Transbay.

— On l'a aperçue ?

— Elle se trouve là-bas en ce moment.

44.

Le Transbay Terminal, à l'angle de la 1re Rue et de Mission Street, était une sorte de hangar en blocs de béton au toit rouillé. À l'intérieur de cette coquille en parpaings, des néons agonisants crachotaient au plafond, projetant des ombres sur les SDF qui campaient dans ce lieu oppressant à seule fin d'en utiliser les rares installations sanitaires.

Même en plein jour, ce terminus était sinistre. J'étais pressée de retrouver Madison Tyler et de l'emmener loin d'ici.

Conklin et moi dévalâmes les marches jusqu'au niveau inférieur, un espace sombre et miteux dominé par une brève enfilade de guichets et une zone de sécurité.

Deux femmes noires, en ensemble pantalon bleu marine, des badges SERVICES DE SÉCURITÉ cousus sur la poche de leur blouse, siégeaient derrière le comptoir.

Nous montrâmes nos insignes et nous fûmes introduits.

Le service de sécurité était vitré sur deux côtés, les deux autres étant peints d'un beige crasseux. Deux bureaux le meublaient, ainsi que des meubles de rangement dépareillés et deux distributeurs. Il y avait trois accès avec digicodes.

C'est là qu'assise près du bureau du chef se trouvait une petite fille aux cheveux blonds soyeux retombant sur son col.

Son manteau bleu était déboutonné. Elle avait un pull rouge et un pantalon bleu. Et elle portait des souliers rouges vernis.

Mon cœur faisait des bonds. On l'avait retrouvée.

Merci mon Dieu, Madison était saine et sauve !

Le chef, un quadragénaire costaud, cheveux et moustache gris, se leva pour se présenter.

— Fred Zimmer, annonça-t-il en nous serrant la main. On a découvert cette petite demoiselle errant toute seule, il y a un quart d'heure environ. Je n'ai pas réussi à la faire parler.

Les mains sur les genoux, je regardai la fillette bien en face. Elle avait pleuré. Je ne parvins pas à rencontrer son regard.

Ses joues étaient striées de crasse et son nez coulait. Sa lèvre du bas était gonflée et elle avait une égratignure le long de la joue gauche. Je lançai un coup d'œil à Richie. Le soulagement de voir Madison vivante fut chassé par une nouvelle inquiétude : que lui avait-on fait ?

Elle avait l'air tellement traumatisée que j'eus du mal à associer son visage à celui de la petite prodige que j'avais vue jouer du piano.

Conklin s'accroupit à hauteur de la fillette.

— Je m'appelle Richie, dit-il en souriant. Ton nom, c'est bien Maddy ?

L'enfant regarda Conklin, ouvrit la bouche et fit : « Mahhh-dy ».

Cette enfant est terrorisée, songeai-je.

Je pris ses mains froides entre les miennes. Elle me fixa sans me voir.

— Il faut appeler le Samu, dis-je doucement pour éviter de l'effrayer davantage. Quelque chose cloche chez cette petite.

45.

Conklin et moi faisions les cent pas à l'extérieur du service des urgences de l'hôpital quand les Tyler surgirent et nous embrassèrent comme si nous étions des membres de leur famille.

Je me sentais bien. Une partie de cette histoire atroce était terminée, et j'espérais que, dès qu'elle retrouverait ses parents, Madison retrouverait aussi ses esprits. J'avais des questions à lui poser ; il me fallait instamment savoir si elle avait vu ses ravisseurs.

— Elle dormait la dernière fois qu'on l'a vue, informai-je les Tyler. Le Dr Collins vient de nous dire qu'il repasserait d'ici une dizaine de minutes.

— Il faut que je vous demande une chose, dit Elizabeth Tyler. A-t-on fait du mal à Maddy de quelque manière que ce soit ?

— Elle semble avoir traversé une épreuve, répondis-je à la mère de Madison. Elle n'a encore subi aucun examen, les médecins attendaient votre accord.

Elizabeth Tyler porta ses mains à sa bouche, réprimant ses larmes.

— Elle n'a encore rien dit.

— Ça ne ressemble pas à Maddy.

— Peut-être qu'on lui a intimé de ne pas parler si elle ne voulait pas qu'on lui fasse du mal...

— Oh mon Dieu. Quelles brutes !

— Pourquoi kidnapper Maddy pour la relâcher ensuite sans réclamer de rançon ? demanda Tyler tandis que nous pénétrions dans le service des urgences.

Je laissai sa question en suspens, préférant ne pas formuler ce que j'avais en tête : les pédophiles ne demandent jamais de rançon. Je m'écartai pour laisser les Tyler me précéder dans le box de Maddy, songeant que la fillette allait être transportée de joie de revoir ses parents.

Henry Tyler me pressa le bras et murmura un « merci » avant de franchir les rideaux du box. J'entendis Elizabeth Tyler prononcer le nom de sa fille... puis pousser un cri, accompagné d'un gémissement d'angoisse.

Je fis un bond lorsqu'elle passa devant moi en courant. Tyler la suivit et m'apostropha.

— Cette fillette n'est pas Madison, s'écria-t-il, le visage écarlate. Vous comprenez ? Ce n'est pas Madison. *Ce n'est pas notre bébé !*

46.

Je m'excusais auprès des Tyler, sincèrement et à profusion, tandis qu'ils m'incendiaient sur le parking de l'hôpital. Lorsque leur voiture passa devant moi sur les chapeaux de roue, je restai sans réaction. Mon portable sonna contre ma hanche et je finis par répondre.

C'était Jacobi.

— Une femme vient d'appeler pour nous signaler la disparition de sa fille. Elle a cinq ans et de longs cheveux blonds.

Cette femme, qui se nommait Sylvia Brodsky, était hystérique au téléphone. Elle avait perdu de vue Alicia, sa fille, pendant qu'elle faisait son marché. Mrs Brodsky avait précisé au standard du 911 que la fillette était autiste.

Peu après l'appel de Jacobi, Sylvia Brodsky vint à l'hôpital récupérer sa fille, mais Conklin et moi étions déjà partis.

On était revenus dans notre Crown Victoria où on discutait de la chose. J'assumais la responsabilité d'avoir brûlé les étapes et affirmai :

— J'aurais dû être plus claire quand j'ai dit aux Tyler qu'on avait peut-être retrouvé leur fille, alors qu'on n'était en fait sûr de rien. Ce que je leur ai dit, en revanche, c'est qu'il fallait qu'ils l'identifient formellement, n'est-ce pas, Rich ? Tu m'as bien entendue le leur dire.

— Ils ne t'ont plus écoutée dès que tu leur as annoncé qu'on avait peut-être retrouvé leur fille. Et puis elle nous a dit s'appeler Maddy.

— Oui, c'est vrai.

— Et ses chaussures rouges, insista-t-il. Combien de blondinettes de cinq ans portent un manteau bleu et des souliers en cuir rouge ?

— Au moins deux, soupirai-je.

De retour au palais, nous interrogeâmes Calvin pendant deux heures, jusqu'à lui faire perdre son petit sourire en coin. On regarda les photos numériques encore dans son appareil et on examina celles que Conklin avait trouvées dans sa chambre.

Il n'y en avait aucune de Madison Tyler, mais nous gardâmes espoir jusqu'à la dernière que Calvin ait pu photographier accidentellement le kidnapping en cours, ou le van noir.

Mais la carte mémoire de son appareil indiquait qu'il n'avait fait aucune prise de vue la veille, à Alta Park.

Patrick Calvin me donnait la nausée, mais cela ne constituait aucune infraction à la loi.

Il fut donc relâché dans la nature.

Ce jour-là, Conklin et moi interrogeâmes trois autres délinquants sexuels fichés, trois Monsieur Tout-le-monde de race blanche que jamais on n'aurait épinglés dans une foule comme potentiels prédateurs.

Leur alibi à tous trois fut confirmé.

Vers 19 heures, épuisée émotionnellement, je jetai l'éponge.

Je pénétrai dans mon appartement, entourai Martha de mes bras en lui promettant d'aller courir après qu'une bonne douche m'aurait lavé la tête de toutes ces images atroces.

La dog-sitter de Martha m'avait laissé un petit mot sur le comptoir de la cuisine. Je sortis une Corona du frigo, la décapsulai et en avalai une bonne gorgée avant de lire le mot.

Salut Lindsay.

Quand je n'ai pas vu ta voiture, j'ai emmené Martha en balade. Tu te souviens que je t'ai dit que mes parents me laissent leur maison d'Hermosa Beach pendant les fêtes de Noël ? Il faudrait que j'embarque Martha avec moi. Ça lui ferait du bien !

Tiens-moi au courant.

K.

Je me sentis mal en apprenant que j'avais abandonné ma chienne sans appeler sa dog-sitter. Et je savais que Karen avait raison. Je ne faisais aucun bien à Martha en ce moment. Mes nouveaux horaires incluaient le double de travail plus tous les week-ends à plein temps. Je n'avais pas vraiment fait de break depuis la fusillade du bac.

Je me baissai pour embrasser Martha, soulevai ses oreilles soyeuses et plongeai mon regard dans ses grands yeux bruns.

— Tu as envie de courir sur la plage, Boo ?

Je décrochai le téléphone et composai le numéro de Karen.

— Génial, s'exclama-t-elle. Je passerai la prendre demain matin.

47.

Lundi matin, à l'aube finissante, Conklin et moi étions sur le chantier en contrebas de Fort Point. L'énorme construction en brique, édifiée aux abords de la péninsule de San Francisco pendant la guerre de Sécession, se dressait à l'ombre du Golden Gate Bridge.

Une brise humide ornait de crêtes neigeuses les eaux de la baie, faisant facilement dégringoler les douze degrés de la température ambiante à à peine cinq.

Je tremblai. Était-ce simplement l'effet du vent glacial ou bien l'appréhension de ce que nous allions trouver ?

Je remontai la fermeture de mon blouson et enfonçai mes mains dans mes poches. Le vent cinglant me faisait pleurer.

Un soudeur, qui travaillait à la rénovation du pont, se dirigea vers nous avec deux cafés en provenance de la « benne à ordures », une camionnette de ravitaillement stationnée de l'autre côté de la clôture métallique qui séparait le chantier du public.

Le soudeur, Wayne Murray, nous raconta qu'il avait remarqué une chose bizarre accrochée aux rochers, sous le fort.

— J'ai d'abord cru que c'était un phoque, dit-il tristement. Mais en me rapprochant, j'ai distingué un bras dans l'eau. J'avais encore jamais vu de cadavre avant ça.

Des portières claquèrent, des hommes franchirent le portail métallique en parlant et en riant : ouvriers du bâtiment, auxiliaires du Samu et deux flics du National Park Service.

Je leur demandai d'établir un cordon de sécurité.

Mon regard revint se fixer sur la masse sombre entre les rochers, en dessous du brise-lame, et sur la blancheur d'une main et d'un pied léchés par l'eau tachetée d'écume.

— On ne l'a pas jetée d'ici, dit Conklin. Trop de risques d'être vu.

Je levai les yeux vers la silhouette de l'agent de sécurité qui patrouillait sur le pont, armé d'un fusil semiautomatique AR-15.

— Ouais. En fonction de l'heure et des marées, on a pu s'en débarrasser depuis l'une des digues. Ses assassins ont dû penser qu'elle dériverait vers le large.

— Le Dr G. est arrivé, annonça Conklin.

Le légiste était de bonne humeur ce matin, ses cheveux blancs encore humides portaient la trace des coups de peigne, ses cuissardes lui remontaient jusqu'au torse, son nez était rose sous le pont de ses lunettes.

Il ouvrit la marche, accompagné d'un de ses assistants. Nous nous joignîmes à eux, progressant avec difficulté sur les rochers qui s'inclinaient à quarante-cinq degrés sur cinq mètres jusqu'à l'embouchure de la baie.

— Attendez, là. Faites attention, prévint le Dr Germaniuk alors que nous approchions du corps. Je n'ai pas envie que quelqu'un fasse une chute et aille déranger quelque chose.

Nous gardâmes notre position tandis que le Dr G. descendait péniblement les gros rochers et, une fois à proximité du cadavre, il déposa son kit de scène de crime. Alors, se servant de sa lampe de poche, il entama sa première évaluation *in situ*.

Je distinguai assez bien le corps dans le faisceau de sa lampe. La victime avait le visage noirci et gonflé.

— Je note ici une certaine macération de l'épiderme, me lança le Dr G. Elle est restée dans l'eau deux, trois jours. Assez longtemps pour en faire ce qu'on appelle un « flotteur ».

— A-t-elle une blessure par balle à la tête ?

— Impossible à dire. On dirait qu'elle a été drossée contre les rochers. Je vais la passer aux rayons X de la tête aux pieds dès le retour à la base.

Le Dr G. photographia le corps sous tous les angles. Les éclairs se succédèrent à brefs intervalles.

J'observai les vêtements de la fille (manteau noir, pull à col roulé), puis ses cheveux courts, une coupe au bol semblable à celle que j'avais vue sur la photo du permis de conduire de Paola Ricci, que j'avais examiné deux jours plus tôt.

— Toi comme moi, nous savons déjà qu'il s'agit de Paola Ricci, affirma Conklin en fixant le cadavre en contrebas.

J'acquiesçai, songeant que la veille, nous nous étions trompés sur toute la ligne et que nous avions anéanti les Tyler en leur donnant de faux espoirs.

— Oui, murmurai-je. Mais j'attendrai que l'identification soit confirmée pour y croire.

48.

Je trouvai Claire assise dans son lit lorsque je franchis la porte de sa chambre, à l'hôpital. Elle me tendit les bras et je la serrai contre moi au point qu'elle me dit :

— Doucement, doucement. N'oublie pas que j'ai un trou dans la poitrine !

Je m'écartai, l'embrassai sur les deux joues, puis m'assis près d'elle sur le lit.

— Qu'a dit le médecin à son dernier passage ?

— Que j'étais une nana super costaud…

Là-dessus, Claire fut prise d'une quinte de toux.

— J'ai mal uniquement quand je tousse, finit-elle par articuler.

— Que tu étais une nana super costaud et quoi d'autre ? insistai-je.

— Et que j'allais me rétablir. Je sors d'ici mercredi. Ensuite, un peu de temps à paresser au lit à la maison. Après ça, je devrais être bonne pour reprendre le boulot.

— Dieu merci.

— J'ai passé mon temps à le remercier depuis que ce taré m'a tiré dessus, même si je ne sais plus trop à quand ça remonte. On perd vite la notion du temps quand on n'a plus d'heures de bureau.

— Ça t'est arrivé il y a quinze jours, papillon. Dix-sept, exactement.

Claire poussa une boîte de chocolats dans ma direction et je pris le premier à ma portée.

— Tu as dormi dans le coffre de ta voiture ? me demanda-t-elle. Ou bien tu as troqué Joe contre un petit jeune de dix-huit ans ?

Je nous versai de l'eau à toutes les deux, mis une paille dans le verre de Claire et le lui tendis.

— Je ne l'ai pas remplacé. Je l'ai juste laissé partir, répondis-je.

— Non ! tu n'as pas fait ça ?

Je lui expliquai ce qui s'était passé, mais en parler était douloureux. Claire m'observait avec un mélange de méfiance et de sympathie. Elle me posa quelques questions mais me laissa surtout m'épancher.

Je bus un peu d'eau, m'éclaircis la gorge puis racontai tout à Claire sur ma récente rétrogradation au sein du SFPD.

Quelque chose se troubla à nouveau dans son regard.

— Tu t'es fait rebalancer sur le terrain et tu as dit à Joe de se barrer… au même moment ? Je me fais du souci pour toi, Lindsay. Tu dors bien ? Tu prends des vitamines ? Tu manges bien ?

Non. Non. Non.

Une infirmière entra et donna à Claire ses médicaments et son dîner.

— Allez, Dr Washburn. Cul sec !

Claire avala les cachets, puis repoussa son plateau, l'infirmière à peine sortie.

— Ma pâtée du jour, ironisa-t-elle.

Avais-je mangé aujourd'hui ? Je ne croyais pas l'avoir fait. Je m'appropriai d'autorité le repas de Claire, écrasant en purée pour les mélanger les pois trop cuits et le pain de viande, attendant d'en arriver au dessert pour lui confier qu'on avait identifié le corps de Paola Ricci.

— Les kidnappeurs ont abattu la nounou dans la minute où ils l'ont enlevée avec l'enfant, comme s'ils ne pouvaient pas attendre pour s'en débarrasser. Mais on n'a rien d'autre, papillon. On ne sait pas qui a fait ça ni pourquoi, ni où ils ont emmené Madison.

— Pourquoi n'ont-ils pas appelé les parents, ces ordures ?

— C'est la question à un million. Il est trop tard pour qu'ils réclament une rançon. Je crois qu'ils n'en ont pas après l'argent des Tyler.

— Et merde.

— Ouais, tu l'as dit.

Je laissai retomber la cuillère en plastique sur le plateau et m'adossai à la chaise, le regard perdu dans le vide.

— Lindsay ?

— Je me suis dit qu'ils avaient tué Paola parce qu'elle avait assisté au kidnapping de Madison.

— Ça se tient.

— Mais si Madison, de son côté, a assisté à l'assassinat de Paola... ils ne vont pas la laisser vivre non plus.

III

LE DÉCOMPTE

49.

Cindy Thomas quitta son appartement de Blakely Arms, traversa la rue à l'angle et entama la trotte de cinq blocs qui la séparait de son bureau au *Chronicle*.

Deux étages au-dessus de l'appartement de Cindy, un dénommé Garry Tenning passait une sale matinée. Agrippant les bords de son bureau dans sa pièce de travail, il tâchait de juguler sa colère. Dans la cour, quatre étages plus bas, un chien ne cessait d'aboyer, et chacune des notes stridentes lui perçait violemment les tympans.

Il connaissait ce chien.

C'était Barnaby, un rat terrier, qui appartenait à Margery Glynn, une mère célibataire, une blondasse affublée d'un horrible bébé, Oliver. Tout ce petit monde vivait au rez-de-chaussée, s'accaparant l'arrière-cour comme si elle leur appartenait.

Tenning, une fois encore, enfonça ses boucles Quies, dont la cire molle épousait parfaitement le creux de l'oreille. Et pourtant, il entendait toujours Barnaby aboyer.

Tenning frottait le devant de son T-shirt du plat de la main tandis que les aboiements de ce satané chien l'empêchaient de se reposer. Un picotement commençait à gagner ses lèvres et le bout de ses doigts. Son cœur avait des palpitations.

Nom de Dieu. Un petit peu de calme, est-ce trop demander ?

Sur l'écran de son ordinateur, devant lui, des rangées de caractères bien nets défilaient... le chapitre six de son livre. *Le Décompte : Précis statistique du XXe siècle.*

Son bouquin était plus qu'une lubie ou autre dada. *Le Décompte* était sa raison d'être et son héritage. Il chérissait jusqu'aux lettres de refus des éditeurs, qu'il enregistrait avec amour dans un fichier spécial, rangeant les originaux dans un classeur à l'intérieur de son coffre.

Rirait bien qui rirait le dernier quand *Le Décompte* serait publié, qu'il deviendrait un ouvrage critique de référence pour les chercheurs du monde entier et les générations à venir.

Personne ne lui enlèverait ça.

Tandis que Tenning enjoignait mentalement à Barnaby de fermer sa gueule tout en suivant des yeux la déclinaison de chiffres – le nombre de victimes de la foudre depuis 1900, des centimètres de neige tombés dans le Vermont, des témoignages avérés de vaches aspirées dans les airs par des tornades –, un camion poubelle entama son vacarme un peu plus haut dans la rue.

Il se dit que son crâne allait finir par exploser.

Il n'était pas dingue, non plus.

Il réagissait de façon parfaitement raisonnée à une atroce agression sensorielle. Il se boucha les oreilles, mais le moindre grincement, crissement ou vibration électrique s'infiltrait quand même... et fit entrer Oliver dans la danse.

Ce maudit bébé.

Combien de fois ce bébé-là avait-il interrompu le fil de ses pensées ?

Combien de fois cette saloperie de rat terrier avait-il fait dévier le cours de sa réflexion ?

Le stress oppressait Tenning, lui prenait la tête. S'il ne faisait pas quelque chose, il allait devenir dingue.

Garry Tenning avait eu sa dose.

50.

Tenning noua rapidement, malgré ses doigts tremblants, les lacets de ses Adidas usées, sortit dans le couloir puis, après avoir verrouillé la porte de l'appartement derrière lui, empocha son imposant trousseau de clés.

Il emprunta l'escalier de secours pour rejoindre le sous-sol. Il ne prenait jamais l'ascenseur.

Passant devant la buanderie, il pénétra dans la chaufferie, où la vieille chaudière maugréait dans ses canalisations, mais la nouvelle ronflait avec un enthousiasme des plus odieux.

Un bout de tuyauterie d'une cinquantaine de centimètres, muni d'une valve rouillée à l'une de ses extrémités, était posé contre le mur de béton. Tenning le soupesa.

Puis il tourna à droite et descendit la déclivité en direction de l'enseigne clignotante SORTIE, des idées de meurtre s'enflammant dans son esprit.

La barre de l'issue de secours céda sous la pression de son avant-bras. Il resta une minute au soleil, cherchant à s'orienter. Puis il tourna à l'angle du bâtiment de brique en direction du patio dallé et des jardinières de fleurs, rajoutées depuis le réaménagement de l'immeuble.

Apercevant Tenning qui venait vers lui, Barnaby se mit à japper. Il tirait sur la laisse qui rattachait son collier à la clôture grillagée.

Tout à côté, on voyait le landau où gigotait Oliver Glynn dans l'ombre tachetée de lumière. Il braillait, lui aussi.

Tenning se sentit traversé par une pointe d'espoir.

D'une pierre deux coups.

Agrippant le tuyau, il longea le flanc du bâtiment en direction des piaillements de ces deux animaux nuisibles – pas un pour racheter l'autre.

Juste à ce moment-là, Margery Glynn, ses cheveux blond filasse ramassés en chignon piqué d'un crayon, sortit de chez elle. Elle se baissa et, dévoilant plusieurs décimètres carrés de cuisse laiteuse, souleva Oliver du landau.

Tenning l'épia sans être vu.

Si le bébé se calma instantanément, Barnaby se contenta de changer de mélodie, ses *yap yap yap* se faisant plus lancinants que jamais.

Miss Margery lui ordonna de se taire, plaça une main sous le derrière du bébé et, pressant son visage humide contre son sein flasque, l'emmena à l'intérieur de l'appartement.

Tenning marcha vers Barnaby qui, s'arrêtant en plein hurlement plaintif, se lécha les babines, dans l'espoir peut-être d'une petite caresse sur la tête ou d'une promenade dans le parc. Avant de recommencer à aboyer de plus belle.

Tenning brandit sa matraque improvisée et l'abattit violemment sur l'animal. Barnaby poussa un cri perçant et tenta faiblement de choper le bras de Tenning. La matraque s'éleva haut dans le ciel avant de s'abattre une seconde fois.

Le rat terrier s'était enfin tu.

Tenning le fourra dans un sac-poubelle.

Repose en paix, saleté.

51.

Trois jours s'étaient écoulés depuis l'enlèvement de Madison Tyler dans Scott Street et le meurtre de sa nounou, à quelques mètres seulement de l'Alta Plaza Park.

Nous étions tous dans la salle de garde, ce matin-là – Conklin, quatre inspecteurs de la criminelle de l'équipe de nuit qui faisaient des heures sup,

Macklin, une demi-douzaine de flics du service du grand banditisme et moi.

Macklin balaya la petite pièce du regard.

— Je vais faire bref, annonça-t-il, pour qu'on se mette vite au boulot. Nous n'avons rien. Rien d'autre que le groupe de pros réunis dans cette pièce. Donc, continuons à faire ce que nous faisons, du bon travail de police, tout ce qu'il y a de sérieux. Et pour ceux d'entre vous qui recourent à la prière... qu'ils demandent un miracle.

Il répartit les missions et nous demanda si nous avions des questions... on ne lui en posa aucune. Tout le monde s'ébroua dans un raclement de chaises. Je parcourus la nouvelle liste de pervers que Conklin et moi étions chargés d'interroger.

Je me levai et, traversant la salle tapissée de lino éraflé, gagnai le bureau de Jacobi.

— Entre, Boxer.

— Jacobi, les kidnappeurs étaient deux. Le type qui les a contraintes à monter dans le van, plus le conducteur. Tu ne trouves pas ça bizarre qu'un pédophile bosse en tandem ?

— Tu as d'autres idées, Boxer ? Je suis tout ouïe.

— Je veux retourner à la case départ. Au témoin. Je veux lui parler.

— Vaut mieux entendre ça qu'être sourd : tu veux réinterroger quelqu'un que j'ai déjà interrogé..., rouspéta Jacobi. Attends, j'ai sa déposition juste là.

Je soupirai en voyant Jacobi déplacer son café, son petit déjeuner et son journal avant de soulever une pile de chemises en papier Kraft. Il fouilla parmi elles et, ayant trouvé celle qu'il cherchait, l'ouvrit.

— Gilda Gray. Voici son numéro.

— Merci, lieutenant, dis-je en m'emparant de la chemise.

Je ressentis un coup au cœur, comme si ma langue avait fourché. Je n'avais jamais appelé Jacobi « lieutenant » jusque-là. J'espérai qu'il ne l'avait pas remarqué, mais si. Jacobi me regardait, l'air radieux. Je lui souris par-dessus mon épaule, puis revins à mon bureau, face à celui de Conklin, et composai le numéro de Gilda Gray.

— Je ne peux pas venir maintenant, j'ai une présentation client à 9 h 30, protesta-t-elle.

— Il s'agit de la disparition d'un enfant, Ms Gray.

— Écoutez, je peux tout vous raconter en dix secondes. Je promenais notre chienne sur Divisadero Street. Je la suivais, en me débattant avec mon journal, quand cette petite fille et sa nounou ont traversé la rue.

— Que s'est-il passé ?

— J'avais la tête baissée, j'essayais de plier mon journal, vous voyez ? J'ai cru entendre crier un enfant... mais quand j'ai relevé la tête, j'ai seulement vu quelqu'un en manteau gris ouvrir la portière d'un minivan. Et j'ai aperçu le dos du manteau de la nounou qui montait dans le véhicule.

— Avez-vous vu la personne qui était au volant ?

— Non. J'ai jeté le journal à la poubelle, puis j'ai entendu le van tourner au coin. Puis, comme je l'ai dit, j'ai entendu un violent coup de feu et aperçu du sang – du moins ça y ressemblait, éclabousser la vitre arrière. C'était horrible...

— Pouvez-vous dire autre chose – n'importe quoi – sur l'homme au manteau gris ?

— Je suis presque certaine qu'il était de race blanche.

— Grand, petit, des signes distinctifs ?

— Je n'ai pas fait attention.

Je demandai à Ms Gray quand elle pourrait passer examiner des photos.

— Vous avez des photos de la nuque des gens ? répliqua-t-elle.

— Merci quand même, dis-je en racrochant.

Je fixai Conklin et me perdis une demi-seconde dans la contemplation de ses yeux noisette.

— Bon, on reprend la tournée chez les pervers, c'est ça ? demanda-t-il.

— Oui, Rich. Emporte ton café.

52.

Kenneth Klassen lavait sa Jaguar argent métallisé quand nous nous arrêtâmes devant sa maison de Vallejo Street.

C'était un homme de race blanche : quarante-huit ans, un mètre soixante-quinze, pornographe lambda, plutôt beau mec, les traits mis en valeur de façon artificielle : implants capillaires, nez refait, lentilles de contact aigue-marine, placage dentaire. La totale.

Son casier judiciaire indiquait que Klasser avait été surpris en train de prendre rendez-vous sur Internet avec une fillette qu'il croyait âgée de douze ans, qui s'avéra au final être un flic de quarante.

Klassen avait passé un accord avec le DA. En échange de sa dénonciation d'un pornographe pédophile, il s'en était tiré avec une longue période de liberté surveillée et une très lourde amende. Il faisait toujours du porno pour adultes, ce qui était totalement légal même dans le quartier plus que huppé de Pacific Heights.

Klassen eut l'air enchanté en nous apercevant, Conklin et moi, descendre de notre Crown Victoria, garée au bord du trottoir, puis nous diriger vers lui.

— Tiens, tiens, tiens, fit-il en arrêtant le tuyau d'arrosage et en nous dévisageant tour à tour.

Puis son sourire se figea lorsqu'il comprit que nous étions flics.

— Kenneth Klassen ? l'apostrophai-je en lui montrant mon badge. Je me présente : sergent Boxer. Et voici le lieutenant Conklin. Nous avons quelques questions à vous poser. Voyez-vous un inconvénient à nous recevoir ?

— Absolument aucun, sergent, minauda Klassen, caressant le tuyau devant lui comme un sex-toy prêt à l'usage.

— Tu ferais mieux de la fermer, conseilla Conklin d'un ton conciliant.

— Je plaisantais, lieutenant, dit Klassen avec un grand sourire. Simple blague. Entrez donc.

Nous gravîmes les marches à la suite de Klassen. Une fois franchie la porte en chêne, nous traversâmes un vestibule et un salon ultramoderne avant de gagner un jardin d'hiver vitré, dans le prolongement de la cuisine. Fougères, gardénias et cactus abondaient dans de grands pots.

— Mr Wu peut-il vous servir quelque chose, messieurs-dames ? proposa-t-il.

— Rien, merci, répondis-je.

— Alors qu'est-ce qui vous amène à troubler mon existence par cette splendide matinée ?

Assise en équilibre inconfortable sur une chaise en osier, je sortis mon calepin pendant que Conklin faisait le tour de la serre, examinant à l'occasion une statue érotique, déplaçant des plantes en pots de quelques centimètres par-ci par-là.

— Faites comme chez vous, lança Klassen à Conklin.

— Où étiez-vous samedi matin ? lui demandai-je.

— Samedi, voyons un peu, fit-il en se penchant en arrière et en se caressant les cheveux, comme s'il se rappelait soudain un rêve particulièrement agréable. Je tournais *Mambo au clair de lune* ici même. Je mets en scène une série de courts-métrages de vingt minutes. J'appelle ça des « minifilms de chambre ».

Il me décocha un grand sourire.

— Génial. J'aimerais les noms et les numéros de téléphone de tous ceux ou celles qui peuvent confirmer vos dires.

— Vous me soupçonnez de quelque chose, sergent ?

— Disons qu'on vous juge « digne d'intérêt ».

Klassen me toisa comme si je venais de lui faire un compliment.

— Vous avez une jolie peau. Vous ne dépensez rien en produits de maquillage, je me trompe ?

— Mr Klassen, ne cherchez pas à noyer le poisson, ça ne marchera pas avec moi. Ces noms et numéros de téléphone, s'il vous plaît.

— Pas de problème. Je vais vous imprimer la liste.

— Bien. Avez-vous vu cette fillette ? lui demandai-je en lui montrant la photo de classe de Madison Tyler, qui n'avait pas quitté la poche de ma veste depuis trois jours.

Laisser Klassen dévorer d'un œil libidineux le ravissant visage de Madison Tyler m'agaça.

— C'est la gamine de ce magnat de la presse, hein ? Je l'ai vue aux infos. Écoutez, ajouta-t-il tout sourires, je peux nous faciliter grandement les choses à tous, OK ? Suivez-moi.

53.

L'ascenseur de Klassen était une cabine en pin de la taille d'un cercueil à deux places, où l'on s'entassa tous les trois. Je levai les yeux là où auraient dû s'afficher les étages et constatai que seuls les chiffres « un » et « quatre » y figuraient : pas d'arrêts intermédiaires.

La cabine s'ouvrit au dernier étage sur une surface très claire de quinze mètres sur douze : mobilier, lampes, tapis roulés et toiles s'entassaient contre les murs. Une station informatique high-tech occupait un angle de la pièce.

C'était un espace dégagé, mais je le scrutai néanmoins pour y déceler des signes d'une présence enfantine.

— Tout est fait en numérique à l'heure actuelle, nous expliqua Klassen.

Il enfourcha un tabouret devant un moniteur à écran plat.

— On tourne, on télécharge et on monte. Tout ça dans la même pièce.

Il activa un interrupteur, fit bouger sa souris et cliqua sur une icône titrée *Mambo au clair de lune.*

— Ça, c'est les rushes de ce que j'ai tourné samedi. L'affichage de l'heure est mon alibi... même si je n'en ai pas besoin. J'ai commencé les prises de vues à 7 heures et on a bossé toute la journée.

De la musique latino-américaine sortit des haut-parleurs de l'ordinateur, puis des images apparurent à l'écran. Une jeune femme brune légèrement vêtue de noir allumait des bougies dans le décor d'une chambre à coucher à présent démonté.

La caméra faisait un panorama dans la pièce avant de cadrer le lit, où Klassen se caressait en lançant des « viens, viens » nunuches à la fille qui se livrait à un strip-tease censé l'appâter.

— Ah merde..., marmonnai-je.

Conklin s'interposa entre l'écran du moniteur et moi.

— Je vais en prendre une copie, annonça-t-il.

— Avec grand plaisir.

Klassen fit glisser le CD hors du lecteur, le rangea dans une boîte en plastique rouge qu'il tendit à Conklin.

— Vous avez des photos ou des films mettant en scène des enfants dans cet ordinateur ?

— Non, bordel ! Je fais pas dans le porno pédophile, se récria Klassen. En plus d'être une violation flagrante de l'accord que j'ai passé, c'est pas mon truc.

— Ouais, formidable, convint Conklin. Bon, maintenant, j'aimerais effectuer une fouille rapide des fichiers de votre ordinateur pendant que le sergent fait la même chose avec votre baraque.

— Ça m'a l'air d'être un endroit génial, Mr Klassen, dis-je. J'aime beaucoup ce que vous en avez fait.

— Et qu'est-ce qui se passe si je refuse ?

— On vous embarque pour vous interroger en attendant d'obtenir un mandat, répondit Conklin. Et on vous confisquera votre ordinateur et on fouillera votre maison de fond en comble avec des chiens.

— L'escalier est par là.

Abandonnant Conklin et Klassen devant l'ordinateur, je redescendis tranquillement par l'escalier, passant la tête dans chaque pièce, ouvrant toutes les portes, vérifiant dans les placards, l'œil et l'oreille aux aguets, espérant de tout mon cœur découvrir une fillette quelque part.

Mr Wu changeait les draps d'un lit au premier quand je lui montrai mon badge et la photo de Madison Tyler.

— Avez-vous vu cette petite fille ? lui demandai-je.

Il secoua vigoureusement la tête.

— Pas d'enfants ici. Mr Klassen aime pas les enfants. Pas d'enfants ici !

Dix minutes plus tard, j'inspirais de profondes goulées d'air pur sur le perron lorsque Conklin me rejoignit en refermant la lourde porte en chêne derrière lui.

— C'était plutôt marrant, dis-je.

— Son alibi va être confirmé, dit Conklin en rangeant la liste de noms et de numéros de téléphone dans son calepin.

— Oui, je sais. Tu crois que ce type est réglo, Rich ?

— Je pense qu'il flashe sur tout ce qui bouge.

Klassen était planté dans l'allée quand Conklin et moi remontâmes dans notre voiture de patrouille. Il leva la main et nous lança un « ciao » en nous gratifiant d'un dernier sourire.

Sifflotant entre ses dents, il passait le flanc argent de sa Jaguar à la peau de chamois quand notre humble Ford démarra.

54.

Conklin et moi étions assis l'un en face de l'autre dans la salle de garde. Près de mon téléphone s'empilaient des messages auxquels on n'avait pas donné suite, de divers tuyauteurs qui signalaient avoir vu Madison Tyler partout et n'importe où... de Ghirardelli Square jusqu'à Osaka.

Le rapport d'autopsie du Dr Germaniuk concernant Paola Ricci était ouvert devant moi. Dernière ligne, cause de la mort : balle tirée dans la tête. Mode de décès : assassinat.

Le Dr G. avait collé un Post-it sur son rapport. Je le lus à haute voix à mon coéquipier :

Sergent Boxer,

Les vêtements ont été envoyés au labo. J'ai effectué un kit d'agression sexuelle, juste pour dire que je n'ai rien négligé, mais ne comptez pas sur un résultat

positif vu la submersion totale etc. La balle a transpercé le crâne. On n'a pas retrouvé de projectile.
Tous mes respects. H.G.

— Rideau sur la morte, dit Conklin en se passant la main dans les cheveux. Le meurtre ne pose pas de problème aux ravisseurs. C'est tout ce qu'on sait.

— Qu'est-ce qui nous échappe alors ? On a un témoignage visuel un peu bancal qui nous fournit une non-description des auteurs du kidnapping et de leur véhicule. On n'a pas de relevé de plaque d'immatriculation, aucune preuve matérielle provenant du lieu du délit : pas de mégot de cigarette, pas de chewing-gum, pas de douille, pas de trace de pneu. Et surtout, pas de lettre de demande de rançon.

— Les auteurs du kidnapping ont agi comme des hommes de main, continua Conklin pas comme des prédateurs sexuels. Flinguer Paola une minute après l'avoir capturée ? Ça veut dire quoi ?

— On dirait que ça démangeait le tireur. Qu'il était drogué et qu'il planait. Comme si le boulot avait été sous-traité aux membres d'un gang. Ou alors Paola était un poids pour eux et ils l'ont supprimée. Ou bien encore, elle s'est défendue et quelqu'un a paniqué.

» Il faut qu'on remette cette enquête dans le bon sens pour résoudre le meurtre de Paola Ricci, conclus-je en plaquant ma main sur le rapport d'autopsie. Même morte, elle pourrait nous mener jusqu'à Madison.

Conklin passait un appel au consulat italien quand Brenda fit pivoter son fauteuil dans ma direction. Elle couvrit le récepteur de sa main.

— Lindsay, vous avez quelqu'un sur la ligne quatre, il n'a pas voulu donner son identité. Il est bizarre. J'ai demandé à ce qu'on trace l'appel.

J'opinai, les battements de mon cœur s'accélérant d'un cran. Je pressai fortement le bouton sur le socle du téléphone.

— Ici le sergent Boxer.

— Je ne vous le dirai pas deux fois, asséna la voix modifiée numériquement.

Je fis signe à Conklin de se brancher sur ma ligne.

— Qui est à l'appareil ? demandai-je.

— Peu importe, répondit la voix. Madison Tyler est en bonne santé.

— Qu'en savez-vous ?

— Dis quelque chose, Maddy.

Une voix voilée, jeune et hésitante se fit entendre.

— Maman ? Maman ?

— Madison ? fis-je dans l'appareil.

— Dites à ses parents qu'ils ont commis une grosse erreur en prévenant la police. Rappelez vos chiens, ajouta mon interlocuteur, ou nous ferons du mal à Madison. De façon définitive. Si vous laissez tomber, elle restera vivante et en bonne santé. Mais dans un cas comme dans l'autre, les Tyler ne reverront jamais leur fille.

La communication fut coupée.

— Allô ? *Allô ?*

Je secouai jusqu'à obtenir la tonalité. Puis je raccrochai violemment.

— Brenda, appelez le centre d'appel.

— C'est quoi ce cirque ? s'écria Conklin. *Ils ont commis une grosse erreur en prévenant la police* ? Lindsay, est-ce que cette petite fille avait la voix de Madison ?

— Bon Dieu, je n'en sais rien.

— Et merde, grogna Conklin en balançant un annuaire contre le mur.

J'avais le tournis. Madison allait-elle vraiment bien ?

Pourquoi ses parents n'auraient-ils pas dû appeler la police, qu'est-ce que ça signifiait ? Y avait-il eu une demande de rançon ou un appel téléphonique dont nous ignorions tout ?

Tous les yeux étaient fixés sur moi. Jacobi se tenait juste derrière moi. C'est alors que le technicien rappela pour communiquer le résultat de la localisation téléphonique.

Mon interlocuteur avait utilisé un téléphone portable anonyme impossible à localiser.

— La voix était modifiée, informai-je Jacobi. Je vais envoyer la bande au labo.

— Fais-la d'abord écouter aux parents pour qu'ils identifient la voix de l'enfant.

— Il y a toujours la possibilité que ce soit un cinglé qui s'amuse, suggéra Conklin tandis que Jacobi s'éloignait.

— J'espère bien que c'est ça. Parce qu'on n'est pas près de « rappeler les chiens ».

Je ne pus exprimer le fond de ma pensée, à savoir que nous venions d'entendre les dernières paroles de Madison Tyler.

55.

Brenda Fregosi était assistante à la crime depuis quelques années et, à seulement vingt-cinq ans, c'était une véritable mère poule.

Elle papotait avec compassion pendant que je téléphonais à Henry Tyler et quand je raccrochai, elle me tendit un message. *Claire aimerait que vous passiez à l'hôpital à 18 heures.*

Il était presque 18 heures.

— Elle allait bien ? lui demandai-je.

— Oui, je crois.

— Elle n'a rien dit d'autre ?

— Voici ce qu'elle m'a dit mot pour mot : « S'il vous plaît, Brenda, dites à Lindsay de passer à l'hôpital à 18 heures. Merci beaucoup. »

J'avais vu Claire la veille. Qu'est-ce qui n'allait pas ?

Je roulai vers l'hôpital, des idées noires me serrant le cœur. Claire m'avait un jour dit une chose sur la chimie du cerveau dont l'essentiel se résumait ainsi : lorsqu'on se sent bien, on ne peut pas s'imaginer se sentir mal à nouveau. Et lorsqu'on se sent mal, il est impossible d'imaginer que les choses iront mieux un jour.

Tout en suçant un bonbon à la menthe, j'entendais en moi la voix d'une petite fille qui ne cessait de crier « maman » et se mêlait à la désagréable sensation que les hôpitaux me procuraient depuis que ma mère était morte dans l'un d'eux quelque quinze ans plus tôt.

Je me garai sur le parking de l'hôpital, songeant au bien que cela me faisait de pouvoir parler à Joe quand je me sentais aussi déprimée et frustrée que ces trois derniers jours.

Je repensai à Claire en pénétrant dans l'ascenseur. Je contemplai mon reflet exténué dans les portes en inox. Quand les portes s'ouvrirent, je fus assaillie par une odeur d'antiseptique et la lumière froide et blanche du service post-opératoire.

Je n'étais pas la première arrivée dans la chambre de Claire. Yuki et Cindy avaient déjà tiré des chaises près de Claire qui, assise dans son lit, vêtue d'une chemise de nuit à fleurs, affichait un sourire digne de Mona Lisa.

Le Women Murder Club était réuni... mais pourquoi ?

— Salut tout le monde, lançai-je en contournant le lit et en les embrassant. Tu as une mine resplendissante, Claire.

Le soulagement qu'il ne s'agisse pas d'une urgence me causa presque un vertige.

— Et en quel honneur nous as-tu réunies ?

— Elle n'a pas voulu nous le dire avant ton arrivée, répondit Yuki.

— OK, OK, fit Claire. J'ai quelque chose à vous annoncer.

— Tu es enceinte ? s'écria Cindy.

Claire éclata de rire. Yuki et moi regardâmes Cindy.

— Tu es cinglée, la journaliste, plaisantai-je.

À quarante-trois ans passés, avec deux grands fils presque adultes, un bébé était bien la dernière chose dont Claire avait besoin.

— Donne-nous une piste, lança Yuki. Indique-nous dans quelle catégorie chercher.

— Ah, vous piétinez ma surprise avec vos gros sabots ! dit Claire sans cesser de rire.

Cindy, Yuki et moi pivotâmes vers elle de concert.

— J'ai fait des analyses sanguines, dit Claire. Et Miss Cindy ici présente a raison, comme d'habitude.

— Ah ! s'écria Cindy.

— Si je n'avais pas été hospitalisée, poursuivit Claire, je n'aurais sans doute appris ma grossesse qu'au début des contractions.

Nous criions toutes à tue-tête maintenant. « Tu es sérieuse ? » « Tu ne nous fais pas marcher ? » « Tu es enceinte de combien ? »

— D'après l'échographie, mon bébé va bien, nous rassura Claire, sereine comme Bouddha. C'est un enfant-miracle !

56.

Très en retard pour la réunion de Tracchio, au palais, je dus m'arracher aux festivités. Au moment où j'entrai dans son bureau, le chef proposait aux Tyler de s'asseoir tandis que Jacobi, Conklin et Macklin approchaient des chaises, serrant les rangs autour du large bureau du chef.

Les Tyler, la mine grise, les épaules tombantes, semblaient ne pas avoir dormi depuis trois jours. Je savais qu'ils étaient déchirés entre espoir et désespoir en attendant d'entendre la bande audio.

Un magnétophone était posé sur le bureau de Tracchio. Je me penchai et appuyai sur la touche « play ». Une voix terrifiante de cruauté emplit la pièce.

Puis celle d'une fillette cria : « Maman ? Maman ? »

J'arrêtai la bande. Elizabeth Tyler tendit la main vers le magnétophone, se tourna vers son mari en lui agrippant le bras puis, enfouissant son visage dans son manteau, éclata en sanglots.

— Est-ce la voix de Madison ? leur demanda Tracchio.

Les deux parents acquiescèrent... Oui, c'était bien elle.

— Vous allez trouver le reste de l'enregistrement encore plus difficile à entendre, prévint Jacobi. Mais nous sommes optimistes. Quand cet appel a été passé, votre fille était vivante.

Je remis l'appareil en marche et observai la réaction des Tyler lorsque le ravisseur affirma que Madison allait bien mais qu'ils ne la reverraient jamais.

— Mr et Mrs Tyler, avez-vous une idée de la raison pour laquelle le kidnappeur déclare que vous avez fait une grosse erreur en prévenant la police ? demandai-je.

— Pas la moindre idée, me coupa Henry Tyler. Pourquoi se sentiraient-ils menacés ? Vous n'avez rien découvert. Vous n'avez même pas un suspect. Que fait le FBI ? Pourquoi n'essaie-t-il pas de retrouver Madison ?

— Nous travaillons avec le FBI, intervint Macklin. Nous utilisons leurs sources et leurs banques de données. Mais le FBI ne veut pas participer activement à cette affaire tant qu'on n'aura pas une raison de croire que Madison a été emmenée dans un autre État.

— Eh bien, dites-leur que c'est le cas !

— Mr Tyler, reprit Jacobi, nous voulons savoir simplement si vous avez été en communication avec les ravisseurs et s'ils vous ont demandé de ne pas prévenir la police. Y a-t-il eu quelque chose de ce genre ?

— Non, rien, répondit Elizabeth. Henry ? As-tu eu des nouvelles d'eux à ton bureau ?

— Pas un seul mot, je te le jure.

Je repensai à Paola Ricci en regardant les Tyler.

— Vous nous avez bien dit que Paola Ricci vous avait été chaudement recommandée. Par qui ?

Elizabeth Tyler se pencha en avant.

— Paola est venue nous trouver directement, via son agence.

— Quel genre d'agence ? questionna Macklin, ses mâchoires serrées trahissant son état de stress.

— Une agence de placement qui trie sur le volet, parraine et forme des jeunes filles bien élevées venues de l'étranger. Elle leur obtient des titres de travail et leur trouve des postes. Paola avait d'excellentes références tant auprès de l'agence qu'en Italie, son pays d'origine. C'était une jeune femme très convenable. Nous l'aimions beaucoup.

— L'employeur règle le salaire à l'agence ? demanda Jacobi.

— Oui. Nous lui avons versé dix-huit mille dollars, je crois.

La mention de la somme me coupa le souffle.

— Quel est le nom de cette agence ? demandai-je.

— Westbury. Non, Registre Westwood, corrigea Henry Tyler. Vous allez les interroger ?

— Oui. Et, s'il vous plaît, ne parlez de cet appel à personne, leur intima Jacobi. Rentrez chez vous. Ne vous éloignez pas du téléphone. Et laissez-nous nous charger du Registre Westwood.

— Vous allez les contacter ?

— Les harceler.

57.

Cindy, au téléphone avec Yuki, remplissait le lave-vaisselle tout en lui parlant.

— Il est vraiment drôle, disait Cindy de Whit Ewing, le journaliste très mignon qu'elle avait rencontré un mois plus tôt pendant le procès contre l'hôpital municipal.

— Le mec à lunettes, c'est ça ? Celui qui est sorti en trombe de la salle d'audience par la sortie de secours ? Et déclenché l'alarme ?

Yuki pouffa en se remémorant la scène.

— Oui. Tu vois... il est capable de se moquer de lui-même. Whit n'arrête pas de dire qu'il est le petit frère neuneu de Clark Kent, dit Cindy en s'esclaffant. Il m'a menacée de venir en ville d'un coup d'avion pour m'emmener dîner. Il a même un plan pour qu'on l'envoie couvrir le procès Brinkley.

— Eh, attends une minute, dit Yuki. Tu ne songes pas à imiter Lindsay ? Je veux dire, Whit habite à Chicago. Pourquoi entamer une « relation à distance » quand c'est quasiment condamné d'avance ?

— À bien y repenser... Ça fait un bout de temps que je ne me suis pas... éclatée.

— Moi non plus, soupira Yuki. Et non seulement je ne me rappelle pas quand, mais je ne me souviens même pas avec qui !

Cindy gloussa, puis Yuki la mit en attente afin de pouvoir prendre un autre appel.

— Eh, la journaliste, Chien Rouge me réclame. Faut que je file, lança Yuki en reprenant la communication.

— Va, va. On se verra au tribunal.

Cindy raccrocha, mit en route le lave-vaisselle, puis vida la poubelle. Elle sortit dans le couloir et appela l'ascenseur. Quand la cabine s'arrêta en cliquetant, elle s'assura qu'elle était vide avant d'y monter.

Elle repensa à Whit Ewing, et aussi à Lindsay et Joe. Les « relations à distance » étaient, par définition, de vraies montagnes russes.

On s'éclatait un moment puis ça vous rendait malade.

Une autre raison plaidait aussi en faveur d'avoir un petit ami vivant dans la même ville : le fait d'habiter seule dans cet immeuble sinistre. Elle appuya sur « sous-sol » et le vieil ascenseur lambrissé descendit en brinquebalant. Une minute plus tard, Cindy sortit dans les entrailles humides du bâtiment.

En se dirigeant vers le local à poubelles, elle entendit une femme qui pleurait, ses sanglots mêlés à des cris de bébé résonnaient de concert.

Cindy, tournant à l'angle du sous-sol voûté de l'immeuble, aperçut une femme blonde d'à peu près son âge, un bébé dans les bras.

Il y avait un sac-poubelle noir ouvert à ses pieds.

— Que se passe-t-il ? demanda Cindy.

— Mon chien, s'écria la femme, effondrée. Regardez !

Elle se pencha, entrouvrit le sac-poubelle et Cindy découvrit un petit chien noir et blanc couvert de sang.

— Je l'ai laissé à l'extérieur seulement quelques minutes, expliqua-t-elle. Le temps de rentrer le bébé chez moi. Oh mon Dieu ! J'ai appelé la police pour signaler qu'il avait disparu, mais regardez ça. C'est quelqu'un qui habite ici qui a fait ça. Quelqu'un qui habite ici a battu Barnaby à mort !

58.

Mercredi matin, 8 h 30, quatre jours après l'enlèvement de Madison Tyler. Conklin et moi étions garés dans une zone en construction, non loin de l'angle de Waverly Place et Clay Street. La vapeur de nos cafés embuait les vitres de la voiture tandis que nous observions le slalom de la circulation autour des camionnettes de livraison garées en double file, et les piétons se répandre dans les rues étroites et sombres de Chinatown.

J'avais un immeuble particulier dans le collimateur : un bâtiment de deux étages en brique rouge, à quelques mètres de Waverly Place. La pharmacie chinoise Wong se trouvait au rez-de-chaussée. Les deux étages étaient loués par Registre Westwood.

Mon instinct me soufflait qu'on trouverait au moins des réponses partielles à cette adresse, un lien entre Paola Ricci et l'enlèvement.

À 8 h 35, la porte d'entrée de la maison de brique s'ouvrit et une femme en sortit, tirant la poubelle sur le trottoir.

— Il est temps d'entrer dans la danse, annonça Conklin.

Nous traversâmes la rue et interceptâmes la femme avant qu'elle ne redisparaisse à l'intérieur, et lui montrâmes nos badges.

De race blanche, la trentaine, des cheveux noirs et raides lui tombaient sur les épaules, son joli minois gâté par des rides d'inquiétude qui lui barraient le front.

— Je me demandais quand nous aurion des nouvelles de la police, dit-elle, la main sur la poignée de porte. Les propriétaires sont absents. Pouvez-vous revenir vendredi ?

— Bien sûr, dit Conklin. Mais on a quelques questions à vous poser dès aujourd'hui, si vous n'y voyez pas d'inconvénient.

Brenda, notre assistante, se pâmait devant Conklin en affirmant que c'est un « piège à filles », et elle avait raison. Il ne travaillait pas son look, mais il était naturellement séduisant.

Je vis la femme brune hésiter, observer Conklin avant de nous ouvrir grand la porte.

— Je me présente : Mary Jordan. Responsable administrative, comptable, cheftaine, etc. C'est au gré de votre imagination. Entrez donc...

Je décochai un franc sourire à Conklin. Nous franchîmes le seuil à la suite de Mary Jordan, puis nous la suivîmes jusqu'à son bureau. C'était une pièce exiguë, la table de travail poussée dans l'angle opposé à la porte. Deux chaises à haut dossier faisaient face au bureau et une photo encadrée de Mary Jordan, entourée d'une demi-douzaine de jeunes femmes – sans doute des nounous – était accrochée au mur.

Je jugeai les signes de nervosité de la jeune femme dignes d'intérêt. Se mordillant la lèvre inférieure, elle se leva, déplaça une pile de classeurs au sommet d'un meuble de rangement, se rassit, tira sur sa montre, tripota un crayon. J'avais le tournis rien qu'en la regardant.

— Que pensez-vous de l'enlèvement de Paola Ricci et Madison Tyler ? lui demandai-je.

— Ça me dépasse complètement, répondit-elle en secouant la tête.

Puis elle continua, s'arrêtant à peine pour reprendre sa respiration. Elle nous apprit qu'elle était la seule employée à plein temps de l'agence. Il y avait également deux professeurs – deux femmes – qui travaillaient quand c'était nécessaire. Le copropriétaire mis à part, un quinquagénaire de race blanche, aucun homme n'était associé au Registre, et l'agence ne possédait aucun minivan.

Les propriétaires du Registre Westwood étaient les époux Renfrew, Paul et Laura, nous apprit Mary Jordan. Pour l'heure, Paul démarchait des clients potentiels au nord de San Francisco et Laura était partie recruter en Europe. Ils avaient quitté la ville avant le double enlèvement.

— Les Renfrew sont des gens bien, assura Mary Jordan.

— Depuis combien de temps les connaissez-vous ?

— J'ai commencé à travailler pour eux juste avant qu'ils ne se délocalisent de Boston, il y a huit mois environ. Les affaires ne sont pas encore des plus florissantes, poursuivit Mary Jordan. Et maintenant, avec Paola morte et Madison Tyler disparue, ça n'est pas une très bonne publicité...

Ses yeux s'emplirent de larmes. Elle tira un mouchoir en papier rose d'une boîte posée sur son bureau et s'en tamponna le visage.

— Ms Jordan, dis-je en me penchant sur son bureau. Quelque chose vous ronge. Qu'est-ce que c'est ?

— Non, rien, vraiment. Tout va bien.

— À d'autres...

— C'est juste que j'aimais beaucoup Paola. Et c'est moi qui l'ai présentée aux Tyler. Moi. Si je ne l'avais pas fait, Paola serait encore en vie !

59.

— Les Renfrew ont un appartement ici, précisa Mary Jordan en nous faisant faire le tour de l'étage administratif. Elle nous désigna la porte cadenassée peinte en vert au fond du couloir.

— Pourquoi un cadenas ? lui demandai-je.

— Ils ferment seulement quand ils s'absentent tous les deux. Et c'est une bonne chose. Comme ça, je n'ai pas besoin de m'inquiéter si les filles vont fouiner là où elles n'ont rien à faire.

Des bruits de pas retentirent à l'étage au-dessus.

— La salle commune, c'est là-bas, continua Mary Jordan, poursuivant la visite guidée. La salle de conférences se trouve sur votre droite et le dortoir en haut. Les filles logent au Registre jusqu'à ce qu'on les place dans des familles. J'habite là-haut moi aussi.

— Il y a combien de filles ici ? questionnai-je.

— Quatre. Après le retour de Laura, nous en ferons rentrer quatre autres.

Conklin et moi passâmes le reste de la matinée à interroger les jeunes femmes au fur et à mesure qu'elles descendaient dans la salle de conférences. Elles avaient entre dix-huit et vingt-deux ans, elles étaient toutes originaires d'Europe, et parlaient bien voire très bien l'anglais.

Aucune d'elles n'avait ni indice, ni soupçon, ni mauvaise pensée en rapport avec les Renfrew ou Paola Ricci.

— Quand Paola était ici, elle récitait ses prières à genoux tous les soirs, affirma une fille nommée Luisa. Elle était encore vierge.

Nous retournâmes dans le bureau de Mary Jordan. La responsable administrative des Renfrew leva les bras au ciel quand on lui demanda si elle avait une idée de qui avait bien pu kidnapper Paola et Madison. Quand elle répondit au téléphone, Conklin s'adressa à moi.

— Tu veux que je fasse sauter ce cadenas ?

— Et toi, tu veux que ta carrière s'oriente prochainement vers les services sanitaires ?

— Ça vaudrait peut-être le coup.

— Tu rêves. Même si on avait un motif valable, Madison Tyler n'est pas ici. La cheftaine nous aurait déjà tout déballé.

Nous quittions la maison lorsque Mary Jordan nous rattrapa et agrippa le bras de Conklin.

— J'ai beaucoup réfléchi. Ça pourrait bien être des ragots et je ne veux causer de tort à personne, murmura-t-elle.

— Vous ne devez pas vous inquiéter de ça, Mary, répondit Conklin. Quoi que vous pensiez savoir, il faut nous le dire.

— Je venais de commencer à travailler pour les Renfrew, reprit Mary en lançant des coups d'œil vers la porte de la maison. L'une des filles m'a raconté quelque chose en me faisant jurer de n'en parler à personne. Elle m'a dit qu'une diplômée du Registre avait quitté ses employeurs sans préavis. Je ne veux pas dire par là qu'elle s'est comportée de façon impolie... les Renfrew avaient son passeport. Cette fille ne pouvait obtenir aucun autre poste sans cette pièce d'identité.

— La disparition de cette fille a-t-elle été signalée à la police ?

— Je crois. Tout ce que je sais, c'est ce qu'on m'a dit. Et on m'a dit qu'Helga Schmidt avait disparu et qu'on n'avait plus jamais entendu parler d'elle.

60.

La réunion des locataires s'était échauffée jusqu'au point d'ébullition quand Cindy y arriva. Deux cents personnes, à vue d'œil, s'entassaient dans le hall d'entrée. Fern Galperin, la présidente du syndic, était un joli petit bout de femme aux lunettes à monture métallique. Sa tête dépassait à peine de la foule dont elle tentait de réprimer les clameurs.

— Chacun son tour, s'écria Mrs Galperin. Margery ? S'il vous plaît, poursuivez ce que vous disiez.

Cindy aperçut Margery Glynn, la femme qu'elle avait rencontrée dans le local poubelles la veille, assise sur une causeuse, coincée entre trois autres personnes.

— La police m'a expédié un formulaire à remplir. Ils ne vont rien faire pour Barnaby. Je me sens plus en danger depuis qu'il n'est plus là. Dois-je prendre un nouveau chien ? Ou bien me procurer une arme ?

— Je suis aussi effrayée et révoltée que vous, reprit Mrs Galperin en serrant son propre petit chien contre sa poitrine. Mais vous n'êtes pas sérieuse quand vous parlez d'acheter une arme ! Suivant ?

Cindy déposa sa sacoche d'ordinateur et demanda à une femme brune très séduisante ce qui se passait.

— Vous êtes au courant pour Barnaby ?

— Oui. J'étais dans le local poubelle quand Margery l'a découvert.

— Atroce, hein ? Barnaby était un poison sur pattes, mais de là à le tuer… C'est de la folie pure. On se croirait à New York.

— Vous voulez bien me mettre au courant ? Je suis nouvelle.

— Bien sûr. Barnaby n'est pas le premier. On a retrouvé le caniche de Mrs Neely dans l'une des cages d'escalier et la pauvre femme s'est sentie coupable parce qu'elle avait oublié de verrouiller sa porte.

— J'en déduis qu'un habitant de l'immeuble n'aime pas les chiens.

— Exactement, renchérit la femme brune. Mais il y a encore mieux. Il y a un mois, Mr Franks, un type vraiment sympa qui logeait au premier, a fait venir une camionnette de déménagement, en pleine nuit. Il a laissé à Fern un paquet de lettres de menaces qu'on avait glissées sous sa porte pendant plusieurs mois.

— Quel genre de menaces ?

— Des menaces de mort.

— Pourquoi n'a-t-il pas prévenu la police ?

— Je crois qu'il l'a fait. Mais les lettres étaient anonymes. Les flics lui ont posé quelques questions, puis ils ont laissé tomber. La connerie habituelle.

— Et je suppose que Mr Franks avait un chien ?

— Non, une chaîne hi-fi. Je me présente, au fait : Debbie Green, dit la femme avec un large sourire. Je suis au 1F.

Elle serra la main de Cindy.

— Cindy Thomas, 2B.

— Ravie de vous rencontrer, Cindy. Bienvenue dans *Cauchemar à Blakely Arms.*

Cindy esquissa un sourire.

— Alors, vous n'avez pas peur ?

— Si, un peu, soupira Debbie. Mais mon appartement est génial... Je fréquente quelqu'un maintenant. Je crois que je l'ai convaincu de venir s'installer avec moi.

— Veinarde.

Cindy reporta son attention sur la réunion alors que la présidente du syndic donnait la parole à un vieux monsieur au dos voûté.

— Mr Horn.

— Merci. Ce qui me dérange le plus là-dedans, c'est le côté sournois, dit-il. Les mots glissés sous les portes. Les animaux de compagnie assassinés. Je crois que Margery a mis le doigt sur la plaie. Si la police ne peut pas nous aider, il faut qu'on forme une milice de locataires...

Des voix protestèrent et Fern Galperin s'écria :

— Levez la main, je vous en prie ! Tom, vous avez quelque chose à dire ?

Un trentenaire se leva de l'autre côté de la pièce. Il était fluet, atteint de calvitie précoce.

— Une milice de locataires, ça me fiche une trouille bleue, dit-il. Celui ou celle qui terrorise Blakely Arms, quel qu'il soit, pourrait faire partie de la milice... comme ça, il n'aurait plus besoin de faire ses coups en douce. Il pourrait arpenter les couloirs en toute impunité. Ça ne serait pas effrayant, ça ? Nous sommes environ trois cent quatre-vingt-cinq personnes à vivre dans cet immeuble et plus de la moitié d'entre nous sont ici ce soir. Il y a donc cinquante pour cent de chances que notre terroriste soit dans cette pièce en ce moment même.

61.

Yuki n'avait encore jamais vu Leonard Parisi en colère. « Chien Rouge », comme on le surnommait, était un grand rouquin qui excédait les cent kilos, et il était l'amabilité et la bienveillance incarnées... mais, en ce moment, ses yeux noirs lançaient des éclairs tandis qu'il martelait de ses poings la table de conférence.

Les restes de nourriture chinoise en sautèrent dans leurs plateaux.

Les cinq nouveaux assistants du DA, assis autour de la table, eurent tous l'air interloqué, à l'exception de David Hale qui venait de faire remarquer, fort mal à propos, que l'affaire Brinkley, c'était « du tout cuit ».

— Du tout cuit, ça n'existe pas, rugit Parisi. L'affaire O.J. Simpson, c'était du tout cuit.

— Idem avec Robert Durst, dit Yuki.

— Bingo, fit Parisi, les dévisageant à tour de rôle. Durst a avoué avoir tué son voisin, Morris Black l'avoir découpé en morceaux qu'il a balancés dans l'océan... et un jury de ses pairs l'a jugé non coupable. Tel est le défi qui nous attend avec Brinkley, David. Nous avons des aveux enregistrés sur bande et plus de témoins qu'on n'en saurait compter. Son crime a été filmé. Et pourtant, ce n'est pas du tout cuit.

— Mais Leonard, fit Hale, cette vidéo du crime montre le tueur *en action*. Elle est recevable et indiscutable.

Parisi eut un large sourire.

— Vous êtes un vrai pitbull, David. Un bon point pour vous. Vous avez tous entendu parler de Rodney King ? nous demanda Parisi en défaisant sa cravate. Rodney King, un Noir en liberté conditionnelle, a refusé de sortir de sa voiture après avoir été arrêté pour excès de vitesse. Quatre policiers blancs l'ont extrait de son véhicule et frappé à cinquante-six reprises : un passage à tabac en règle, intégralement filmé. L'affaire a donné lieu à un procès. Les flics ont été acquittés, ce qui a déclenché les fameuses émeutes raciales à Los Angeles.

» Donc, l'existence d'une bande vidéo n'a pas fait de cette affaire du tout cuit. Et voici pourquoi, peut-être : la première fois qu'on visionne la vidéo Rodney King, on est horrifié. La seconde, scandalisé. Mais au bout de la vingtième fois, on a fait mentalement le tour de toute la scène et la puissance du choc initial a disparu.

» Tout téléspectateur de ce pays a vu la vidéo de Jack Rooney où Alfred Brinkley abat toutes ces personnes je ne sais combien de fois. À l'heure actuelle, ces images ont perdu beaucoup de leur impact. Vous comprenez ?

» Cela dit, la vidéo figure *dans le dossier*. On *devrait* gagner le procès. Et on va faire de notre mieux pour expédier Brinkley dans le couloir de la mort. Mais nous avons pour adversaire une avocate intelligente et tenace en la personne de Barbara Blanco, acheva Parisi, s'adossant à son fauteuil. Et elle ne bosse pas comme avocat commis d'office pour le fric. Elle croit en son client et les jurés vont le sentir. Il faut donc nous préparer à toute éventualité. Ainsi se termine le cours d'aujourd'hui.

Un silence respectueux envahit la salle de conférences. Len Parisi était sans conteste le grand manitou des lieux.

— Yuki, a-t-on oublié quelque chose ?

— Je crois qu'on est couverts.

— Vous vous sentez bien ?

— Je me sens super bien, Len. Je suis prête à y aller. J'en meurs d'impatience.

— Évidemment, vous avez vingt-huit ans. Moi, j'ai besoin de ma dose de sommeil pour « réparer des ans l'irréparable outrage ». Rendez-vous ici demain à 7 h 30 du matin. Tous les autres, restez sur le coup. On procédera à une analyse rétrospective demain en fin de journée.

Yuki souhaita bonne nuit à ses collègues et quitta la salle, remontée à bloc et heureuse à l'idée de seconder Leonard Parisi.

Et en dépit des mises en garde de ce dernier, Yuki était confiante. Brinkley n'avait rien d'un O.J. Simpson, ni même d'un Robert Durst. Il n'avait rien d'une vedette médiatique. Quelques semaines plus tôt, il dormait dans la rue avec une arme chargée dans sa poche. Et il avait tué quatre parfaits inconnus.

Il était tout à fait impossible qu'un jury coure le risque de remettre ce fou furieux en liberté dans les rues de San Francisco.

IV

LE MINISTÈRE PUBLIC CONTRE ALFRED BRINKLEY

62.

Yuki déposa sa serviette sur la table près de celle de Leonard, à l'extérieur du département 21. Ils franchirent les détecteurs de métaux, puis les premières doubles portes, pour accéder à la petite antichambre, et enfin les secondes qui ouvraient directement sur la salle d'audience.

Un brouhaha s'éleva lorsque « Chien Rouge », un mètre quatre-vingt-cinq, costume bleu marine à fines rayures, s'avança au côté de Yuki, un mètre soixante en talons, cinquante kilos, en tailleur gris perle, le long de l'allée centrale. Leonard ouvrit d'un coup sec le portillon qui séparait la tribune du prétoire, s'effaça devant elle avant de la suivre. Ils s'installèrent aussitôt à la table de l'accusation.

L'impatience de Yuki fut remplacée par le trac du premier jour. Elle ne pouvait rien faire de plus pour se préparer et elle ne supportait pas l'attente. Elle tira sur ses manches, rangea son tas de paperasse, et consulta sa montre. La procès devait commencer dans cinq minutes et la table de la défense était encore déserte.

Nouveau remue-ménage dans la salle. Ce que vit Yuki lui coupa le souffle. Elle poussa Leonard du coude et il se retourna.

Alfred Brinkley remontait la travée. On lui avait rasé la barbe, sa longue chevelure avait été coupée ; il portait un costume bleu en polyester et une cravate. En bref, il semblait aussi dangereux qu'un gâteau de riz au lait.

Mais ce n'était pas Brinkley qui l'avait laissée bouche bée.

Barbara Blanco ne se trouvait pas au côté de Brinkley. Celui qui la remplaçait était un jeune quadragénaire aux cheveux grisonnants, en costume Brioni anthracite et cravate imprimée jaune Armani. Yuki connaissait le nouvel avocat de Brinkley.

Tout le monde le connaissait.

— Merde, fit Parisi avec un sourire crispé. Mickey Sherman. Vous le connaissez, n'est-ce pas, Yuki ?

— Oui, plutôt. On a défendu en binôme l'une de mes amies, il y a quelques mois.

— Oui, je me rappelle. Un lieutenant de la criminelle accusé d'homicide arbitraire.

Parisi retira ses lunettes et les astiqua avec son mouchoir.

— Qu'est-ce que je vous disais, hier soir ?

— Préparez-vous à toute éventualité.

— Parfois, je déteste avoir raison. Que pouvez-vous m'apprendre, mis à part le fait que Sherman aime les caméras ?

— C'est un type qui navigue dans les hautes sphères, dit Yuki. Il laisse les autres s'occuper des détails. Rien ne doit dépasser.

Yuki repensa à ce qu'elle avait lu : Mickey Sherman avait démissionné de son poste d'avocat d'affaires adjoint pour la ville de San Francisco pour ouvrir un petit cabinet privé. Il assurerait bénévolement la défense de Brinkley, mais l'attention des médias servirait de rampe de lancement pour Sherman et Associés... s'il gagnait.

— Ma foi, il ne bénéficie plus d'une grosse équipe, dit Parisi. Il ne nous reste plus qu'à découvrir ces fameux détails et à nous employer à les faire dépasser. En attendant, je vois déjà pointer son premier gros problème à l'horizon.

— Oui, acquiesça Yuki. Alfred Brinkley n'a pas du tout l'air d'un fou. Mais ça, Len, Mickey Sherman le sait aussi.

63.

Yuki se tint au garde-à-vous quand le juge Norman Moore prit place. L'Old Glory[1] d'un côté, le drapeau de l'État de Californie de l'autre, un thermos de café et un ordinateur portable devant lui.

Les deux cents personnes présentes dans la salle se rassirent quand l'audience fut déclarée ouverte.

---

1. Surnom du drapeau américain. (*N.d.T.*)

Le juge Moore était connu pour être juste, avec une tendance à laisser les avocats dépasser un peu trop les limites avant d'abattre son marteau.

Moore consacra un bon quart d'heure à donner ses instructions aux jurés avant de se tourner vers Leonard Parisi.

— Le ministère public est-il prêt à procéder ?

— Oui, monsieur le président.

Leonard Parisi se leva, boutonna le bouton médian de sa veste, se dirigea vers le box des jurés et les salua. Chien Rouge était de forte corpulence, large de hanches et d'épaules. Il avait les cheveux roux et crépus, la peau grêlée et d'aspect rugueux.

Leonard Parisi n'avait rien d'un bourreau des cœurs. Mais quand il parlait, il avait la présence scénique d'un Rod Steiger ou d'un Gene Hackman. On ne pouvait détacher ses yeux de lui.

— Mesdames et messieurs, quand vous avez été sélectionnés pour être jurés dans ce procès, vous avez tous déclaré avoir vu la « vidéo Rooney » de la tragédie du bac *Del Norte*. Vous avez affirmé pouvoir rester objectifs concernant la culpabilité ou l'innocence du prévenu. Et vous avez juré pouvoir juger Mr Brinkley en vous fondant sur les preuves que l'on vous fournirait dans ce prétoire.

» C'est la raison pour laquelle je me dois de reconstituer la journée du 1er novembre afin de vous rafraîchir la mémoire.

» C'était une belle journée pour faire un tour en bac, commença Parisi. Dix-sept degrés, du soleil par intermittence. Beaucoup de touristes étaient en short – après tout, San Francisco est en Californie, pas vrai ?

Des rires fusèrent dans la salle d'audience tandis que Parisi s'échauffait avec son exposé des faits.

— Une belle journée qui vira au cauchemar parce qu'Alfred Brinkley était à bord de ce bac.

» Mr Brinkley n'avait pas un sou mais a trouvé un billet aller-retour au marché aux primeurs et a décidé de faire la balade. Il avait une arme chargée dans sa poche, un revolver à six coups.

» Ce jour-là, Mr Brinkley a gagné Larkspur avec le bac, sans incident. Mais pendant le trajet de retour, alors que le bateau accostait à San Francisco, l'inculpé a aperçu Andrea Canello en pleine discussion avec son petit garçon, un enfant adorable prénommé Tony.

» Pour une raison connue de lui seul, Mr Brinkley a sorti son arme et a abattu cette jeune mère de trente ans d'une balle en pleine poitrine.

» Elle est morte quasiment sur le coup sous les yeux de son fils, poursuivit Parisi. Alors, le petit garçon de Mrs Canello a tourné ses grands yeux effrayés vers l'homme qui venait de tuer sa mère... et qu'a fait Mr Brinkley ?

» Il a abattu Tony Canello, un enfant armé d'une glace à la fraise. Tony était en classe de CM1 et attendait avec impatience les vacances de Thanksgiving, de recevoir un VTT pour Noël, de grandir et de devenir un homme.

» Mr Brinkley a tout pris à Tony Canello, qui est mort à l'hôpital un peu plus tard le même jour. »

Les visages accablés des jurés indiquaient que Parisi les avait déjà émus. L'une d'entre eux, une jeune femme aux cheveux magenta, se mordit la lèvre, les joues ruisselantes de larmes.

Leonard marqua une pause dans son exposé par respect pour les pleurs de cette jurée.

64.

Le juge Moore s'adressa alors aux six hommes et six femmes composant le jury.

— Voulez-vous faire une pause ? Très bien, alors, poursuivez, s'il vous plaît, maître Parisi.

— Merci, monsieur le président.

Il lança un coup d'œil à la défense où Mickey Sherman chuchotait quelque chose à son client. Il tournait le dos aux débats avec un dédain affiché, signifiant par là que l'exposé des faits de Parisi n'avait pas le moins du monde dérangé la défense.

Bien joué. Parisi savait qu'il aurait fait la même chose.

— Je vous ai déjà dit que le *Del Norte* arrivait à quai quand Mr Brinkley a abattu Andréa et Tony Canello. L'accostage était bruyant, beaucoup plus que deux coups de feu. Mais deux ou trois personnes ont compris ce qui se passait.

» Mr Per Conrad travaillait à bord du *Del Norte* en tant que mécanicien ce jour-là. C'était un père de famille avec une femme et quatre beaux enfants, à deux ans de la retraite. Il a vu Alfred Brinkley, revolver en main, et a aperçu les corps ensanglantés d'Andrea et Tony Canello sur le pont.

» Mr Conrad a entrepris de désarmer Mr Brinkley. Ce dernier l'a alors abattu d'une balle entre les deux yeux.

» Mr Lester Ng, agent d'assurances de Larkspur, venait à San Francisco pour un rendez-vous d'affaires. Cet ancien pilote de l'US Air Force était lui aussi père de famille. Et lui aussi a tenté d'arracher son arme à Mr Brinkley. Qui lui a tiré en pleine tête. L'arme de Mr Brinkley est la dernière chose que Mr Ng a vue avant de mourir.

» Ces deux hommes ont fait preuve d'abnégation. Ce sont de véritables héros. Et ils en sont morts. Pourtant, Mr Brinkley ne s'est pas arrêté là.

Parisi se dirigea vers le box des jurés, posa ses mains sur la balustrade et regarda chacun d'entre eux à tour de rôle.

— Mr Brinkley se trouvait près d'une femme que notre communauté tient en haute estime, le Dr Claire Washburn, médecin légiste en chef de la ville de San Francisco. Le Dr Washburn, bien que terrorisée, a eu la présence d'esprit de dire à Mr Brinkley : « Allez… donnez-moi votre arme. »

» Mais au lieu d'obtempérer, Mr Brinkley l'a gratifiée d'une balle en pleine poitrine. Et quand le fils du Dr Washburn, Willie, a voulu porter secours de sa mère, Mr Brinkley lui a aussi tiré dessus.

» Heureusement, le bateau a heurté la digue à cet instant précis et la sixième et dernière balle de Mr Brinkley a raté sa cible. Grâce à cette balle perdue, deux êtres courageux, Claire et Willie Washburn, ont survécu. Et le Dr Washburn témoignera dans ce procès.

Parisi marqua une pause, laissant l'horreur de la fusillade s'imprimer dans l'esprit des jurés avant de poursuivre.

— Les faits, tels que viens de vous les décrire, ne sont pas contestables. Il est également incontestable que sans égard ni pour le sexe, ni pour l'âge, ni pour la race, ni pour toute autre raison, Mr Brinkley a tiré sur six personnes inconnues de lui, en a tué quatre et tenté d'en assassiner deux autres.

» Mr Jack Rooney, qui témoignera au cours de ce procès, a filmé la fusillade et nous vous montrerons sa vidéo. De plus, Mr Brinkley a avoué ces meurtres sauvages et nous vous montrerons également la vidéo de ses aveux. Il ne sera pas question d'ADN dans cette affaire. Ni de traces de sang ni encore d'empreintes digitales partielles, ni d'aucun élément médico-légal, comme vous pouvez en voir chaque soir dans les séries policières. Car dans cette affaire, le problème n'est pas de trouver le coupable. Nous savons qui est l'auteur des faits. Il est assis juste là.

Parisi désigna l'homme en costume bleu. Brinkley avait rentré sa tête dans les épaules au point qu'il semblait ne plus avoir de cou. Il fixait d'un œil éteint un point droit devant lui. Le prévenu paraissait tellement abruti par les sédatifs que Parisi se demanda ce que Brinkley avait bien pu entendre ou comprendre de ce qu'il venait d'énoncer.

— La défense essaiera de vous convaincre que Mr Brinkley est psychotique et par conséquent irresponsable de ses actes, ajouta Parisi en revenant au pupitre. Les experts médicaux de la défense auront peut-être le culot de venir soutenir à la barre que le prévenu a besoin de subir un « traitement » et non pas son châtiment. Pas de problème. Nous avons de très bons médecins qui soignent tous nos détenus dans le couloir de la mort.

» Commettre un acte de folie meurtrière n'exempte personne de l'application de la loi.

» Mesdames et messieurs, Alfred Brinkley est monté à bord du bac avec une arme chargée sur lui. Il a pris ses victimes pour cibles, dans l'intention de les tuer. Il a assassiné quatre d'entre elles avant de s'enfuir du lieu de son forfait.

» Parce que Alfred Brinkley savait parfaitement qu'il avait mal agi. Le ministère public vous prouvera que Mr Brinkley était juridiquement sain d'esprit quand il a commis ces quatre meurtres et ces deux tentatives de meurtre. Et nous vous demanderons de le reconnaître coupable de tous les chefs d'accusation.

» Je vous remercie de votre attention. Je regrette d'avoir fait pleurer certains d'entre vous, mais ces meurtres constituent une véritable tragédie.

65.

Yuki observa Mickey Sherman se lever à la table de la défense et traverser le prétoire, confiant, pour gagner l'estrade.

Sherman se présenta aux jurés, les mains dans les poches, avec une désinvolture qui captiva son auditoire dès ses premiers mots.

— Mesdames et messieurs, tout ce que vous a dit le procureur est vrai, commença-t-il.

Affirmation audacieuse, songea Yuki. En fait, elle n'avait jamais vu un avocat du camp adverse adopter une telle attitude auparavant.

— Vous savez tous ce qui s'est déroulé sur le bac *Del Norte* le 1er novembre, dit Sherman. Mr Brinkley portait de fait une arme chargée sur lui. Il a abattu ces personnes sans tenir compte des conséquences de son geste pour elles... ou pour lui-même.

» Il était entouré de deux cent cinquante passagers, dont certains ont été témoins de la fusillade. Mr Brinkley n'a pas abandonné son arme après s'être enfui du *Del Norte*.

» Ceci n'a rien d'un crime parfait. Seul un individu tout sauf sain d'esprit se comporte de cette façon-là. Ce qui a eu lieu n'a donc rien de mystérieux.

» Mais *pourquoi* cela a-t-il eu lieu, voilà le véritable objet de ce procès.

» Mr Brinkley ne comprend pas ses actes car, quand il a abattu ces malheureux, il était fou sur un plan juridique. Puisque le problème de la « folie sur un plan juridique » sera à la base de votre jugement concernant Mr Brinkley et ses actes, le moment me semble bien choisi pour définir ce terme.

» Le problème se pose ainsi : Mr Brinkley a-t-il bien compris le mal-fondé de ses actes en commettant ces crimes ? S'il n'a pas compris que ces mêmes actes étaient répréhensibles car il souffrait d'une maladie mentale ou autre déficience au moment des faits, alors il était « fou sur un plan juridique ».

Mickey Sherman marqua une pause, déplaça ses notes sur le pupitre puis reprit la parole, adoptant un ton qui fit l'admiration de Yuki, même si elle le jugeait redoutable. Caressant à l'oreille, intime, comme s'il était certain que les jurés pouvaient se passer d'effets de manche et estimer que son raisonnement n'était pas simplement crédible mais vrai.

— On a diagnostiqué chez Mr Brinkley un « trouble schizo-affectif », reprit Sherman. Il souffre d'une maladie qui s'apparente au cancer ou au diabète, une maladie d'origine génétique qui l'handicape, et qui est due à un traumatisme datant de l'enfance.

» S'il n'a pas demandé à avoir cette maladie, il en souffre bel et bien. Cela aurait pu arriver à chacun d'entre nous, vous, moi ou n'importe qui d'autre présent dans cette salle. Et quelle maladie peut être pire que d'avoir son propre esprit qui se retourne contre vous et vous entraîne à nourrir des pensées et à perpétrer des actes à l'opposé de votre nature et de votre personnalité ?

» Je tiens à vous assurer que nous sommes de tout cœur avec les victimes de cette tragédie. S'il existait une façon de remonter le temps, si Fred Brinkley pouvait prendre une pilule miracle ou recevoir une injection qui le guérirait, s'il pouvait rendre la vie à toutes ces personnes, il n'hésiterait pas une seconde à agir dans ce sens.

» S'il avait su qu'il était atteint d'une maladie mentale, Mr Brinkley aurait suivi un traitement. Mais il ignorait l'origine de ses pulsions. L'existence de Mr Brinkley confère une véritable signification à l'expression consacrée « vivre un enfer ».

66.

Mickey Sherman ressentit une montée d'adrénaline agréable, provenant de sa connaissance du dossier et de sa foi en son client. Brinkley, ce pauvre ballot, s'éveillait à la réalité du monde après quinze années de lente décompensation due aux progrès de sa maladie.

Et quel monde désolant. Il y passait en jugement et risquait la peine capitale, soumis à l'épaisse camisole chimique d'un traitement antipsychotique.

— Mr Brinkley entendait des voix, affirma Mickey Sherman en passant et repassant devant le box des jurés. Et je ne parle pas de cette « petite voix » que chacun de nous entend dans sa tête, ce monologue intérieur qui nous aide à résoudre nos problèmes, écrire un discours ou retrouver nos clés de voiture.

» Les voix qu'entendait Mr Brinkley étaient impérieuses, importunes, accusatrices et cruelles. Ces voix le harcelaient et le narguaient sans relâche, en le traitant des noms les plus désobligeants, en l'incitant à tuer. Lorsqu'il regardait la télévision, il avait l'impression que les personnages de fiction ou même les présentateurs s'adressaient directement à lui, qu'ils l'accusaient d'être un criminel et qu'ils lui donnaient des ordres. Et après des années de lutte contre ses démons intérieurs, Fred Brinkley a fini par leur obéir.

» Mesdames et messieurs, au moment de la fusillade, Fred Brinkley avait perdu tout contact avec la réalité. Il n'avait pas conscience que les passagers du bac sur lesquels il tirait étaient faits de chair et de sang. À ses yeux, ils étaient partie prenante des douloureuses hallucinations peuplant son esprit.

» Après coup, Mr Brinkley s'est vu au bulletin d'informations télévisées en train d'abattre des gens à bord du bac, et il a réalisé ce qu'il avait fait. Il a été tellement submergé par le remords, la culpabilité et la haine enves lui-même qu'il s'est livré à la police de son propre chef.

» Il a renoncé à tous ses droits et a avoué car, conséquence de ses crimes, la partie saine de son esprit lui a permis de comprendre pleinement l'horreur de ses actes.

» Cela devrait vous donner un aperçu de la personnalité de cet homme.

» L'accusation aimerait vous faire croire que la décision la plus difficile que vous aurez à prendre dans ce procès, ce sera de choisir votre porte-parole. Mais vous n'avez pas encore entendu l'histoire dans son intégralité.

» Des témoins qui connaissent Mr Brinkley et des psychiatres qui l'ont examiné attesteront de sa personnalité ainsi que de son état d'esprit présent et passé. Quand vous aurez connaissance du dossier dans sa totalité, je suis persuadé que vous jugerez Fred Brinkley « non coupable » en raison de ses déficiences mentales.

67.

À 18 h 30, ce soir-là, Yuki et Leonard Parisi étaient installés dans l'immense salle à manger en contrebas du restaurant LuLu, un ancien entrepôt transformé en bistro branché, non loin du palais de justice.

Yuki se sentait l'esprit affûté, investie d'une mission. Elle faisait partie de l'équipe gagnante. Elle découpait son poulet rôti tandis que Len attaquait sa pizza aux crevettes épicées. Ils passèrent la journée en revue tout en mangeant, examinant les obstacles potentiels, prévoyant comment les surmonter au cours de la présentation du lendemain.

Leonard remplit leurs verres à vin d'un merlot à soixante dollars la bouteille.

— Grrrrr. Gare à l'Équipe de Chien Rouge, plaisanta-t-il.

Yuki éclata de rire, puis elle rangea ses papiers dans une grande serviette en cuir tandis qu'on desservait la table. Ne plus travailler dans un cabinet privé ne lui avait jamais paru aussi bon qu'aujourd'hui.

Le large four de brique à l'autre extrémité de la pièce, où brûlait du noyer, parfumait l'air ambiant. Rires et conversations ricochaient sur les murs et les hauts plafonds à mesure que se peuplaient le bar et le restaurant.

— Café ? demanda Len à Yuki.

— Oui, bien sûr, fit-elle. Je suis tellement chauffée à bloc que je crois que je vais me laisser tenter par les profiteroles.

— Je vais appuyer cette idée, répliqua Leonard, levant la main à l'intention de la serveuse.

Mais son visage se décomposa. Il porta une main à sa poitrine, se dressa à demi en prenant appui sur le dossier de la chaise, qui se renversa, l'entraînant avec lui sur le sol.

Yuki entendit un plateau tomber dans son dos, des bris de vaisselle puis un cri.

Elle comprit que c'était elle qui l'avait poussé.

Elle se leva d'un bond, s'accroupit près du grand homme qui se roulait par terre en gémissant.

— Leonard ! Len, où avez-vous mal ?

Il marmonna quelque chose, mais elle ne comprit pas ce qu'il disait à cause du brouhaha autour d'eux.

— Pouvez-vous lever les bras, Len ?

— Ma poitrine, gémit-il. Prévenez ma femme.

— Je peux le conduire à l'hôpital, proposa un homme par-dessus l'épaule de Yuki. Ma voiture est garée juste devant.

— Merci, mais ça prendra trop longtemps.

— Écoutez, l'hôpital n'est qu'à dix minutes d'ici...

— Non merci. Le Samu lui apportera l'hôpital à domicile, d'accord ?

Tirant sa sacoche jusqu'à elle, Yuki la vida sur le plancher et localisa son téléphone portable. Elle ignora le bon samaritain qui se tenait dans son dos, imaginant d'avance les embouteillages et les trois heures d'attente à l'extérieur des urgences... ce qui se produisait si ce n'était pas une ambulance qui emmenait Len à l'hôpital.

C'était l'erreur qu'on avait commise avec son père.

Yuki agrippa la main de Len en guettant intensément la sonnerie. Elle répétait d'une voix sifflante « allez, allez, allez » et quand l'opératrice du 911 répondit, elle lui parla distinctement.

— Il s'agit d'une urgence. Envoyez une ambulance au restaurant LuLu au 816, Folsom Street. Mon ami vient d'avoir une crise cardiaque.

68.

Conklin et moi planchions sur des pistes téléphoniques de l'affaire Ricci/Tyler quand Jacobi surgit dans la salle de garde.

— Vous avez besoin de prendre l'air, on dirait, lança-t-il.

Quinze minutes plus tard, peu avant 19 heures, nous nous arrêtions devant un immeuble d'habitation, près du croisement entre la 3e Rue et Townsend Street. Trois voitures de patrouille, deux camions de pompiers, et la fourgonnette du légiste nous avaient précédés sur les lieux.

— Bizarre, je connais cet endroit, dis-je à Conklin. Mon amie Cindy habite ici.

Je tentai de la joindre mais son portable sonnait occupé. Je n'obtins aucune réponse non plus sur son poste fixe.

J'eus beau regarder, je n'aperçus pas Cindy parmi les locataires rassemblés en petits groupes sur le trottoir, faisant des dépositions aux agents de police en uniforme qui passaient entre eux, levant les yeux vers la façade de brique et les rideaux clairs qui flottaient au quatrième étage.

Cindy habitait au second. Mon soulagement fut de courte durée. Quelqu'un avait connu une fin prématurée dans l'immeuble de Cindy.

Le portier, un homme d'un certain âge, dont les cheveux gris dépassaient de son bandana, faisait les cent pas devant l'entrée principale. Il avait le look d'un hippie sur le retour, comme si la vague révolutionnaire de la fin des années soixante l'avait rejeté sur la plage en se retirant. Il nous dit qu'il s'appelait Joseph « Pinky » Boyd et qu'il travaillait au Blakely Arms depuis trois ans.

— Miss Portia Fox, au 4K, nous apprit-il. C'est elle qui a senti l'odeur de gaz. Elle a appelé à la loge, il y a une demi-heure environ. Ouais, c'est ça, dit-il en regardant sa montre.

— Et vous avez prévenu les pompiers ?

— Oui. Ils sont arrivés dans les cinq minutes.

— Où est Miss Fox ?

— Elle est sans doute quelque part par ici, dehors. On a évacué tout le quatrième étage. Je l'ai vue... Mrs Wolkowski, je veux dire. C'est terrible de voir une personne morte pour de vrai, surtout quelqu'un qu'on connaît.

— Pensez-vous que quelqu'un aurait pu vouloir du mal à Mrs Wolkowski ? demanda Conklin au portier.

— Non. Elle était un peu grincheuse. Elle se plaignait qu'on lui mettait dans sa boîte du courrier qui ne lui était pas destiné, qu'il y avait des éraflures sur le carrelage, des trucs de ce genre. Mais c'était un amour de vieille dame.

— Mr Boyd, vous êtes resté ici toute la journée ?

— Oui, depuis ce matin, 8 heures.

— Vous avez des caméras de surveillance ? lui demandai-je.

— Les locataires ont un visiophone quand quelqu'un sonne chez eux, ça s'arrête là.

— Qu'y a-t-il au sous-sol ?

— Une buanderie, le local poubelles, la chaufferie et une porte qui donne sur la cour.

— Verrouillée, cette porte ? demanda Conklin. Il y a une alarme ?

— Il y en avait une. Mais quand on a tout rénové, on en a fait un espace commun, donc tous les locataires ont une clé.

— Donc le sous-sol n'est pas vraiment sécurisé, conclus-je. Avez-vous aperçu quelqu'un ou quelque chose de suspect, aujourd'hui, dans l'immeuble ?

Le rire de Boyd frôla l'hystérie.

— Si j'ai vu quelqu'un de suspect ? Dans cet immeuble ? C'est le premier jour, ce mois-ci, que je n'en ai vu aucun !

69.

L'agent en uniforme posté devant la porte de l'appartement 4J était un petit nouveau : Matt Harnett, un costaud aux yeux noirs, avait de faux airs de

Jimmy Smits, de *New York Police Blues*. De la sueur perlait au-dessus de sa lèvre, il était blême.

— La victime s'appelle Irene Wolkowski, dit Harnett en me tendant le registre de présence. On l'a vue vivante pour la dernière fois ce matin dans la buanderie autour de 11 heures. Son mari n'est pas là, il est au travail et on n'a pas encore réussi à le contacter. Mon coéquipier et d'autres agents interrogent les autres locataires.

J'opinai, inscrivant mon nom et celui de Conklin sur le registre. Puis, plongeant sous le cordon qui barrait toute l'entrée, nous pénétrâmes sur la scène de crime grouillant déjà de membres de la police scientifique, flanqués du médecin légiste actuel qui prenait des clichés de la victime.

La pièce empestait le gaz. Des deux côtés, les fenêtres étaient grandes ouvertes, ce qui donnait l'impression qu'il faisait plus froid dans l'appartement qu'à l'extérieur.

La défunte était couchée sur le dos, au centre de la pièce, bras et jambes désarticulés, posture qui la laissait sans défense à la fois contre l'attaque d'origine et, à présent, contre les manipulations de parfaits inconnus. La femme devait avoir la soixantaine.

Du sang coulait de sa nuque et avait imbibé la moquette gris pâle, la tache se divisant de part et d'autre du pied d'un piano.

Et l'instrument n'était plus qu'une ruine !

Ce qui restait du clavier était fracassé et souillé de sang. On avait disloqué et brisé les touches, dont plusieurs étaient éparpillées par terre, comme si quelqu'un les avait fracassées à coups de marteau.

Le Dr Germaniuk avait disposé des projecteurs amovibles pour éclairer chaque recoin de la pièce. Elle était à la fois marquée par l'empreinte du temps et meublée depuis peu. Je remarquai un morceau d'emballage plastique encore accroché à l'un des pieds du canapé.

Le Dr G. me salua, remonta ses lunettes sur son nez et déposa son appareil.

— Qu'est-ce qu'on a ? lui demandai-je.

— Un truc très intéressant, répondit Germaniuk. Mis à part le massacre du piano et tous les brûleurs de la gazinière grands ouverts, rien d'autre ne semble avoir été dérangé.

La scène de crime était organisée – autrement dit, « propre » –, ce qui signifie presque toujours que le crime est prémédité et que l'assassin est quelqu'un d'intelligent.

— La victime a subi un double traumatisme crânien, expliqua le Dr G. Il me semble qu'on a utilisé deux instruments différents. Le piano est l'un d'eux. Je vous donnerai plus de détails après avoir examiné Mrs Wolkolski sur ma table, mais je peux d'ores et déjà vous dire ceci : elle ne présente aucune rigidité, elle est tiède au toucher et la lividité cadavérique est à peine entamée. Cette dame n'est morte que depuis deux, trois heures, peut-être moins. On a raté le tueur de peu.

70.

Entendant la voix de Cindy du côté de la porte, je m'écartai de la scène de crime, le temps d'aller l'embrasser dans le couloir.

— Je vais bien, murmura-t-elle. Je viens d'avoir tes messages.

— Tu connaissais la victime ?

— Je ne crois pas. Pas de nom, en tout cas. Laisse-moi la voir.

La scène de crime était interdite d'accès, elle le savait. J'avais déjà livré et perdu ce genre de bataille avec Cindy auparavant. Je reconnais la lueur caractéristique de son regard en ces occasions. Têtue. Intraitable. Rusée.

— Tiens-toi en retrait et ne touche à rien.

— Je sais, ne t'inquiète pas.

— Si quelqu'un émet une objection, il faudra t'en aller. Et je veux que tu me donnes ta parole que tu n'écriras pas un seul mot sur la cause du décès.

— Promis, murmura-t-elle, du bout des lèvres.

Je désignai à Cindy un coin vide dans la pièce et elle s'y rendit. Elle blêmit à la vue de la morte étendue par terre, mais parmi tous ceux qui grouillaient dans l'appartement, personne ne remit en question sa présence.

— C'est elle, Cindy ? me demanda Conklin en la désignant du menton.

— Oui. On peut lui faire confiance.

— Si tu le dis.

Je présentai Rich à Cindy pendant qu'on enveloppait le corps d'Irene Wolkowski dans une housse. On lança des hypothèses sur le crime et on en discuta dans le courant d'air froid qui balayait l'appartement.

— Supposons que le tueur, dis-je à Conklin, soit quelqu'un qu'elle connaît. Un type qui habite l'immeuble. Il sonne à sa porte en disant :

« Salut Irene. Ne vous interrompez pas. C'est vraiment joli ce que vous jouez là. »

— OK. Ou peut-être que c'était son mari, reprit Conklin. Il rentre plus tôt, la tue et se casse. Ou peut-être encore un ami. Ou un inconnu.

— Un inconnu ? Je ne vois pas ça comme ça, intervint Cindy. Je ne laisserais pas entrer un inconnu chez moi, et vous ?

— C'est vrai, admit Conklin. Mais dans tous les cas de figure, elle est au piano. La musique couvre le bruit de la porte qui s'ouvre et cette belle moquette bien épaisse étouffe les bruits de pas.

— Oui, dis-je.

— C'est son sac ? demanda Cindy.

Un sac à main d'un noir brillant était posé sur un prie-dieu. Je l'ouvris, sortis le portefeuille, montrai à Conklin la liasse de billets de vingt dollars et un jeu complet de cartes de crédit.

— Voilà qui élimine l'hypothèse du vol, conclus-je.

— J'étais là quand on a découvert l'un de ces chiens, intervint Cindy, qui nous brossa le tableau.

Rich secoua la tête, les cheveux lui tombant dans les yeux.

— Et ce serait la marque d'un tueur psychopathe potentiel qui culminerait jusqu'à... *ça* ? Un poil exagéré. Donc, on a la pianiste battue à mort plus la destruction de son instrument. Mais pourquoi s'emmerder avec le gaz ?

— Il désirait peut-être s'assurer qu'elle serait découverte, suggérai-je. Ou alors il voulait être sûr qu'elle était bien morte.

Je regardai Cindy.

— Pas un mot de tout ça dans le *Chronicle.*

71.

Yuki ne pouvait s'empêcher de revoir le visage de Len grimaçant de douleur. Sa crise cardiaque avait failli le tuer. Elle l'avait quitté à l'hôpital la veille au soir, stabilisé mais encore faible, et avait laissé un message à David Hale chez lui.

— On a une urgence. Retrouve-moi au bureau à 6 heures demain matin. Et prépare-toi à te rendre au tribunal.

Yuki, assise à présent face à David dans la salle de conférences lambrissée de pin un peu crasseuse, ses notes et un café instantané devant elle, mettait au courant son collègue.

— Pourquoi ne pas demander un ajournement ? demanda-t-il.

David était présentable, en veste à chevrons, pantalon bleu et cravate à rayures. Il avait besoin d'aller chez le coiffeur, mais là, on ne pouvait rien y faire.

De toutes les personnes disponibles dans l'immédiat, c'est Hale qui fournirait le meilleur boulot.

— Pour trois raisons, répondit Yuki en tapotant la table de sa cuillère en plastique. Primo, Leonard ne tient pas à perdre Jack Rooney comme témoin. Rooney est fragile. Il était en vacances quand la fusillade a eu lieu. On pourrait ne pas être en mesure de le faire revenir quand on aura besoin de lui, ce qui signifie que sa vidéo pourrait être supprimée du dossier.

— OK.

— Deuzio, Len ne veut pas risquer de perdre le juge Moore.

— Ouais, je comprends.

— Len affirme qu'il reviendra au tribunal à temps pour le réquisitoire.

— Il a dit ça ?

— Oui, quand on le préparait pour l'intervention chirurgicale. Il était lucide et s'est montré catégorique.

— Qu'en pense son médecin ?

— Il a dit, je le cite : « Il existe une possibilité raisonnable que la défaillance cardiaque de Léonard soit réversible. »

— A-t-on dû l'opérer à cœur ouvert ?

— Oui. J'ai appelé la femme de Len. Il a très bien supporté l'opération.

— Et donc, il fera son réquisitoire dans un peu moins d'une semaine ?

— Sans doute pas. Et il ne dansera pas non plus la tarentelle, dit Yuki. Ce qui me conduit au troisième point. D'après Len, je suis aussi bien préparée que lui, et il a confiance en nous. Il ne faut pas le laisser tomber.

David Hale la dévisagea, bouche bée, avant de reprendre la parole :

— Je n'ai aucune expérience du prétoire, Yuki.

— Moi, si. De plusieurs années.

— Tu as de l'expérience en procès civils, pas en affaires pénales.

— Ferme-la, David. J'ai été avocate. Ça compte. On va donc donner le meilleur de nous à Chien Rouge, et passer les trois prochaines heures à revoir ce qu'on sait déjà. On a des témoins oculaires crédibles, la vidéo de Rooney et des jurés qui n'en croiront pas leurs oreilles en entendant la défense plaider la folie. C'est ce que nous a dit Len à la réunion préparatoire : plus le crime est aléatoire, moins il y a de mobiles pour cette tuerie, plus le jury aura peur que Brinkley, après à peine trois quarts d'heure passés chez les dingues, soit remis en liberté...

Yuki s'interrompit, notant le grand sourire qui fendait le visage de David Hale.

— À quoi tu penses, David ? Non, je retire ma question. S'il te plaît, ne réponds pas, dit Yuki en tâchant de ne pas rire.

— Affaire on ne peut plus claire, lança son nouvel équipier. Du tout cuit.

72.

Yuki, au centre du prétoire, avait l'impression d'être une novice, comme si elle en était à sa première affaire. Agrippée aux bords du pupitre, elle songea que quand c'était Len qui se tenait derrière, ce truc avait l'air d'un simple pupitre à musique. Elle, elle regardait par-dessus comme si elle était redevenue une écolière.

Les jurés l'observaient, dans l'expectative.

Arriverait-elle vraiment à les convaincre qu'Alfred Brinkley était coupable de meurtre qualifié ?

Yuki fit appeler son premier témoin. Il s'agissait de l'agent Bobby Cohen, au SFPD depuis quinze ans. Son attitude « les faits, rien que les faits, madame » renforçait la solidité du dossier du ministère public.

Elle lui demanda de retracer ce qu'il avait vu quand il était arrivé sur le *Del Norte*, ce qu'il avait fait et, une fois l'interrogatoire terminé, Mickey Sherman n'eut qu'une question à poser à l'agent Cohen.

— Avez-vous été témoin de ce qui s'est passé sur le bac ?

— Non.

— Merci. Pas d'autre question.

Yuki enregistra mentalement le témoignage de Cohen, songeant que, même si ce dernier n'avait pas assisté à la fusillade, il en avait dressé le décor pour les jurés, leur mettant en tête des images de boucherie humaine... images sur lesquelles elle allait échafauder.

Elle appela à témoigner Bernard Stringer, le pompier qui avait vu Brinkley abattre Andrea et Tony Canello. Stringer marcha lourdement jusqu'à la barre et on lui fit prêter serment avant qu'il ne s'installe dans le box. Il frôlait la trentaine et avait un visage de joueur de base-ball.

— Mr Stringer, commença Yuki, quelle est votre profession ?

— Je suis pompier, rattaché à la caserne 14, à l'angle de la 26e Rue et de Geary Street.

— Et que faisiez-vous à bord du *Del Norte* le jour du 1er novembre ?

— Je suis un papa du week-end, répondit-il en souriant. Mes gosses adorent prendre le bac.

— Quelque chose d'inhabituel a-t-il eu lieu ce jour-là ?

— Oui, j'ai assisté à la fusillade sur le pont supérieur.

— Le tireur se trouve-t-il dans ce tribunal aujourd'hui ? demanda Yuki.

— Oui.

— Pouvez-vous le désigner ?

— Il est assis juste là. C'est le type en costume bleu.

— Le greffier veut-il bien prendre note que Mr Stringer a désigné l'inculpé, Alfred Brinkley. Mr Stringer, à quelle distance étiez-vous d'Andrea Canello et de son fils, Anthony, quand Mr Brinkley les a abattus ?

— À peu près à la même que celle qui me sépare de vous. Un mètre cinquante, deux mètres.

— Pouvez-vous décrire ce que vous avez vu ?

Le visage de Stringer parut se contracter à l'évocation de ce jour sanglant.

— Mme Canello grondait son gamin, d'une façon assez dure, j'ai trouvé. Comprenez-moi bien. Elle ne le maltraitait pas. C'est simplement que son fils encaissait mal et j'ai songé à intervenir. Mais je n'en ai pas eu l'occasion car l'accusé l'a descendue à ce moment-là. Puis il a tiré sur le petit garçon. Alors, ça a été la folie sur le bateau.

— Mr Brinkley a-t-il dit quelque chose à l'une ou l'autre de ces victimes avant d'ouvrir le feu ?

— Non. Il a juste aligné les coups de feu. *Bang. Bang.* J'en ai eu froid dans le dos.

Yuki laissa les mots de Bernard Stringer planer dans la salle d'audience un instant avant de reprendre :

— Soyons précis, quand vous dites « j'en ai eu froid dans le dos », vous ne faites pas allusion à la température ambiante ?

— Non, à la façon dont il a tué ces deux personnes. Son visage est resté de marbre.

— Merci, Mr Stringer. Le témoin est à vous, dit Yuki à l'avocat de la défense.

73.

Yuki observa Mickey Sherman glisser ses mains dans ses poches puis s'avancer vers le témoin, dans le reflet mordoré des lambris de chêne du tribunal.

Si son sourire n'était pas simulé, sa démarche tranquille, son langage de Monsieur Tout-le-monde – tout son numéro –, contribuaient aussi à dissimuler avec astuce le talent de Mickey à lancer des attaques surprises.

Yuki, pour avoir travaillé étroitement avec Sherman, avait appris à reconnaître « l'indice qui le trahissait ». Sherman effleurait de l'index droit le creux de sa lèvre supérieure juste avant de sauter à la gorge du témoin.

— Mr Stringer, Mrs Canello ou son fils, Anthony Canello, ont-ils fait quelque chose pour provoquer mon client ? questionna Sherman.

— Non. À ce que j'ai pu voir, ils ne faisaient pas attention à lui.

— Et vous dites que mon client avait l'air calme en leur tirant dessus ?

— Il avait l'air d'un allumé, globalement. Mais quand il a appuyé sur la détente, son expression était de marbre. Vide. Et sa main ne tremblait pas.

— Quand vous le regardez aujourd'hui, Mr Brinkley ressemble-t-il à ce qu'il était sur le *Del Norte* ?

— Pas vraiment.

— En quoi est-il différent ?

Stringer soupira et baissa les yeux avant de répondre.

— Il avait l'air d'un pouilleux. Je veux dire, il avait les cheveux longs. Une barbe en broussaille. Ses habits étaient sales et il sentait le fennec.

— Donc, il avait l'air d'un pouilleux. Son visage était dénué d'expression et il empestait. Vous l'avez vu abattre deux personnes qui ne l'avaient pas provoqué. Qui ignoraient même sa présence.

— C'est tout à fait ça.

L'index se posa sur la lèvre supérieure.

— Donc, ce que vous nous expliquez, c'est que Fred Brinkley avait l'air d'un fou et qu'il a agi comme tel.

Yuki ne fit qu'un bond.

— Objection, monsieur le président ! On influence le témoin.

— Objection retenue.

— Mr Stringer, Mr Brinkley vous a-t-il paru sain d'esprit ? reprit Sherman.

— Non, il m'a semblé carrément cinglé.

— Merci, Mr Stringer, conclut Sherman.

Yuki tenta d'imaginer une question à poser à son témoin qui réussirait à effacer les mots « fou » et « cinglé », mais ne trouva rien d'autre à dire que : « Le ministère public appelle Mr Jack Rooney. »

74.

Jack Rooney remonta la travée en prenant appui sur son déambulateur. Il faisait porter successivement son poids sur la jambe gauche, avant de propulser sa hanche droite. Il marcha ainsi de cette manière à la fois empruntée et fascinante jusqu'à la barre des témoins.

Rooney accepta le secours de l'huissier qui, glissant une main sous le coude de l'homme, l'aida à s'installer. Yuki se dit que ce témoin était à coup sûr hors d'atteinte de Mickey.

Ou peut-être pas ?

— Merci d'avoir fait tout ce chemin, Mr Rooney, dit Yuki quand l'homme fut assis.

Rooney portait un cardigan rouge sur une chemise blanche et un nœud papillon, rouge également. Il avait de grosses lunettes carrées perchées sur un nez bosselé, ses cheveux blancs étaient séparés par une raie et lissés comme ceux d'un petit garçon le jour de la rentrée des classes.

— Tout le plaisir est pour moi, dit Rooney, radieux.

— Mr Rooney, vous trouviez-vous sur le bac *Del Norte* le 1er novembre ?

— Oui, ma chère... J'étais avec ma femme Betty et deux de nos amis, Leslie et Joe Waters. Nous vivons tout près d'Albany, vous savez. C'était notre premier voyage à San Francisco.

— Et quelque chose d'inhabituel est-il arrivé au cours de ce trajet en bac ?

— Ah, plutôt. Cet individu là-bas a tué plein de gens, affirma-t-il en braquant un doigt sur Brinkley. J'ai eu tellement peur que j'ai failli me chier dessus.

Yuki s'autorisa un sourire tandis que des rires fusaient dans la salle.

— Le greffier aurait-il l'amabilité de noter que le témoin a reconnu l'inculpé, Alfred Brinkley ? Mr Rooney, avez-vous enregistré la fusillade en vidéo ?

— Ma foi, j'étais censé filmer la balade en bac, le Golden Gate, la prison d'Alcatraz et tout le reste...

mais ça s'est terminé en tournage de la fusillade. Avec la jolie petite caméra que mon petit-fils m'a offerte, ajouta-t-il.

» Elle est de la taille d'une barre de Snickers, mais elle fait appareil photo et caméra. Je me contente de prendre des photos et mon petit-fils me les rentre sur l'ordinateur. Oh et puis, j'ai vendu le film à une chaîne de télé et ça a plus que remboursé ce sacré voyage à San Francisco.

— Monsieur le président ? fit Mickey Sherman d'une voix lasse depuis la table de la défense.

Le juge Moore se pencha et s'adressa au témoin :

— Mr Rooney, voulez-vous bien répondre aux questions par « oui » ou par « non » si l'on ne vous demande pas d'explications complémentaires ?

— Mais certainement, monsieur le président. Je m'excuse. C'est la première fois de ma vie que je fais ça.

— Très bien.

— Vous m'avez remis une copie de cette vidéo, n'est-ce pas, Mr Rooney ? demanda Yuki.

— Oui.

— Monsieur le président, je sollicite votre autorisation pour projeter cette vidéo et l'ajouter au dossier comme pièce à conviction.

— Accordé, maître Castellano.

David Hale glissa un disque dans l'ordinateur. Tous les visages se tournèrent vers deux téléviseurs 16/9ᵉ disposés à l'avant du prétoire, et la vidéo amateur débuta.

La première séquence évoquait un agréable après-midi sur la baie : après un long panoramique sur les sites remarquables, on recadrait Jack Rooney et sa femme souriant jusqu'aux oreilles, faisant entrer dans le champ par un pur hasard un Alfred Brinkley flou, assis derrière eux. Il contemplait l'océan en se tirant les poils des bras.

La deuxième séquence n'était qu'un horrible carnage sanglant.

Yuki épia l'expression des jurés pendant que coups de feu et cris s'élevaient dans le tribunal.

Sur les deux écrans, un panoramique latéral enregistra le choc qui se peignit sur les traits du petit garçon au moment de l'impact de la balle, puis la projection en arrière de sa frêle silhouette contre la coque, avant qu'il ne s'effondre sur le corps de sa mère.

Yuki avait beau avoir vu ce film plusieurs fois, les coups de feu qui claquaient étaient autant de coups de poing dans le ventre.

Chien Rouge se trompait. Les jurés étaient loin d'être ennuyés d'assister au massacre, car visionner ainsi la vidéo de Rooney différait de la vision qu'on en avait chez soi.

Cette fois, le tueur n'était qu'à quelques mètres d'eux.

Certains jurés se couvrirent la bouche ou détournèrent les yeux. Et pendant le déroulement des deux séquences, chacun d'eux scruta Alfred Brinkley avec consternation.

Ce dernier ne répondit pas à leurs regards. Immobile, il s'observait en train de tirer sur tous ces innocents.

— Je n'ai pas de questions à poser, dit Mickey Sherman en se tournant pour mieux chuchoter à l'oreille d'Alfred Brinkley.

— Merci, Mr Rooney, fit le juge. Vous pouvez disposer.

Yuki attendit que Rooney soit retourné à sa place avant d'annoncer :

— Le ministère public appelle le Dr Claire Washburn.

75.

Claire sentit que toute la salle la suivait des yeux tandis qu'elle gagnait le box des témoins. La veille, à la même heure, elle était dans son lit et elle espérait que dans deux heures elle le serait à nouveau.

Puis elle aperçut Yuki, ce petit brin de femme de vingt-huit ans, avec cette passion qui se lisait sur son visage, à moitié morte de trouille mais refusant de le montrer. Claire lui sourit tout en s'avançant vers la barre.

Claire posa sa main sur la bible tandis que le greffier la faisait répondre aux divers « jurez-vous », puis arrangea les plis de sa robe dans laquelle elle flottait après avoir perdu près de huit kilos en moins de trois semaines. Quoi de mieux que le régime fusillade ? songea-t-elle en prenant place dans le box.

— Merci d'être venue aujourd'hui, Dr Washburn. Vous êtes sortie de l'hôpital depuis quelques jours seulement ?

— Oui, c'est exact.

— Et pouvez-vous dire aux jurés pour quelle raison vous étiez hospitalisée ?

— J'ai reçu une balle en pleine poitrine.

— La personne qui vous a tiré dessus se trouve-t-elle dans ce tribunal aujourd'hui ?

— Oui, c'est ce petit merdeux là-bas.

— Objection, monsieur le président, protesta Sherman sans se donner la peine de quitter son siège. Sans être vraiment sûr de ses raisons, je suis quasiment certain que le témoin ne peut pas traiter mon client de petit merdeux.

— Dr Washburn, je crois que Me Sherman n'a pas tort sur ce point.

— Je vous prie de m'excuser, monsieur le président. C'était simplement un cri du cœur.

Elle toisa Brinkley.

— Je regrette infiniment, reprit-elle. Je n'aurais pas dû vous traiter de petit merdeux.

Des ricanements s'élevèrent dans la tribune réservée au public et gagnèrent le box des jurés jusqu'à ce que le juge abatte patiemment son marteau.

— De qui que ce soit, et je dis bien *de qui que ce soit* – il fixa Claire par-dessus ses lunettes –, je ne tolérerai plus pareil écart. On n'est pas dans une émission de *Comedy Central*. La prochaine fois, je fais évacuer la salle. Maître Castellano, je vous prie de contrôler vos témoins. Cela fait partie de vos fonctions.

— Excusez-moi, monsieur le président.

Yuki s'éclaircit la voix.

— Dr Washburn, de quelle nature étaient vos blessures ?

— J'ai eu la poitrine trouée par une balle de calibre .38, qui a causé l'affaissement de mon poumon gauche et a failli provoquer ma mort.

— Ça a dû être très douloureux.

— Oui. Plus que je ne saurais le dire.

— Les jurés ont visionné le film de la fusillade, poursuivit Yuki.

Claire perçut de la compassion dans ses yeux.

— Pouvez-vous nous répéter ce que vous avez dit à l'inculpé avant qu'il ne vous tire dessus ?

— Je lui ai dit : « OK, fiston, ça suffit maintenant. Donne-moi ce flingue. »

— Et que s'est-il passé alors ?

— Il m'a dit que c'était ma faute, que j'aurais dû l'en empêcher. Après, je me souviens seulement qu'on m'a évacuée du bac et que des auxiliaires médicaux m'ont embarquée.

— Vous avez essayé de l'empêcher de tirer sur d'autres personnes ?

— Oui.

— Vous avez vu d'autres passagers tenter de l'en empêcher ?

— Oui. Mais il les a mis en joue et nous a tous tiré dessus. Il a fait sauter la cervelle à Mr Ng sur le pont.

— Merci, docteur. Le témoin est à vous, conclut Yuki.

76.

Mickey Sherman connaissait Claire Washburn depuis de nombreuses années et l'aimait beaucoup. Il était heureux qu'elle ait survécu à l'épreuve du *Del Norte*. Mais elle représentait une menace pour son client.

— Docteur Washburn, quelle profession exercez-vous ?

— Je suis médecin légiste en chef de la ville de San Francisco.

— Contrairement à un coroner, vous êtes docteur en médecine, n'est-ce pas ?

— Oui.

— Dans le cadre de votre internat, avez-vous effectué des stages de formation en hôpital ?

— Oui.

— Et au service psychiatrique ?

— Oui.

— Avez-vous vu à cette occasion des patients se promener avec le regard vide dans les couloirs dudit service ?

— Objection, monsieur le président. Manque de pertinence, protesta Yuki.

— Rejetée. Le témoin peut répondre à la question.

— À vrai dire, je ne me rappelle aucun de mes patients en psychiatrie, maître Sherman. Mais tous mes patients *actuels* ont un regard vide.

— Très bien, reprit Sherman, tout sourires.

Les mains dans les poches, il fit quelques pas de long en large devant le box du jury, puis se retourna vers Claire :

— Eh bien, docteur, vous avez eu une chance d'observer Mr Brinkley, n'est-ce pas exact ?

— C'est donner un sens très large au verbe « observer ».

— Oui ou non, docteur Washburn ?

— Oui, je l'ai observé sur le bac et je le vois en ce moment même.

— Limitons-nous au bac et à ce qui s'est passé à bord. Vous venez d'affirmer que mon client a dit quelque chose du genre « C'est votre faute ». Et aussi « Vous auriez dû m'en empêcher ».

— C'est exact.

— Étiez-vous responsable de la fusillade ?

— Non.

— À votre avis, qu'est-ce que Fred Brinkley voulait dire par là ?

— Je n'en ai aucune idée.

— Mr Brinkley vous a-t-il paru sain d'esprit sur le moment ? Vous a-t-il semblé en état de faire la différence entre le bien et le mal ?

— Je ne saurais le dire. Je ne suis pas psychiatre.

— Bien. A-t-il délibérément tenté de vous tuer ?

— Je dirais oui.

— Vous connaissait-il ?

— Non, maître.

— Avez-vous encouragé Mr Brinkley à vous tirer dessus ?

— Bien au contraire.

— Donc, vous seriez tentée de dire que cette fusillade est un acte aléatoire ne reposant pas sur le moindre fondement ?

— Je suppose.

— Vous le supposez ? Vous ne l'avez jamais rencontré jusque-là et il vous dit des choses qui n'ont tout bonnement aucun sens. Vous l'avez vu tirer sur quatre autres personnes avant qu'il ne vous vise de son arme, c'est bien ça ? N'y a-t-il pas un mot simple pour désigner quelqu'un qui agit de cette manière ? Et ne serait-ce pas le substantif « fou » ?

— Objection, monsieur le président : spécieux[1]. C'est une question juridique pour les jurés.

— Retenue.

Yuki se rassit, s'affalant sur sa chaise. Mickey la vit lui jeter un coup d'œil, puis en lancer un aux jurés et ensuite au témoin avant de le regarder à nouveau. *Bien. Il l'avait ébranlée.*

— Mr Brinkley vous a-t-il paru sain d'esprit, docteur Washburn ?

— Non.

— Merci. Je n'ai pas d'autres questions.

— Maître Castellano, désirez-vous interroger à nouveau votre témoin ? demanda le juge.

— Oui, monsieur le président.

Yuki se leva et s'approcha de son témoin. Mickey nota que Yuki plissait le front et se triturait les doigts. Il savait que Yuki était portée à parler avec les mains et s'efforçait sans doute de se réprimer.

— Docteur Washburn, reprit-elle, savez-vous à quoi pensait Alfred Brinkley quand il a tiré sur vous ?

— Non, absolument pas, affirma Claire catégoriquement.

— À votre avis, docteur, quand Mr Brinkley vous a abattue, n'est-il pas plausible qu'il connaissait la gravité de ses actes, qu'il savait qu'il avait tort d'agir ainsi.

— Si.

---

1. *Argumentative* en anglais. Objection soulevée quand on pousse un témoin à tirer des conclusions des faits. *(N.d.T.)*

— Merci, docteur Washburn. Je n'ai rien d'autre à demander à ce témoin, monsieur le président.

Pendant que le juge renvoyait Claire Washburn, Mickey Sherman parlait à voix basse à son client en se protégeant de sa main, comme si ce qu'il lui disait était des plus intimes.

— Tout s'est très bien passé, Fred, vous ne trouvez pas ?

Brinkley acquiesça telle une poupée de chiffon. Ce pauvre garçon macérait dans son traitement médicamenteux. Mickey entendit alors Yuki Castellano qui disait : « Je prie le sergent Lindsay Boxer de venir à la barre. »

77.

Je venais de passer une nuit agitée sur le canapé de Cindy, me réveillant plusieurs fois pour aller patrouiller dans les couloirs de Blakely Arms. J'avais vérifié les sorties de secours, les cages d'escalier, le toit et le sous-sol et n'avais vu personne à l'exception d'une vieille dame solitaire faisant sa lessive à 2 heures du matin. Au lever du jour, je fis un saut chez moi pour me changer. À présent assise à l'extérieur de la salle d'audience, je sentis un filet d'adrénaline s'insinuer dans mon sang quand l'huissier appela mon nom.

Je pénétrai dans le prétoire en franchissant les doubles portes et le vestibule, puis gagnai le box des témoins où je prêtai serment.

Yuki m'accueillit dans les règles puis me questionna sur mes références :

— Reconnaissez-vous l'homme qui a avoué être l'auteur de la fusillade du bac ? me demanda-t-elle ensuite.

— Oui, répondis-je avant de pointer du doigt l'ordure assise près de Mickey Sherman.

Alfred Brinkley avait l'air fort différent depuis la dernière fois que je l'avais vu. Son visage s'était rempli, ses yeux hagards s'étaient apaisés. Rasé et tondu, il paraissait six ans plus jeune que lors de ses aveux de la fusillade du *Del Norte*.

C'était effrayant, mais il avait à présent l'air inoffensif, tel un cousin lambda ou un Monsieur Tout-le-monde.

Yuki pivota sur ses talons aiguilles et me demanda :

— Avez-vous été surprise quand l'inculpé est venu sonner à votre porte ?

— J'ai même été sidérée. Mais quand il m'a fait venir à la fenêtre et m'a demandé de descendre l'arrêter, je n'ai pas hésité un seul instant.

— Et qu'avez-vous fait ?

— Je l'ai désarmé, menotté, puis j'ai appelé du renfort. Avec le lieutenant Warren Jacobi, nous l'avons ensuite emmené au poste de police où Mr Brinkley a été interrogé.

— Avez-vous lu ses droits à Mr Brinkley ?

— Oui, devant chez moi, et une nouvelle fois au commissariat.

— Vous a-t-il semblé comprendre ce que vous lui disiez ?

— Oui. Je l'ai soumis à un test d'évaluation de santé mentale pour m'assurer qu'il connaissait son nom, savait où il se trouvait et ce qu'il avait fait. Il a renoncé à ses droits par écrit et m'a répété avoir tiré sur ces passagers du *Del Norte*.

— Vous a-t-il paru sain d'esprit, sergent ?

— Oui. Il était agité, débraillé. Mais le lieutenant Jacobi et moi-même l'avons jugé lucide et conscient de lui-même, ce qui équivaut pour moi à être sain d'esprit.

— Merci, sergent Boxer, fit Yuki. Le témoin est à vous.

Les yeux des jurés se tournèrent vers l'homme fringant assis au côté d'Alfred Brinkley. Mickey Sherman se leva et, boutonnant la veste de son élégant costume anthracite, il me décocha un sourire éblouissant.

— Bonjour, Lindsay, me fit-il.

78.

Je m'étais reposée sur Mickey, quelques mois plus tôt, quand j'avais été accusée de brutalité policière et d'homicide arbitraire, et avais suivi ses conseils à la lettre lors de mon témoignage – aussi bien concernant ma tenue vestimentaire que le ton de voix à adopter. Il ne m'avait pas laissée tomber.

Sans Mickey, j'ignore ce que je ferais à l'heure actuelle, mais je ne serais plus dans la police. Il n'y avait aucun doute là-dessus.

Pourtant, j'eus beau ressentir une vague d'affection pour celui qui avait autrefois été mon champion, je n'en dressai pas moins un bouclier mental contre son charme pernicieux, me concentrant sur les images qui ne quittaient plus mon esprit : celles des victimes d'Alfred Brinkley. Le petit garçon mort à l'hôpital. Claire, agrippant ma main, se croyant mourante et me demandant des nouvelles de son fils.

Et le client de Sherman était coupable de tout ça.

— Sergent Boxer, commença Sherman, c'est plutôt rare qu'un tueur vienne au domicile d'un officier de police pour se livrer, n'est-ce pas ?

— Je le reconnais.

— Et Fred Brinkley tenait très précisément à se livrer à vous, c'est bien la vérité ?

— C'est ce qu'il m'a dit.

— Connaissiez-vous Mr Brinkley ?

— Non.

— Alors pourquoi Mr Brinkley vous a-t-il demandé de l'arrêter ?

— D'après lui, il m'avait vue à la télévision solliciter des renseignements sur le tireur du bac. Il m'a dit avoir compris que cela signifiait qu'il devait venir me trouver chez moi.

— Comment a-t-il découvert où vous habitiez ?

— D'après lui, il s'est rendu dans une bibliothèque où il a utilisé un ordinateur. Il a obtenu mon adresse via Internet.

— D'après votre témoignage, vous avez désarmé Mr Brinkley. Vous lui avez pris son revolver, est-ce exact ?

— Oui.

— Celui-là même dont il s'était servi le jour de la fusillade ?

— Oui.

— Et il vous a apporté des aveux écrits qu'il a déposés sur le pas de votre porte, c'est bien ça ?

— Oui.

— Donc, pour simplifier, mon client a entendu votre appel à la télévision et a interprété ledit appel comme lui étant adressé *personnellement*. Il a tapé votre nom sur Google dans une bibliothèque et s'est rendu devant votre porte d'entrée comme si vous aviez commandé une pizza. Et il portait toujours sur lui l'arme de poing dont il s'était servi pour tuer quatre personnes.

— Objection, monsieur le président. Spécieux, lança Yuki.

— Va pour cette fois, mais s'il vous plaît, venez-en au fait, maître Sherman.

— Oui, monsieur le président.

Mickey se planta devant moi et me gratifia de son regard « vous pouvez me faire confiance ».

— Voilà où je veux en venir, sergent. Ne diriez-vous pas que, pour un tueur, garder l'arme de son crime afin de l'apporter au domicile d'un inspecteur de la criminelle est non seulement inhabituel, mais carrément abracadabrant ?

— Je vous l'accorde.

— Sergent, avez-vous demandé à Mr Brinkley pourquoi il avait tué ces personnes ?

— Oui.

— Que vous a-t-il répondu ?

J'eus envie de camper sur mes positions, de refuser de répondre à la question de Mickey Sherman, mais je n'avais évidemment pas le choix.

— Il m'a dit avoir agi ainsi parce que des voix lui avaient ordonné de le faire.

— Des voix dans sa tête ?

— C'est ainsi que j'ai interprété sa déclaration.

Mickey m'adressa un sourire qui sous-entendait que c'était une excellente journée pour la défense.

— Je n'ai pas d'autre question. Merci infiniment, Lindsay.

79.

Yuki, assise en face de moi à une table voisine de la porte, chez MacBain, semblait plus qu'inquiète. Elle paraissait s'en vouloir terriblement.

— J'aurais dû t'interroger une seconde fois, dit Yuki après que nous eûmes commandé.

L'endroit était saturé d'avocats accompagnés de leurs clients, de flics et d'employés du palais de justice. Yuki dut élever la voix pour se faire entendre dans ce vacarme.

— J'aurais dû te demander ce que tu avais pensé quand Brinkley t'a parlé de ses voix.

— Qui se soucie de ce que j'ai pensé ? Ça n'a pas tellement d'importance.

— Tu parles...

Yuki rejeta ses cheveux en arrière.

— Sergent Boxer, qu'avez-vous pensé quand Mr Brinkley vous a dit qu'il entendait des voix lui ordonnant de tuer ?

Je haussai les épaules.

— Voyons, Lindsay. Tu m'aurais répondu que, selon toi, il préparait déjà sa défense en jouant au fou.

— Yuki, cesse d'enfoncer le clou ! Tu fais déjà du super boulot. Et je le pense vraiment.

Yuki eut une moue de dédain.

— Mickey réussit à transformer tout ce qui est négatif en positif : « Mon client a tué ces gens sans raison ? Ça signifie qu'il est fou, pas vrai ? »

— Il n'a pas d'autre argument. Écoute, Brinkley m'a semblé avoir toute sa raison et c'est ce que j'ai dit. Les jurés ne vont pas croire Brinkley sur parole quand il affirme qu'il entend des voix.

— Ouais, fit Yuki en déchiquetant sa serviette en papier. Je me demande ce que la meilleure amie de Marcia Clark lui a dit juste avant que les jurés reconnaissent O.J. Simpson non coupable. « T'inquiète pas, Marcia. Tout le monde tiendra compte de ce gant [1]. »

Je m'adossai à mon siège quand Syd nous apporta nos hamburgers avec des frites.

— Au fait, repris-je, j'ai aperçu Mickey sur les marches du tribunal, assailli par les journalistes. C'est drôle comme on adorait ses tours de magie avec la

1. Marcia Clark était procureur dans le procès O.J. Simpson. Un gant imbibé de sang retrouvé sur le lieu du crime était l'une des preuves controversées de la culpabilité de l'ex-star du football. *(N.d.T.)*

presse, l'été dernier. Et dire qu'aujourd'hui, je le traite à part moi de « sale porc vendu aux médias ».

Ça ne fit pas du tout rire Yuki.

— Yuki, dis-je en lui encerclant le poignet de mes doigts, tu t'en tires magnifiquement, tu domines ton affaire et, par-dessus tout, tu sonnes vrai.

— D'accord, fit-elle. J'arrête de geindre. Merci de ton témoignage. Merci de ton soutien.

— Tu veux bien faire quelque chose pour moi ?

— Oui ?

— Fais le plein de calories et aie un peu plus confiance en toi.

Yuki prit son hamburger, puis le reposa sur l'assiette sans même mordre dedans.

— Tu sais ce qui m'arrive, Linds ? J'ai fait une erreur. Dans une affaire pareille, il ne faut pas en faire. Pas une seule. Et pour la première fois, j'ai vraiment l'impression que je risque de perdre.

80.

— Macklin vient d'appeler, me dit Jacobi à l'instant où je regagnai la salle de garde après mon déjeuner.

Conklin et moi suivîmes Jacobi dans son bureau. Ce dernier nous apprit qu'un petit garçon avait été kidnappé trois heures plus tôt dans une rue de San Francisco, et qu'on le décrivait comme un petit génie des mathématiques.

Je ne pris même pas la peine de m'asseoir.

Je bombardai Jacobi de questions. L'enfant avait-il été enlevé par quelqu'un possédant un van noir ? Existait-il un quelconque indice matériel sur les lieux ? Un numéro de plaque minéralogique, un signalement... n'importe quoi ? Les parents de l'enfant avaient-ils été interrogés ? Avaient-ils eu des nouvelles du kidnappeur ? Bref, cet enlèvement ressemblait-il au kidnapping de Madison Tyler ?

— Boxer, modère ton enthousiasme, tu veux ? me dit Jacobi en flanquant les restes de son cheeseburger à la poubelle. Je te filerai tout ce que j'ai, jusqu'au plus petit détail.

— Ben alors, grouille-toi, dis-je en éclatant de rire.

Je m'assis, me penchai en avant, les coudes posés sur le bureau, tandis que Jacobi nous mettait au courant.

— Les parents étaient dans la maison pendant que le gamin jouait dans l'arrière-cour, commença-t-il. La mère a entendu un crissement de pneus. Elle était au téléphone. En jetant un coup d'œil par la fenêtre, elle a aperçu un van noir qui tournait à l'angle à fond la caisse. Elle n'y a pas attaché plus d'importance que ça. Deux, trois minutes plus tard, en allant dans l'arrière-cour, elle a compris que son petit garçon avait disparu.

— Le gamin serait passé dans le jardin, devant la maison ? demanda Conklin.

— Possible. Le portillon était ouvert. Le gosse a pu l'ouvrir... Il est intelligent, pas vrai ? Ou bien quelqu'un d'autre l'a fait. Le LAPD a déclenché une alerte AMBER[1], mais le père, ne voulant pas prendre de risques, a prévenu le FBI.

Jacobi poussa un fax vers moi, surmonté du logo du FBI. La deuxième page était une photo d'un adorable petit garçon : grands yeux, fossettes, un vrai petit amour.

— Le nom de ce gamin est Charles Ray, il a six ans. Le LAPD a effectué une analyse des traces de pneus devant la maison des Ray : elles correspondent au type de ceux d'un minivan Honda d'un modèle récent. Cela dit, il n'y a pas de preuve que le véhicule en question soit impliqué dans l'enlèvement. Ils n'ont relevé aucune empreinte utilisable sur le portillon.

— L'enfant avait-il une nounou ? demandai-je.

— Oui. Briana Kearny. Elle était chez le dentiste quand on a enlevé Charlie. Son alibi a été vérifié. C'est un peu tiré par les cheveux, Boxer. Peut-être que la bande qui a kidnappé Madison Tyler a trempé là-dedans, peut-être pas.

— On devrait interroger les parents, suggéra Conklin.

— Comme si je pouvais vous interdire quoi que ce soit, dit Jacobi. Jamais vous ne lâchez votre os, merde.

Jacobi poussa deux autres feuilles de papier de notre côté du bureau… des billets d'avion électroniques à mon nom et à celui de Conklin, San Francisco-Los Angeles, aller-retour.

— Écoutez, dit Jacobi, jusqu'à preuve du contraire, nous allons traiter le kidnapping de ce

1. Elle intervient en cas d'enlèvement d'enfant. AMBER est l'abréviation de *America's Missing : Broadcast Emergency Response* tout en rendant hommage à la petite Amber Hagerman, kidnappée et tuée au Texas en 1996. *(N.d.T.)*

garçon comme faisant partie de l'affaire Tyler, donc vous rendrez votre rapport au lieutenant Macklin. Mais tenez-moi au courant.

Jacobi consulta sa montre.

— Il est 14 h 15. Vous pouvez être à LA vers 16 heures.

81.

Des voitures de patrouille étaient garées dans la rue à sens unique, devant le domicile des Ray, un cottage à charpente en bois. Ce n'était que l'une des dizaines de maisonnettes identiques accolées les unes aux autres qui s'alignaient des deux côtés de la rue.

Des flics bavardaient sur le trottoir. Ils nous firent bon accueil dès qu'on leur montra nos badges.

— C'est la maison de la mère, nous apprit l'un d'eux.

Eileen Ray apparut sur le seuil. De race blanche, la petite trentaine, dépassant le mètre soixante-dix, elle avait l'air d'être enceinte de huit mois et terriblement vulnérable. Ses cheveux noirs étaient rassemblés en queue-de-cheval, et son visage rougi par les pleurs.

Je me présentai ainsi que Conklin à Mrs Ray, qui nous invita à entrer. À l'intérieur, un technicien du FBI mettait le téléphone sur écoute.

— La police a été formidable, nous lui en sommes très reconnaissants, dit Mrs Ray en nous indiquant de prendre place sur un canapé et un fauteuil.

Dans le salon s'entassaient petits placards peints au pochoir, corbeilles, cages à oiseaux et autres fleurs séchées. Des cartons repliés étaient empilés par terre, près de la table de cuisine. Une odeur de lavande envahissante ajoutait à l'effet « boutique de cadeaux » de la maison des Ray.

— Nous travaillons à domicile, nous informa Mrs Ray, répondant à une question que je n'avais pas posée. Pour eBay.

— Où se trouve votre mari ? demanda Conklin.

— Scotty et un agent du FBI font un tour en voiture avec Briana, répondit-elle. Mon mari espère retrouver Charlie en train d'errer dans les rues. Il doit être terrorisé ! s'écria Eileen. Oh mon Dieu, mais qui a bien pu l'enlever ? *Et pourquoi ?*

Conklin et moi n'avions pas de réponse, mais nous lançâmes tour à tour des questions à Mrs Ray sur ses déplacements, sa relation avec son mari... et pourquoi le portillon du jardin était-il ouvert ?

Puis nous lui demandâmes si quelqu'un – membre de la famille, ami ou inconnu – avait manifesté une attention excessive ou déplacée envers Charlie.

Rien de ce qu'elle nous dit n'éclaira notre lanterne.

Eileen triturait un mouchoir dans ses mains lorsque Scott, son mari, rentra avec l'agent du FBI et la nounou, une jeune femme au visage de bébé qui était encore une ado.

Conklin et moi, on se sépara. Pendant qu'il interrogeait Scott dans la chambre d'enfant, je parlai avec

Briana dans la cuisine. Contrairement aux Européennes recrutées par Registre Westwood, Briana Kearny était une Américaine de la deuxième génération, une fille du coin qui habitait à trois blocs de là.

En d'autres mots, Briana était une baby-sitter.

Cette dernière sanglotait à chaudes larmes tandis que je la cuisinais sur ses amitiés, son petit copain, cherchant à savoir si quelqu'un l'avait interrogée sur les Ray et leurs habitudes.

Conklin et moi finîmes par refermer nos calepins et prendre congé, quittant l'accueillante maison au moment où les bougies votives électriques s'allumaient aux fenêtres.

— Cette fille n'a rien à voir avec le kidnapping de l'enfant, affirmai-je.

— Je n'ai rien décelé de suspect chez le père non plus, renchérit mon coéquipier. Ça donne l'impression d'un truc genre « un pédophile attire un gamin dans un van ».

— Oui. C'est trop facile d'enlever un gosse, merde ! Un pervers n'a qu'à lui dire « tu veux voir le petit chien que j'ai là-dedans ? ». Le gamin rapplique en courant, le pervers l'embarque et démarre aussi sec. Ni vu ni connu. Alors commence la longue attente d'un coup de fil… qui n'arrive jamais.

82.

Charlie Ray, âgé de six ans, avait été enlevé plus de sept heures plus tôt et ses kidnappeurs n'avaient pas appelé ses parents. Les Ray, contrairement aux Tyler, se situaient dans une tranche de revenus qui, normalement, n'indiquerait pas à un kidnappeur la possibilité d'une rançon.

Et c'était là que le bât blessait.

Nous étions dans le bureau du capitaine Jimenez pendant que David Stanford, l'agent du FBI, nous briefait. Stanford, les yeux bleus, coiffé d'un catogan grisonnant, travaillait incognito sur une autre affaire avant d'être impliqué dans celle-ci.

Je pris une feuille de la pile posée sur le bureau du capitaine pour mieux examiner Charlie Ray, ses yeux parfaitement ronds, ses dents de lait et ses boucles noires coupées court.

Retrouverait-on son corps dans plusieurs semaines ou plusieurs mois dans une décharge, ou enterré peu profond, ou encore échoué sur la plage après une tempête ?

À la fin de la réunion, j'appelai Macklin et le mis au courant. Puis l'agent Stanford nous déposa, Conklin et moi, à l'aéroport. En s'engageant sur la bretelle de sortie de l'autoroute, Stanford nous proposa de prendre un verre au Marriott de l'aéroport de Los Angeles avant notre vol. Il avait envie d'entendre de notre bouche tout ce qui avait trait à Madison Tyler et à son enlèvement.

En ce qui me concernait, j'étais partante pour un verre. Peut-être même deux.

Le Latitude 33 combinait bar et restaurant. Tout en buvant de la bière et en grignotant des cacahuètes, nous discutâmes de Madison, puis Stanford nous raconta une abominable affaire de kidnapping d'enfant sur laquelle il avait travaillé quelques mois plus tôt.

Une fillette de dix ans avait été enlevée dans la rue en rentrant de l'école. On l'avait retrouvée vingt-quatre heures plus tard, étranglée et violée, abandonnée sur l'autel d'une église, les mains jointes comme en prière. Son assassin courait toujours.

— Comment ces kidnappings se terminent-ils ? lui demandai-je.

— Dans leur grande majorité, les enlèvements d'enfants sont le fait de membres de la famille. Dans ce cas de figure, on restitue l'enfant indemne. Quand le ravisseur est un inconnu, le pourcentage de récupération est de cinquante pour cent, expliqua Stanford d'une voix lasse. Appelez ça une passion ou une obsession, mais je crois dur comme fer que plus je mettrai de pédophiles à l'ombre, plus le monde sera sûr pour mes trois gamins.

83.

— Que diriez-vous de me tenir compagnie à dîner ? nous suggéra Stanford.

Le serveur apporta des menus à notre table et comme le vol de 20 heures pour San Francisco venait de décoller sans nous, nous acceptâmes l'offre de Stanford.

L'agent commanda une bouteille de pinot grigio, puis Conklin et moi le mîmes au courant de ce que nous savions de l'enlèvement et du meurtre de Paola Ricci.

— Pour vous parler franchement, on est coincés, dis-je à Stanford. On va d'impasse en impasse.

Nos steaks arrivèrent ; Stanford commanda une nouvelle bouteille de vin. Et pour la première fois de cette longue journée, je me détendis enfin, heureuse de me retrouver en cette compagnie et de l'occasion qui m'était donnée de faire un brainstorming, sur un fond de musique country jouée par un groupe.

J'étais de plus en plus consciente des longues jambes de Conklin qui frôlaient les miennes sous la table, de sa veste en daim marron qui effleurait mon bras, de ses intonations qui m'étaient devenues familières et du vin qui glissait en douceur dans mon gosier alors que le soir cédait la place à la nuit.

Aux alentours de 21 h 15, Dave Stanford fit main basse sur l'addition, nous assura qu'il nous tiendrait au courant une fois que les écoutes téléphoniques des Ray seraient listées, et qu'il nous préviendrait de tout ce qui pourrait nous aider à résoudre l'affaire Ricci/Tyler.

Ayant raté un nouveau vol de retour pour San Francisco, Rich et moi prîmes congé de Stanford en nous préparant à une heure d'attente devant la porte d'United Airlines.

Nous franchissions celle du bar quand le groupe attaqua un morceau du répertoire de Kenny Chesney. La chanteuse entreprit d'exhorter les clients à se mettre en ligne pour danser.

La population du bar se composait de jeunes voyageurs d'affaires visiblement exténués et de membres du personnel de vol ; ils entrèrent dans la danse sur une variante d'*electric slide*.

— Ça te tente de te ridiculiser ? me lança Rich avec un sourire.

— Pourquoi pas ? répliquai-je en lui rendant son sourire.

Je suivis Rich sur la piste de danse et pris du bon temps, me démenant au gré de la musique, bousculant des inconnus pompettes et riant aux éclats.

Ça faisait longtemps que je n'avais pas autant ri et cela me fit un bien fou.

À la fin de la chanson, la crooneuse décrocha le micro et enchaîna avec *Lyin'Eyes* des Eagles, accompagnée au piano électrique.

Des couples se formèrent. Quand Rich m'ouvrit les bras, je ne me fis pas prier. Dieu que c'était bon d'être dans les bras de Rich Conklin.

Comme la salle tournait légèrement, je fermai les yeux et me cramponnai à lui. La distance qui nous séparait diminuait de plus en plus, car il n'y avait tout bêtement pas assez de place pour bouger sur la petite piste de danse. Je me dressai même sur la pointe des pieds pour poser ma tête sur son épaule… et il me serra plus étroitement contre lui.

— Mince, je n'ai vraiment plus envie de prendre l'avion, et toi ? dit Rich quand la musique s'arrêta.

Je me souviens d'avoir dit qu'il était effectivement très tard et que la journée avait été longue, sans compter qu'après avoir bu autant de vin nous avions plus d'une bonne raison de passer la nuit à LA tous frais payés.

J'étais partagée quand je tendis ma carte de crédit au réceptionniste du Marriott de l'aéroport, mais je me disais aussi que ça ne voulait rien dire. J'allais juste gagner ma chambre et dormir. *Un point, c'est tout.*

Dans l'ascenseur, Rich et moi étions séparés par un couple exténué. Et tandis que la cabine tout en miroirs montait en silence les neuf étages, j'eus beau détester me l'avouer, mais ne plus être dans ses bras me manquait.

En sortant de l'ascenseur, je lui souhaitai bonne nuit. Puis, lui tournant le dos, je glissai la clé magnétique dans la fente, consciente qu'il faisait la même chose de l'autre côté du couloir.

— À demain, Lindsay.

— Oui. Dors bien, Richie.

La minuscule diode verte s'alluma et la porte s'ouvrit devant moi.

84.

Je fermai la porte de ma chambre et tirai le verrou, étourdie de nostalgie et de désir, de soulagement et de regret. Je retirai mes vêtements et, un instant plus tard, le sang battant à mes tempes, je me tenais sous le jet brûlant de la douche.

Une fois propre et luisante, je frottai mon corps avec des serviettes-éponges chaudes et me séchai les cheveux. Effaçant la buée sur le miroir du lavabo, je m'évaluai dans ma nudité. J'avais toujours l'air jeune, bien sous tous rapports et désirable. Mes seins étaient fermes, mon ventre plat et mes cheveux blond vénitien ondulés me descendaient en cascade au-dessous des épaules.

Pourquoi Joe ne m'avait-il pas appelée ?

Je m'enveloppai dans le peignoir blanc de l'hôtel, passai dans la chambre, vérifiai que la boîte vocale de mon portable était vide, tout comme mon répondeur s'entêtait à rester muet chez moi.

Ça faisait six jours que je n'avais pas vu Joe.

Était-ce vraiment fini entre nous ?

Ne le reverrais-je donc jamais ? Pourquoi n'avait-il pas cherché à me joindre ?

Je tirai les rideaux, dépliai le dessus-de-lit matelassé et retapai les oreillers. La tête me tournait à cause du vin et de la douche chaude. Je me couchai.

Les yeux fermés, je découvris que les images de Joe s'estompaient, remplacées par des fantasmes plus pressants.

Je fus ramenée une demi-heure plus tôt, quand Rich m'avait tenue dans ses bras. Je revécus le moment où danser avec lui était passé de bien à *trop* bien, quand je l'avais senti bander contre moi, quand je m'étais pendue à son cou et que j'avais pressé mon corps contre le sien.

Rien de mal à éprouver des choses pareilles, me rassurai-je. J'étais humaine après tout, lui aussi. Nous avions eu tous deux une réaction parfaitement naturelle en nous retrouvant seuls ensemble...

On tapa à ma porte, et je sursautai.

Mon cœur se mit à cogner alors qu'on continuait à frapper.

85.

Je me sanglai dans mon peignoir et, pieds nus, j'avançai à pas de loup jusqu'à la porte. J'aperçus Rich dans l'œilleton. Il portait un bonnet de douche en plastique transparent sur le crâne !

Je déverrouillai la porte en riant, puis l'ouvris d'une main tremblante. Conklin, en pantalon, sa chemise de coton déboutonnée jusqu'au nombril, brandissait une brosse à dents Marriott qu'il agitait comme un minuscule drapeau blanc.

— Je me demandais si par hasard tu aurais du bain de bouche. J'ai trouvé plein de crèmes hydratantes dans le panier de mini-produits de toilette, mais pas de bain de bouche.

Devant son expression des plus sérieuses, associée à cette requête bizarroïde et à son bonnet de douche, je partis d'un fou rire.

— Je n'ai pas de bain de bouche non plus, mais je crois que j'ai quelque chose dans mon sac, dis-je en ouvrant grand la porte.

Elle se referma derrière moi. Je me baissai pour ramasser mon sac que j'avais laissé tomber sur le sol. Ce faisant, je trébuchai sur l'une de mes chaussures.

Rich me rattrapa par le coude pour m'éviter de tomber et nous nous retrouvâmes, les yeux dans les yeux. Les jambes en coton, seuls dans une chambre d'hôtel à LA. Je tendis la main et lui retirai le bonnet de douche. Sa frange de cheveux châtains retomba sur son si beau visage. Il lâcha la brosse à dents qui atterrit sur le sol. Rich, m'entourant de ses bras, m'attira vers lui.

— Cet arrangement de boulot me pose un seul problème, murmura-t-il. Mais il est de taille.

Rich se pencha pour m'embrasser. Je n'attendais que ça. Je pendis mes bras à son cou une fois de plus et sa bouche trouva la mienne. Notre premier baiser provoqua une réaction chimique explosive entre nous.

Je m'accrochai à Rich qui me déposa sur le lit dans la chambre faiblement éclairée. Je me revois allongée près de lui, je me souviens de nos doigts entrelacés, de ses mains plaquant les miennes contre le lit, de lui qui prononçait doucement mon nom.

— J'avais envie d'être avec toi comme ça, Lindsay, avant même que tu connaisses mon nom.

— J'ai toujours connu ton nom.

Mon désir pour lui était douloureux, j'avais le droit de m'abandonner.

Mais quand mon jeune et beau coéquipier - ou partenaire ? - ouvrit mon peignoir et posa ses lèvres sur mon sein, un éclair de panique tira la sonnette d'alarme dans ma tête.

C'était une mauvaise idée. *Vraiment très mauvaise.*

Non, Richie, non, m'entendis-je murmurer.

Je refermai les pans de mon peignoir, Rich roula sur le flanc, haletant, me fixant dans les yeux.

— Pardonne-moi, lui dis-je.

— Pas la peine, fit-il.

Je lui pris la main et la portai à ma joue, la recouvris de la mienne.

— J'en ai autant envie que toi. Mais on fait équipe, Rich. Il faut qu'on prenne soin l'un de l'autre. Simplement... pas comme ça.

Il gémit en m'entendant ajouter :

— Il ne nous faudra jamais recommencer.

86.

Je laissai retomber le heurtoir de la porte de Registre Westwood, par une matinée sans soleil après notre retour de L.A. Conklin était à mes côtés quand un homme au visage rond entrouvrit le battant. Il avait la cinquantaine, ses cheveux blonds grisonnaient et ses yeux gris clair me scrutaient à travers des verres sans monture, perchés sur un nez en bec d'oiseau.

Avait-il quelque chose à voir avec le kidnapping de Madison Tyler ?

Savait-il où elle se trouvait ?

Je lui montrai mon badge, me présentai ainsi que mon coéquipier.

— Oui, Paul Renfrew, c'est moi, confirma l'homme sur le pas de la porte. Et vous, vous êtes bien les inspecteurs qui sont passés il y a quelques jours ?

Je lui répondis oui, que nous avions des questions à lui poser à propos de Paola Ricci.

Renfrew nous invita à entrer. Nous le suivîmes dans le couloir étroit, puis franchîmes la porte verte qui était cadenassée lors de notre dernière visite.

— Asseyez-vous, je vous en prie, nous dit Renfrew.

Conklin et moi prîmes place sur les petits canapés à angle droit dans le bureau confortable tandis que Renfrew s'installait sur un fauteuil.

— Vous désirez savoir où je me trouvais quand Paola a été enlevée, je suppose ? demanda Renfrew.

— Pour commencer, répliqua Conklin.

Il avait l'air fatigué. Je présume que c'était aussi mon cas.

Renfrew sortit un petit carnet de sa poche-poitrine, le genre de calepin que l'on utilisait avant l'apparition de l'agenda électronique. Sans même qu'on l'y incite, il nous fit un bref rapport de ses réunions au nord de San Francisco avant, pendant et après la mort de Paola, avec les noms des clients potentiels qu'il avait rencontrés.

— Je peux tout vous photocopier, nous proposa-t-il.

Sur mon échelle de Richter, le degré de magnitude avoisinait 7 : Renfrew me parut trop bien préparé et avoir trop bien répété son petit discours.

J'acceptai que Renfrew me photocopiât son planning et lui demandai où se trouvait sa femme à la même période.

— Elle effectue un *slow tour* en Allemagne et en France, répondit Renfrew. Je n'ai pas son itinéraire précis car elle l'établit au fur et à mesure. Mais elle devrait rentrer la semaine prochaine.

— Avez-vous une idée quelconque de qui aurait pu avoir envie de nuire à Paola ou à Madison ? lui demandai-je.

— Absolument aucune. Chaque fois que j'allume la télévision, je tombe sur une nouvelle histoire de kidnapping. C'est quasiment une épidémie. Paola était une fille charmante et sa mort me bouleverse profondément. Tout le monde l'adorait. Je n'ai rencontré Madison qu'une seule fois, poursuivit Renfrew. Pourquoi quiconque voudrait faire du mal à une enfant aussi adorable ? Je ne vois vraiment pas. Sa mort est une terrible tragédie.

— Qu'est-ce qui vous fait penser que Madison est morte ? le coupai-je d'un ton sec.

— Elle ne l'est pas ? J'ai simplement supposé... je m'excuse si j'ai parlé trop vite. J'espère vivement que vous la retrouverez vivante.

Nous quittions le Registre Westwood quand Mary Jordan, la secrétaire de Renfrew, sortit de son bureau pour nous raccompagner jusqu'à la porte.

À l'extérieur, l'air froid et humide du matin était saturé d'une odeur de poisson provenant du marché voisin. Mary Jordan posa une main sur mon bras.

— S'il vous plaît, murmura-t-elle d'un ton pressant, emmenez-moi quelque part où l'on puisse parler. J'ai quelque chose à vous dire.

87.

Un quart d'heure plus tard, nous étions de retour au palais. Conklin et moi étions entassés avec Mary Jordan dans notre cantine exiguë. Mary se cramponnait à son gobelet de café sans le boire.

— Après votre départ, il y a quelques jours, et avant le retour de Mr Renfrew, j'ai décidé de fouiner un peu. Et j'ai découvert ça, annonça-t-elle en sortant de son sac à main la photocopie d'une page de registre quadrillée. Elle provient du Grand Livre, ils l'appellent comme ça.

— Où avez-vous trouvé ça, Mary ? demanda Conklin.

— J'ai découvert la clé du bureau privé des Renfrew. C'est là qu'ils conservent le Grand Livre.

Je téléphonai au bureau du D.A. et obtins l'A.D.A. Kathy Valoy. Je la mis au courant et elle me répondit qu'elle descendait nous rejoindre dans une minute.

Kathy Valoy est l'une des rares personnes que je connaisse pour qui « une minute » signifie vraiment une minute. À peine fut-elle entrée dans la cantine que je la présentai à Mary Jordan.

— Le sergent Boxer ou l'agent Conklin vous ont-ils demandé de récupérer ce document ?

— Non, bien sûr que non.

— Car si l'un ou l'autre vous avait demandé de le fournir, poursuivit Kathy Valoy, cela ferait de vous *de facto* une auxiliaire de police et nous devrions exclure le registre d'où provient ceci des preuves à conviction, dans le cadre d'un futur procès.

— Je l'ai fait de mon propre chef, affirma Mary Jordan. Et que Dieu me pardonne.

— Il faudra qu'on déjeune ensemble un de ces quatre, Lindsay, me dit Kathy en souriant.

Puis, remuant les doigts en signe d'au revoir, elle sortit de la cantine.

Je demandai à Mary si je pouvais voir la feuille et elle me tendit un tableur portant les intitulés suivants : PLACEMENTS, CLIENTS, HONORAIRES. Toutes les entrées dataient de l'année en cours.

La liste des placements se composait de noms féminins, la plupart d'origine étrangère. Les noms des clients étaient en grande partie précédés du préfixe « Mr et Mrs ». Quant aux chiffres des honoraires, ils étaient tous suivis de quatre zéros.

— Toutes ces filles ont été placées dans des familles, cette année ? demandai-je.

Mary acquiesça, puis elle ajouta :

— Si vous vous rappelez, je vous ai dit qu'une certaine Helga, l'une des nounous du Registre, a disparu il y a huit mois environ quand l'agence était encore à Boston.

— Je m'en souviens.

— Eh bien je l'ai cherchée dans le Grand Livre. Elle y figure ici, dit-elle en frappant la page de son index. Helga Schmidt. Et les personnes pour lesquelles elle travaillait aussi. Pénélope et William Whitten.

— Continuez, l'encouragea Conklin.

— D'après la fiche de renseignements, les Whitten sont les parents d'une fillette nommée Erica. C'est une surdouée en maths, elle résout déjà des problèmes de primaire à quatre ans à peine. J'ai cherché les Whitten sur Internet et j'ai découvert cette interview d'eux parue dans le *Boston Globe*.

Mary Jordan sortit une autre feuille de son sac à main. Elle déposa la sortie papier d'un article de journal sur la table, la tourna vers nous pour nous en faciliter la lecture, puis nous résuma son contenu pendant que nous la déchiffrions.

— Ce papier a paru dans la rubrique « Modes de Vie » en mai dernier. Mr Whitten est œnologue, lui et sa femme ont été interrogés à leur domicile. Juste là, dit Mary Jordan en nous désignant un paragraphe en fin d'article, Mr et Mrs Whitten confient au journaliste qu'Erica, leur fille, est partie vivre en Angleterre chez sa tante, la sœur de Mrs Whitten, pour y suivre les cours d'une école privée.

» Ça m'a paru extrêmement bizarre. Et même, incroyable. Les Whitten louent les services d'une nounou. Cette même nounou disparaît brusquement et les Whitten envoient leur fille en Europe ? Erica n'a que quatre ans ! Les Whitten ont les moyens d'engager un professeur particulier ou une gouvernante à demeure. Pourquoi enverraient-ils leur fille à l'étranger ?

Rich et moi échangeâmes un regard.

— Sans doute, poursuivit Mary Jordan, que je n'y aurais pas prêté attention si on n'avait pas assassiné Paola ni enlevé Maddy. Je ne crois pas qu'Erica Whitten vive en Angleterre. Vous pensez que je suis en plein délire ?

— Vous voulez mon avis, Mary ? lui répondis-je. Vous avez assez de flair pour faire un bon flic.

88.

Jacobi toussait près de moi. L'atmosphère était bleuie par la fumée infecte du cigare de Tracchio. Le haut-parleur grésillait sur son bureau.

Nous étions en ligne avec le domicile des Whitten à Boston et David Stanford, l'agent du FBI, revint au bout du fil.

— Les Whitten sont dans tous leurs états, dit-il. Mais j'ai obtenu d'eux toute l'histoire. Erica, leur fille cadette, a été enlevée avec Helga Schmidt, sa nounou, il y a huit mois.

Tenait-on un lien avec l'affaire Ricci/Tyler ?

Mais si Erica avait été kidnappée huit mois plus tôt, pourquoi les Whitten ne l'avaient-ils pas signalé à la police ?

— Il n'y a eu aucun témoin de l'enlèvement, poursuivit Stanford. Les Whitten ont seulement trouvé un mot glissé sous leur porte environ une heure après celle du retour attendu d'Erica et de Helga de l'école. Une demi-douzaine de photos accompagnaient la lettre.

— C'était une demande de rançon ? demanda Macklin en se retenant d'exploser.

— Pas exactement. Vous avez un fax ?

Tracchio donna le numéro à Stanford. On entendait en fond des voix dans la demeure des Whitten... celles d'un homme et d'une femme qui se querellaient en douceur mais très nettement. La voix de femme disait : « Vas-y, Bill. Dis-leur. »

— Je vous passe Bill Whitten, annonça Stanford.

Bill Whitten nous salua, Tracchio se présenta puis présenta le reste du groupe de manière générale. La peur et la colère serraient la gorge de Whitten à tel point que sa voix n'était plus qu'un étranglement rauque.

— Il faut que vous compreniez bien ce que vous êtes en train de nous faire, dit-il. On nous a avertis que, si l'on prévenait la police, on tuerait notre petite fille. Notre maison est peut-être sur écoute ! Ils nous surveillent peut-être en ce moment même ! Vous comprenez ?

Le fax derrière le bureau de Tracchio éructa et une feuille de papier en sortit.

— Une seconde, ne quittez pas, dit Tracchio en retirant la feuille de la machine.

Il déposa la feuille sur son bureau pour que nous puissions la lire.

NOUS TENONS ERICA. SI VOUS APPELEZ LA POLICE, ELLE EST MORTE.

SI NOUS RESSENTONS LA MOINDRE PRESSION, ELLE MOURRA. PUIS ON VOUS PRENDRA RYAN. OU KAYLA OU PATTY. NE DITES RIEN ET ERICA RESTERA EN BONNE SANTÉ. VOUS RECEVREZ UNE PHOTO D'ELLE CHAQUE ANNÉE. VOUS POUVEZ MÊME RECEVOIR UN COUP DE FIL, ELLE VIENDRA PEUT-ÊTRE MÊME VOUS VOIR. SOYEZ INTELLIGENTS. SOYEZ DISCRETS.

TOUS VOS ENFANTS VIVRONT ET VOUS EN REMERCIERONT.

La lettre avait été envoyée il y a huit mois. Mais la cruauté du langage nous serra le cœur. Nous la ressentîmes aussi violemment que si la chose venait de se produire.

Si tous les visages autour du bureau exprimaient le choc, ce fut Macklin qui s'empara du papier et le froissa comme s'il pouvait tordre le cou des ravisseurs par procuration.

Tracchio récupéra une seconde page dans le fax.

— Je n'arrive pas à distinguer nettement ce qu'il y a sur ces photos, dit-il à Stanford.

— Erica est photographiée sur fond blanc et porte les mêmes vêtements que le jour de son enlèvement. Les autres clichés montrent les aînés des Whitten à l'école. Kayla a été photographiée à travers la fenêtre de sa chambre. On va faire analyser le tout.

Bien sûr, songeai-je, qu'ils vont essayer de relever des empreintes et autres traces sur l'enveloppe et sur son contenu, mais ce que Stanford ne peut pas dire devant les Whitten, c'est que les mensurations et l'ADN de toutes les Miss X retrouvées mortes dans ce pays vont être comparés à ceux d'Helga Schmidt et d'Erica Whitten.

Quant à moi, je n'avais aucun doute que lettre et photos n'étaient qu'une ruse pour gagner du temps.

Erica Whitten et Helga Schmidt étaient toutes les deux mortes.

Mais qu'y gagnaient les ravisseurs ?

Que voulaient-ils ?

Je sombrai en pleine confusion sous l'afflux d'images où figuraient des fillettes et leurs nounous sans défense quand mon portable sonna. C'était l'inspecteur Paul Chi :

— On vient de recevoir un appel d'urgence à la brigade, Lindsay. Quelqu'un vient de se faire agresser à Blakely Arms, dit-il.

89.

En arrivant au cinquième étage de Blakely Arms, Conklin et moi aperçumes deux policiers au bout du couloir, devant la porte de l'appartement 5G. Je reconnus l'agent Patrick Noonan, qui faisait des pieds et des mains pour intégrer la criminelle.

— Que s'est-il passé, Noonan ?

— Un beau carnage, sergent, je ne vous dis que ça. La victime s'appelle Ben Wyatt. Il habite l'immeuble depuis un an.

Conklin souleva le ruban jaune et je plongeai dessous, Noonan poursuivant son laïus.

— L'agresseur est passé par la porte. Soit elle était ouverte, soit la victime l'a laissé entrer, soit l'auteur des faits avait une clé.

— Qui a signalé l'incident ?

— Sa voisine de palier. Porte 5F. Virginia Howsam.

Conklin et moi pénétrâmes dans l'appartement de la victime, sommairement meublé. Une mare de sang sombre auréolait la tête de l'homme sur le plancher de chêne poli.

C'était un individu de race noire ayant à peine dépassé la trentaine, en bonne forme physique, vêtu d'un short, d'un mince T-shirt gris et de chaussures de sport. Il était couché sur le flanc gauche, non loin d'un tapis de course d'intérieur.

Je me penchai pour l'examiner. Ses yeux étaient fermés et il respirait avec beaucoup de difficulté, mais il était toujours vivant.

Des auxiliaires médicaux franchirent la porte avec fracas, s'affairèrent autour de la victime et, après avoir compté jusqu'à trois, la soulevèrent pour l'installer sur une civière.

— Il est inconscient, m'informa l'un d'eux. On l'emmène à l'hôpital général. Vous pourriez vous pousser juste un peu, sergent ? Merci.

Les sirènes remontaient déjà Townsend Street en hurlant quand Charlie Clapper et deux ou trois de ses techniciens de scènes de crime entrèrent dans le salon de Wyatt et s'approchèrent du tapis roulant.

— On a tranché le cordon électrique de ce truc, dit Clapper. Tu as vu la victime ?

— Oui, il est vivant, Charlie. Du moins pour le moment. On dirait bien qu'on l'a assommé par-derrière.

Comme pour Irene Wolkowski, l'instrument qu'on avait utilisé pour frapper Ben Wyatt sur le crâne n'était plus dans l'appartement. Autre similitude avec la scène de crime Wolkowski : il y avait très peu de désordre ailleurs.

Aucun doute ne subsistait : un lien évident existait entre les deux agressions. Ce qui créait un climat de terreur quasi quotidien à Blakely Arms.

Mais quel était ce lien ? Que se passait-il ici, bon sang ?

90.

Virginia Howsam, la voisine de Ben Wyatt, approchait de la trentaine et travaillait la nuit dans un club du centre-ville. Elle nous raconta que Wyatt, un trader, était un type vraiment sympa à qui personne n'aurait voulu de mal.

Après avoir remercié Virginia Howsam pour son aide, nous empruntâmes l'escalier de secours dans l'idée que, peut-être, les occupants de l'appartement juste en dessous de celui de Wyatt avaient entendu du bruit, ce qui nous aiderait à préciser l'heure de l'agression.

Conklin me suivait de près en descendant les marches quand le téléphone sonna sur ma hanche. Je le dégainai et vis s'afficher le nom de David Stanford.

— Boxer à l'appareil.

— J'ai de bonnes nouvelles pour vous.

Je fis signe à Conklin de coller son oreille au téléphone afin qu'il puisse écouter en même temps.

— Des nouvelles d'Erica Whitten ?

— Non. Mais j'ai pensé que vous aimeriez savoir que Charlie Ray vient d'avaler son chocolat chaud avec un supplément de crème fouettée et qu'il dort à présent dans son lit à poings fermés.

— C'est fantastique, Dave ! Que s'est-il passé ?

Stanford nous raconta que l'époux d'une femme dépressive s'était manifesté. Leur bébé avait succombé à la mort subite du nourrisson quelques semaines plus tôt.

— Cette femme, qui a enlevé Charlie, était submergée par son chagrin, poursuivit Stanford. Elle était dans sa voiture et a apercu Charlie qui regardait par-dessus la clôture du jardin. Elle s'est arrêtée et l'a embarqué.

— Elle est en garde à vue ?

— Oui, mais ce n'est pas la personne que nous recherchons, Lindsay. Elle n'a rien à voir avec Erica Whitten ni Madison Tyler. Elle est sous antidépresseurs et sous surveillance médicale. Hier, c'était la première fois qu'elle sortait de chez elle depuis la mort de son bébé.

Je remerciai Stanford et refermai mon portable. Conklin était tout près de moi. Je le fixai, soudain envahie par une bouffée de chaleur.

— Donc on n'a rien, dit Rich.

— Si, on a quelque chose, rétorquai-je en me remettant à descendre les marches. On a un tueur en liberté dans cet immeuble de merde. Quant à Madison Tyler, on est face à une nouvelle impasse.

91.

Mickey Sherman s'assit près d'Alfred Brinkley à la table de la défense, tâchant de se faire comprendre de son client malgré le brouillard dans lequel l'entretenait son traitement. Cet abruti avait autant d'énergie qu'une chiffe molle.

— Fred. *Fred !* appela Sherman en le secouant par l'épaule.

» Fred, nous entamons votre défense aujourd'hui, vous comprenez ? Je vais appeler à la barre des gens qui vont se porter garants de votre personnalité.

Brinkley opina du chef.

— Oui. Vous faites témoigner mon médecin.

— En effet. Le Dr Friedman va parler de votre état mental. Mais ne le prenez pas mal, il est dans notre camp.

— Je veux donner ma version de l'histoire.

— Nous verrons. Je ne sais pas encore si nous aurons besoin de vous faire venir à la barre.

L'assistant de Mickey lui notifia qu'aucun de ses témoins ne manquait à l'appel.

— Messieurs, la cour, annonça l'huissier.

Le juge pénétra dans le tribunal, puis les jurés prirent place à leur tour.

On en était au quatrième jour du procès d'Alfred Brinkley et le tribunal était en séance.

— Maître Sherman, dit le juge Moore. Êtes-vous prêt à interroger votre premier témoin ?

— La défense appelle à la barre Mr Isaac Quintana.

Ce dernier portait plusieurs couches de vêtements dépareillés. Mais il avait l'œil clair et sourit en s'installant dans le box.

— Mr Quintana..., commença Sherman.

— Appelez-moi Ike, fit son témoin. Tout le monde m'appelle comme ça.

— Alors, je vous appellerai Ike, répliqua Mickey d'un ton bon enfant. Comment connaissez-vous Mr Brinkley ?

— On était ensemble à Napa State.

— S'agit-il d'une université ? questionna Sherman, souriant à son témoin en faisant tinter des pièces dans sa poche.

— Non, c'est une maison de dingues, répondit-il avec un grand sourire.

— Vous voulez dire un hôpital psychiatrique, c'est bien ça ?

— Ouais.

— Savez-vous pourquoi Fred Brinkley se trouvait à Napa State ?

— Ouais. Il se payait une déprime. Il voulait rien manger. Il voulait pas se lever de son lit. Il faisait de graves cauchemars. Sa sœur était morte, vous voyez, et s'il est entré à Napa, c'est parce qu'il voulait plus vivre.

— Ike, comment avez-vous appris que Fred était dépressif et suicidaire ?

— Il me l'a dit. Et je savais qu'il était sous antidépresseurs.

— Combien de temps avez-vous fréquenté Fred ?

— Deux ans à peu près.

— Et vous vous entendiez bien avec lui ?

— Ah ouais. C'était un mec super sympa. C'est pour ça que je sais qu'il voulait pas tuer tous ces gens sur le bac...

— Objection, monsieur le président ! le coupa sèchement Yuki. Irrecevable. Je demande à ce que la dernière affirmation du témoin soit supprimée des minutes.

— Retenue.

— Ike, reprit Sherman sur un ton rassurant, Fred Brinkley s'est-il montré violent devant vous à l'époque où vous le connaissiez ?

— Non. Qui vous a raconté ça ? Il était super cool. Les médocs, ça vous fait cet effet-là. Un comprimé et hop, vous êtes plus du tout fou.

92.

Yuki se leva de la table de l'accusation et lissa sa jupe du plat de la main. Elle songea que Quintana avait tout d'une marionnette du Muppet Show, avec son sourire d'hurluberlu et sa tenue qui lui donnait l'apparence d'un vide-grenier sur pattes.

Tout semblait rouler pour lui. Les jurés souriaient, l'aimaient bien, et par conséquent aimaient bien Brinkley.

— Mr Quintana, pourquoi étiez-vous à Napa State ? commença Yuki.

— Je souffre de trouble obsessionnel compulsif. C'est pas dangereux ni rien. Ça me bouffe juste tout mon temps, parce que je collectionne des trucs et que j'arrête pas de vérifier...

— Merci, Mr Quintana. Vous êtes aussi psychiatre ?

— Non, mais j'en connais, et pas qu'un seul, ça c'est clair.

Yuki sourit tandis que les jurés pouffaient. Démonter le témoignage de Quintana sans se mettre le jury à dos n'allait pas être une mince affaire.

— Quel genre de travail faites-vous, Mr Quintana ?

— Je fais la plonge au Jade Café, sur Bryant Street. Si vous voulez que tout soit nickel, y a pas mieux que quelqu'un qui a des TOC pour faire la vaisselle.

— Je vois, fit Yuki tandis que des rires fusaient dans la tribune. Avez-vous suivi des études de médecine ?

— Non.

— Et aujourd'hui mis à part, quand avez-vous vu Mr Brinkley pour la dernière fois ?

— Ça remonte à quinze ans. Il a quitté Napa en 1988, par là.

— Et vous n'avez eu aucun contact avec lui entre-temps ?

— Non.

— Donc vous ignorez s'il a subi une lobotomie ou une greffe cardiaque depuis la dernière fois que vous l'avez vu ?

— Ah, ah, c'est marrant, ça. Hum... et c'est vrai ?

— Ce que je veux dire, Mr Quintana, c'est que l'ado de seize ans que vous trouviez « super sympa » a pu changer. Êtes-vous la même personne qu'il y a quinze ans ?

— Ma foi, je me suis étoffé.

On s'esclaffa dans la tribune ; même les jurés en faisaient des gorges chaudes. Yuki sourit pour bien montrer qu'elle n'était pas dénuée d'humour.

Une fois le calme rétabli, elle reprit :

— Ike, quand vous avez dit que Mr Brinkley était fou, c'était votre avis en tant qu'ami, n'est-ce pas ? Vous n'entendiez pas par là qu'il était fou au sens juridique du terme ? Qu'il ne faisait pas la différence entre le bien et le mal ?

— Non, moi, j'y connais rien à tout ça.

— Merci, Mr Quintana. Je n'ai pas d'autre question.

93.

Le Dr Sandy Friedman, le témoin suivant de Sherman, remonta la travée en direction du box des témoins. C'était un bon psy, qui avait fait ses études à Harvard. Il avait même le look de l'emploi avec ses lunettes griffées, son nœud papillon Brook Brothers et son faux air de Liam Neeson.

— Docteur Friedman, dit Sherman après que le témoin eut prêté serment et énuméré ses références, avez-vous eu l'occasion d'interroger Mr Brinkley ?

— Oui, à trois reprises depuis son incarcération.

— Avez-vous diagnostiqué sa maladie ?

— Oui. D'après moi, Mr Brinkley est atteint d'un trouble schizo-affectif.

— Pourriez-vous nous préciser de quoi il s'agit ?

Friedman se carra sur son siège, tout en se préparant à répondre.

— Un trouble schizo-affectif affecte la pensée, l'humeur et le comportement du sujet tout en y associant des éléments de schizophrénie paranoïaque. On peut le classer parmi les troubles bipolaires.

— « Bipolaire » signifie bien « maniaco-dépressif » ? demanda Sherman.

— « Bipolaire », au sens où ceux qui souffrent d'un trouble schizo-affectif passent par des hauts et des bas, connaissent des phases de dépression alternant avec des phases d'hyperactivité ou d'obsession. Mais ils parviennent souvent à gérer leur maladie pendant assez longtemps et à s'adapter plus ou moins en marge de la société.

— Entendent-ils des voix, Dr Friedman ?

— Oui, c'est le cas pour nombre d'entre eux. Il s'agit d'un des possibles aspects schizoïdes de cette maladie.

— Des voix menaçantes ?

— Oui. C'est ce qui constitue la paranoïa.

— Mr Brinkley vous a-t-il confié avoir l'impression que les gens à la télévision s'adressaient à lui ?

— Oui. C'est aussi un symptôme assez courant chez les individus atteints de trouble schizo-affectif... un exemple parmi d'autres de la coupure avec le réel. Et la paranoïa lui fait croire que ces voix s'adressent à lui.

— Pourriez-vous nous expliquer ce que vous entendez par « coupure avec le réel » ?

— Certainement. Dès le début de sa maladie, pendant son adolescence, il a toujours existé chez Mr Brinkley une distorsion dans ses pensées comme dans ses actes, ainsi que dans sa manière d'exprimer ses émotions et, plus important, dans sa manière de percevoir la réalité. C'est l'élément psychotique de son trouble... son incapacité à distinguer ce qui est réel de ce qui ne l'est pas.

— Je vous remercie, docteur Friedman, fit Sherman. Et maintenant, rapportons ça aux récents événements qui ont conduit Mr Brinkley devant ce tribunal. Que pouvez-vous nous en dire ?

— Dans tout trouble schizo-affectif, il existe en général un facteur précipitant qui provoque une aggravation du comportement délirant. À mon avis, dans le cas de Mr Brinkley, ce facteur précipitant a dû intervenir quand il a perdu son emploi. La perte de routine, l'expulsion de son appartement, tout ça a dû exacerber sa maladie.

— Je vois. docteur Friedman, Mr Brinkley vous a-t-il parlé de la fusillade à bord du bac ?

— Oui. J'ai appris au cours de nos séances que Mr Brinkley n'avait plus remis le pied sur un bateau depuis que sa sœur était morte lors d'un accident de voilier quand il avait seize ans. Le jour de l'incident du bac, il y a eu un facteur précipitant additionnel : Mr Brinkley a aperçu un voilier. Ce qui a déclenché les événements. En termes non professionnels, ça lui a fait péter les plombs. Il n'a plus été en mesure de distinguer l'illusion de la réalité.

— Mr Brinkley vous a-t-il dit avoir entendu des voix à bord de ce bac ?

— Oui. Il m'a dit qu'elles lui ordonnaient de tuer. Il faut comprendre que Fred renferme une violente colère liée à la mort de sa sœur. Elle s'est manifestée là, dans cette explosion de rage. Les autres passagers du bac n'étaient pas réels pour lui. Ils n'étaient que la toile de fond de ses hallucinations. Les voix étaient sa seule réalité, et la seule façon de les faire taire, c'était de leur obéir.

— Docteur Friedman, reprit Sherman en effleurant sa lèvre supérieure du bout de l'index, pouvez-vous affirmer avec une relative certitude médicale que lorsque Mr Brinkley a obéi à ces voix et abattu certains passagers du bac, il ne faisait pas clairement la différence entre le bien et le mal ?

— Oui. En me fondant sur mes entretiens avec Mr Brinkley et mes vingt ans d'expérience auprès de malades mentaux gravement atteints, mon opinion est qu'au moment de la fusillade Alfred Brinkley souffrait de troubles mentaux l'empêchant de différencier le bien du mal. J'en suis absolument convaincu.

94.

David Hale fit glisser une note à Yuki : la caricature d'un gros bouledogue avec un collier à clous et qui bavait abondamment. On lisait dans la bulle : « Va chercher. »

Yuki sourit. Elle songea que Len Parisi, jambes largement écartées au centre du prétoire, aurait mis en pièces le « psy à gages » de Mickey Sherman.

Elle encercla la caricature d'un trait, la souligna. Puis elle se leva et commença à parler avant même d'avoir atteint l'estrade.

— Docteur Friedman, en tant qu'expert psychiatre, vous jouissez auprès des tribunaux d'une assez bonne réputation, n'est-ce pas ?

Friedman répondit qu'il avait effectivement témoigné tant pour l'accusation que pour la défense, au cours des neuf dernières années.

— Dans cette affaire, c'est la défense qui vous a engagé ?

— Oui, c'est exact.

— Et quelle somme avez-vous touchée ?

Friedman releva la tête vers le juge Moore qui le toisa.

— Veuillez répondre à la question, docteur Friedman.

— On m'a payé huit mille dollars environ.

— Huit mille dollars, très bien. Depuis combien de temps soignez-vous Mr Brinkley ?

— Mr Brinkley n'est pas à proprement parler mon patient.

— Oh, lâcha Yuki. Alors, permettez-moi de vous poser la question suivante : pouvez-vous établir le diagnostic de quelqu'un que vous n'avez jamais suivi ?

— J'ai eu trois séances avec Mr Brinkley, au cours desquelles je l'ai soumis à toute une batterie de tests psychologiques. Alors, oui, je suis en mesure de faire une évaluation de Mr Brinkley sans le suivre par ailleurs, déclara Friedman sèchement.

— Donc, en vous fondant sur ces trois entretiens et ces tests, vous en déduisez que l'inculpé était incapable de faire la différence entre le bien et le mal au moment de cette tuerie ?

— C'est exact.

— Vous ne l'avez pas soumis aux rayons X ni découvert une tumeur lui comprimant un lobe cérébral, n'est-ce pas ?

— Non, bien sûr que non.

— Alors comment pouvons-nous être sûrs que Mr Brinkley n'a pas menti ou faussé les résultats des tests afin qu'on ne le juge pas coupable de meurtre ?

— C'est impossible, objecta Friedman. Voyez-vous, ces tests sont comme des détecteurs de mensonges. Les questions sont répétées sous différentes formes, et si les réponses ne varient pas, alors le patient dit la vérité.

— Docteur, vous recourez à ces tests parce que vous ne pouvez pas savoir ce que le patient a en tête, n'est-ce pas ?

— Eh bien, on peut également s'en faire une idée en se fondant sur son comportement.

— Je vois. Docteur Friedman, avez-vous connaissance du terme juridique « conscience de culpabilité » ?

— Oui. Il se réfère à des actes commis par une personne, révélant que cette même personne est consciente que ce qu'il ou elle a fait est répréhensible.

— Bien dit, docteur. À présent, si quelqu'un abat cinq personnes puis s'enfuit, comme Alfred Brinkley l'a fait, cela ne montre-t-il pas qu'il avait conscience de sa culpabilité ? Cela ne montre-t-il pas que Mr Brinkley savait que ses actes étaient répréhensibles ?

— Écoutez, maître Castellano, tout ce que fait une personne quand elle est dans un état psychotique n'est pas illogique. Certains passagers de ce bac criaient et se dirigeaient vers lui dans l'intention de lui nuire. Il a fui. La plupart des gens, se retrouvant dans la même situation, se seraient enfuis.

Yuki jeta un coup d'œil furtif à David, qui l'encouragea d'un hochement de tête. Elle aurait aimé qu'il lui communique quelque chose par télépathie pour coincer Friedman, car elle était à court d'idées.

Et puis elle trouva.

— Docteur Friedman, votre instinct viscéral joue-t-il un rôle quelconque dans votre diagnostic ?

— Ma foi, oui. L'instinct viscéral, ou l'intuition, se compose de plusieurs strates d'expérience. Donc, oui, j'ai eu recours à mon instinct viscéral autant qu'à un protocole psychologique formel pour établir mon diagnostic.

— Et avez-vous déterminé si oui ou non Mr Brinkley est dangereux ?

— J'ai interrogé Mr Brinkley avant et après qu'on l'eut mis sous Risperdal et d'après moi, si on lui prescrit un traitement approprié, Mr Brinkley n'a rien de dangereux.

Yuki posa ses mains sur le bord du box des témoins. Fixant Friedman dans les yeux, occultant la salle d'audience, elle laissa parler la peur qu'elle éprouvait chaque fois qu'elle regardait le détraqué assis près de Mickey Sherman.

— Docteur Friedman, vous avez interrogé Mr Brinkley derrière des barreaux. Interrogez votre instinct viscéral sur ce qui suit : vous sentiriez-vous tout à fait à votre aise de rentrer en taxi assis à côté de Mr Brinkley ? Vous sentiriez-vous en sécurité de dîner en tête à tête avec lui à son domicile ? Ou encore de faire un trajet en ascenseur en sa compagnie ?

Mickey Sherman bondit.

— Objection, monsieur le président. On devrait tordre le cou à ces questions.

— Retenue, grommela le juge.

— J'en ai fini avec ce témoin, monsieur le président, conclut Yuki.

95.

À 8 h 30 le lundi matin, Miriam Devine prit les liasses de courrier sur la console du couloir et les emporta jusqu'à la cuisine pour les trier en prenant son petit déjeuner.

Son mari et elle avaient réintégré leur domicile de Pacific Heights la veille au soir, après leur croisière. Dix jours fabuleux en Méditerranée où ils avaient été coupés du monde, sans téléphone, télévision, journaux ou factures.

Elle avait envie de tenir la réalité à distance, du moins pour deux ou trois jours encore, histoire de conserver l'impression d'être en vacances un peu plus longtemps. Si seulement elle le pouvait...

Miriam prépara du café, passa deux tranches de pain à la cannelle au toaster et s'attaqua au courrier. Elle empila les catalogues à droite sur la table de la cuisine, les factures à gauche, et le reste à côté de sa tasse de café.

Elle tomba sur une enveloppe blanche toute simple adressée aux Tyler, qu'elle fourra en dessous de la pile des « divers » et continua à s'activer, remplissant des chèques et jetant à la poubelle les pubs jusqu'au moment où Jim entre dans la cuisine.

— Je n'ai aucune envie d'aller au bureau, grommela-t-il tout en buvant son café debout. Ça va être infernal même si personne ne sait que je suis là.

— Je te ferai un pain de viande pour le dîner, mon chéri.

— Merci. Ça m'aidera à prendre mon mal en patience, en tout cas.

Jim Devine quitta la maison en refermant la porte d'entrée derrière lui. Miriam termina de s'occuper du courrier, rinça la vaisselle, téléphona à sa fille avant d'appeler sa plus proche voisine, Elizabeth Tyler.

— Liz, chérie, Jim et moi sommes rentrés hier soir. J'ai du courrier pour toi qu'on a distribué chez nous par erreur. Si je faisais un saut, histoire de prendre des nouvelles ?

96.

Je me tenais avec Conklin dans le salon des Tyler. Ça faisait un quart d'heure à peine que leur voisine, Miriam Devine, leur avait déposé la lettre manuscrite des ravisseurs.

Elle avait eu l'effet d'une bombe atomique sur Elizabeth Tyler et était en train de produire le même effet sur moi.

Je me rappelai avoir effectué une enquête de voisinage chez les Devine le jour de l'enlèvement. C'était une maison victorienne à bardeaux de couleur crème, presque identique à celle des Tyler. J'avais parlé à Guadalupe Perez, la gouvernante des Devine. Elle nous avait informé dans un mauvais anglais que les Devine étaient partis en voyage.

Neuf jours plus tôt, comment aurais-je pu imaginer que Guadalupe Perez avait ramassé une enveloppe glissée sous la porte et l'avait empilée avec le reste du courrier des Devine ?

Personne n'aurait pu s'en douter. Mais j'en avais quand même des haut-le-cœur tant je me tenais pour responsable.

— Vous connaissez bien les Devine ? demanda Conklin à Henry Tyler, qui arpentait rageusement la pièce de long en large.

Il y avait des photos de Madison bébé, en famille, en vacances sur tous les murs et autres surfaces disponibles.

— Ce ne sont pas eux, OK ? Ce ne sont pas les Devine qui ont fait ça ! s'écria Tyler. Madison n'est plus ! hurla-t-il tout en marchant la tête entre les mains. C'est trop tard.

Je laissai tomber mon regard sur le buffet et les lettres en caractères d'imprimerie se détachant sur la simple feuille de papier blanc, que je pouvais lire à un mètre cinquante de distance.

NOUS TENONS VOTRE FILLE. SI VOUS APPELEZ LA POLICE, ELLE EST MORTE.

SI NOUS RESSENTONS LA MOINDRE PRESSION, ELLE MOURRA. POUR L'INSTANT, MADISON EST SAINE ET SAUVE ET LE RESTERA TANT QUE VOUS VOUS TIENDREZ TRANQUILLE.

CETTE PHOTO EST LA PREMIÈRE. VOUS EN RECEVREZ UNE CHAQUE ANNÉE, VOUS POUVEZ MÊME RECEVOIR UN COUP DE FIL. ELLE VIENDRA PEUT-ÊTRE MÊME VOUS VOIR.

SOYEZ INTELLIGENTS. SOYEZ DISCRETS. UN JOUR, MADISON VOUS EN REMERCIERA.

La photo de Madison qui accompagnait la lettre avait été tirée sur une imprimante, dans l'heure qui avait suivi son enlèvement. La fillette paraissait indemne . elle portait encore son manteau bleu et ses souliers rouges.

— Peut-il être au courant que nous n'avons pas reçu la lettre et que nous n'avons pas l'intention de le défier ?

— Je n'en sais rien, Mr Tyler. Je ne peux vraiment pas deviner...

Elizabeth Tyler m'interrompit, les tendons de son cou saillants sous l'effort qu'elle faisait pour parler.

— Madison est la petite fille la plus brillante, la plus heureuse qu'on puisse imaginer. Elle chante, elle joue du piano. Elle a le rire le plus merveilleux du monde. A-t-elle été violée ? Est-elle enchaînée à un lit dans un sous-sol quelconque ? A-t-elle faim, a-t-elle froid ? Est-elle blessée ? Est-elle terrorisée ? Nous appelle-t-elle à l'aide ? S'étonne-t-elle qu'on ne vienne pas la chercher ? Ou bien est-elle désormais loin de tout ça, en sécurité entre les mains de Dieu ?

» Nous ne pouvons penser à rien d'autre. Nous devons savoir ce qui est arrivé à notre fille. Vous devez faire l'impossible, implora Elizabeth Tyler. Il faut que vous rameniez Madison à la maison.

97.

Un sachet en plastique contenant la lettre des ravisseurs était posé sur mon bureau de façon à ce que Conklin que moi puissions la lire de concert.

SI VOUS APPELEZ LA POLICE, ELLE EST MORTE.
SI NOUS RESSENTONS LA MOINDRE PRESSION,
ELLE MOURRA.

Nous étions encore ébranlés par ces mots, incapables de nous débarrasser du sentiment désagréable qu'en travaillant sur l'affaire Ricci/Tyler, nous risquions d'avoir provoqué la mort de Madison.

Quand Dave Stanford arriva à midi, nous remîmes la lettre du ravisseur au FBI. Conklin avança une chaise à Stanford et nous lui ouvrîmes nos dossiers.

Une heure plus tard, il n'y avait qu'une seule piste : Les Whitten, à Boston, et les Tyler, de Pacific Heights, n'avaient qu'un point commun : le Registre Westwood.

Nous nous répartîmes les noms des clients que Mary Jordan avait photocopiés dans le Grand Livre, puis commençâmes à passer des coups de fil. Une fois résolue la quadrature du cercle, nous fûmes prêts à partir.

Conklin et Macklin montèrent dans la voiture de Stanford. Et Jacobi et moi fûmes à nouveau coéquipiers pour la journée.

Ça faisait du bien de sentir la masse de Jacobi près de moi, de voir sa trogne derrière le volant.

— Désolé de te dire ça, mais t'as l'air lessivée, dit-il.

— Cette affaire me rend malade. Mais maintenant que tu en parles, Jacobi, je me pose une question : ça t'est déjà arrivé de me mentir quand j'avais une mine épouvantable ?

— Je ne crois pas, non.

— J'imagine que c'est une des choses que j'adore chez toi.

— Ah, ne va pas me faire une déclaration à l'eau de rose, c'est pas le moment, dit-il avec un grand sourire.

Il vira à droite dans Lombard Street et gara la voiture.

Au cours des cinq heures qui suivirent, nous retrouvâmes et interrogeâmes quatre clients du Registre Westwood et leurs nounous. À l'heure où le soleil illuminait une bande de nuages roses semblables à de la barbe à papa, nous avions rejoint Macklin et les autres au palais de justice.

La réunion fut brève car tous nos efforts combinés ne nous avaient procuré que des louanges pour le Registre Westwood et leurs jeunes filles au pair cinq étoiles.

Vers 19 heures, nous décidâmes de faire un break jusqu'au lendemain matin. Traversant Bryant Street, je sortis ma voiture du parking et pris la direction de Potrero Hill.

Les réverbères s'allumaient déjà un peu partout dans la ville lorsque je me garai devant chez moi. Je m'apprêtais à ouvrir la portière quand quelque chose projeta un cône d'ombre sur moi, du côté passager.

Mon cœur battant à tout rompre, je tournai vivement la tête et aperçus une silhouette sombre. Il ne me fallut que quelques secondes pour comprendre. Mais, même alors, je n'en crus pas mes yeux.

C'était Joe.

98.

Il y avait d'autre personne au monde que j'avais envie de voir plus que Joe.

— Combien de fois t'ai-je dit..., fis-je, le cœur battant à cent à l'heure, descendant de voiture en claquant la portière.

— ... de ne pas m'approcher d'un policier armé ?

— Oui. Tu as quelque chose contre le téléphone ? Une sorte de phobie ?

Joe esquissa un sourire penaud.

— Pas même un bonjour ? Tu es dure avec moi, blondinette.

— Tu trouves ?

Je me sentais pourtant tout sauf dure. Mais exténuée, vulnérable, proche des larmes, oui. J'étais pourtant bien décidée à ne rien laisser paraître. Renfrognée, je tambourinais du bout des doigts le capot de ma voiture sans pouvoir m'empêcher de remarquer combien Joe était beau.

— Désolé, j'ai tenté ma chance, dit-il avec son sourire résolument conquérant. J'espérais simplement te voir. Alors, raconte, comment ça va ?

— Ça n'a jamais été mieux, mentis-je. Je suis très occupée.

— Oui, je sais. On ne voit que toi dans les journaux. Une vraie Wonder Woman.

— Wonder Woman au carré si je finis par résoudre une affaire, dis-je en riant malgré moi. Et toi ? fis-je en me sentant fondre devant Joe.

» Comment ça va, toi ? demandai-je en me penchant légèrement vers lui.

— Moi aussi, je suis occupé.

— Ma foi, j'imagine qu'on s'est débrouillés pour éviter les problèmes.

Je verrouillai la voiture mais n'avançai toujours pas vers lui. J'aimais le fait d'être séparés par cet obstacle métallique – mon Explorer en guise de chaperon. Ça me permettait de réfléchir à ce que j'allais faire avec Joe.

— Oui, bien sûr, répliqua Joe avec un grand sourire, mais ce que je voulais dire, moi, c'est que je me suis occupé à essayer de changer de vie.

Quoi ? Que venait-il de dire ?

J'eus un coup au cœur, sentis mes genoux faiblir. Puis je fus traversée d'un éclair de lucidité : si Joe avait l'air en forme, c'était parce qu'il était tombé amoureux de quelqu'un d'autre. Il était passé me voir pour me l'annoncer de vive voix.

— Je me suis refusé à t'appeler tant que ce n'était pas finalisé, reprit-il, me ramenant au moment présent. Mais impossible d'aller plus vite que la musique avec leur satané système.

— Mais de quoi tu parles ?

— J'ai demandé ma mutation à San Francisco, Lindsay.

Une vague de soulagement me submergea et mes yeux s'embuèrent. Des images dont je ne pouvais arrêter le mouvement défilèrent dans ma tête. Un véritable kaléidoscope retraçant plusieurs mois de parfaite idylle. Ce n'était pas tant l'aspect romantique dont je me rappelais le mieux que ces simples instants d'intimité où Joe chantait sous la douche, où j'épiais à son insu dans le miroir sa calvitie naissante. Et la façon qu'il avait de se tasser au-dessus de son bol de céréales, le protégeant comme si quelqu'un menaçait de le lui enlever, et qui venait du fait d'avoir grandi dans une maisonnée de six frères et sœurs où aucun d'entre eux n'avait de droit exclusif sur rien. Je me dis aussi que Joe était sans doute la seule personne de ma vie qui me laissait déballer simplement tout ce que j'avais sur le cœur, sans s'attendre à ce que je me montre forte en permanence. Sans compter que je raffolais de la façon dont il me faisait l'amour, au point que je me sentais devenir toute petite et légère comme une plume. Et je dormais si bien, nichée au creux de ses bras.

— On m'a donné des perspectives mais rien de défini... Mon Dieu, Lindsay, reprit-il, tu n'imagines pas combien tu m'as manqué.

Le vent qui soufflait depuis la baie sécha mes larmes, et un sentiment de gratitude m'envahit devant le cadeau inespéré de sa visite et de la nuit qui nous attendait. J'avais encore une bouteille de Courvoisier intacte dans ma cave à liqueurs. Et de l'huile de massage dans ma table de nuit... Je songeai à la délicieuse fraîcheur de l'air et à la chaleur que Joe et moi dégagerions, allongés côte à côte, avant même que nos mains ne s'effleurent.

— Pourquoi ne montes-tu pas ? lui dis-je enfin. On n'est pas obligés de parler dans la rue.

Une ombre passa sur son visage, il s'approcha de moi et entoura mes épaules doucement.

— J'ai très envie d'entrer mais je vais rater mon vol, m'annonça-t-il. Je voulais simplement te dire ça : ne m'abandonne pas. Je t'en prie.

Joe m'enlaça et m'attira à lui. Je me raidis instinctivement, croisai mes bras sur ma poitrine et baissai la tête.

Je ne voulais pas le regarder en face. Je ne voulais pas être sous le charme, sous son emprise, car en trois minutes, Joe Molinari venait de me faire remonter sur les montagnes russes, sa spécialité.

À peine une semaine plus tôt, je m'étais obligée à rompre avec lui à cause de ces maudits tours de magicien dont il avait le secret : « Salut, je suis là, salut, je ne suis plus là. »

Rien n'avait changé !

J'étais furieuse. Il n'était plus question de laisser Joe me faire grimper aux rideaux avant de me laisser choir à nouveau. Je le dévisageai une dernière fois, puis le repoussai loin de moi.

— Excuse-moi. Vraiment. Un instant, j'ai cru que tu avais changé. Tu ferais mieux de partir maintenant, bredouillai-je. Rentre bien.

Il cria mon nom tandis que je gravissais à la hâte les marches de mon immeuble. J'enfonçai la clé dans la serrure et tournai la poignée. Puis, après avoir claqué la porte derrière moi, je montai l'escalier en courant. En entrant dans mon appartement, je ne pus m'empêcher d'aller à la fenêtre.

J'écartai le rideau, juste à temps pour apercevoir la voiture de Joe qui s'éloignait.

99.

Mon téléphone se mit à sonner avant même que je ne laisse retomber le rideau. Je savais que Joe m'appelait depuis sa voiture, mais je n'avais rien à lui dire.

Je pris une bonne douche. Je restai quinze à vingt minutes sous le jet. Quand j'en sortis, le téléphone sonnait toujours, mais je l'ignorai. Idem pour le voyant lumineux qui clignotait sur mon répondeur et le carillon métallique de mon portable m'annonçant que j'avais un message.

J'enfournai mon dîner dans le micro-ondes et ouvris la bouteille de Courvoisier. Je m'en étais servi une bonne rasade quand mon portable se remit à sonner comme un beau diable.

Je le pris dans la poche de ma veste, grommelai « Ici, Boxer », prête à rétorquer : « Joe, fous-moi la paix, tu veux ? » J'éprouvai une déception inexplicable en reconnaissant la voix de mon coéquipier dans mon oreille.

— Qu'est-ce qu'il faut faire pour obtenir que tu répondes au téléphone, Lindsay ? me lança Rich.

Il était visiblement furieux, mais étant donné les circonstances, ça m'était bien égal.

— J'étais sous la douche, répondis-je. Autant que je sache, ce n'est pas encore interdit. Que se passe-t-il ?

— Il y a eu une nouvelle agression à Blakely Arms.

J'en eus le souffle coupé.

— Un meurtre ?

— Tu le sauras quand j'y serai. Je suis presque arrivé.

— Fais boucler l'immeuble. Chaque issue. Que personne ne sorte.

— C'est comme si c'était fait, sergent.

C'est alors que je me rappelai la victime au tapis roulant. *Comment avais-je pu l'oublier ?*

— Rich, on a oublié de prendre des nouvelles de Ben Wyatt.

— Bien sûr que non.

— Tu as appelé l'hôpital ?

— Oui.

— Wyatt a repris conscience ?

— Il est mort il y a deux heures.

Je dis à Rich que je le rejoindrais sous peu et appelai Cindy : pas de réponse. Je refermai mon portable, le plaquant sur le comptoir de ma cuisine pour éviter de le balancer par la fenêtre. Le micro-ondes tinta à cinq reprises, m'annonçant que mon dîner était prêt.

— Je vais devenir complètement folle ! hurlai-je au minuteur.

Et merde ! Je ne touchai ni au grand verre de cognac posé sur le comptoir ni à mon dîner dans le micro-ondes. Je m'habillai en vitesse, bouclai mon holster à l'épaule et enfilai ma veste. Je rappelai Cindy et la mis au courant des derniers événements.

Puis je me dirigeai vers le carrefour entre Townsend Street et la 3ᵉ Rue.

Quand j'entrai dans le hall de Blakely Arms, j'imaginai ma conversation à venir avec Cindy, déterminée à ne pas accepter la moindre rebuffade de sa part.

Elle allait venir habiter chez moi tant qu'elle ne serait pas en sécurité chez elle.

100.

Cindy m'attendait à l'entrée de Blakely Arms, ses boucles blondes en bataille. Son rouge à lèvres avait bavé.

— Bon Dieu ! s'écria-t-elle. Ça a encore recommencé ?

— Cindy, lui dis-je en la suivant dans le hall, y a-t-il eu des blablas dans l'immeuble ? Des potins ? On a montré quelqu'un du doigt ?

— Tout ce que j'ai entendu, c'est le son désagréable des plombs qui pètent et des personnes qui craquent.

Nous prîmes l'ascenseur ensemble, puis je me retrouvai une fois encore devant un appartement grouillant de flics en uniforme.

Conklin salua Cindy d'un signe de tête, puis me présenta à Aiden Blaustein. C'était un grand escogriffe blanc, vingt-deux ans environ, entièrement vêtu de noir : jean déchiré, T-shirt, gilet, blouson de cuir avec empiècements. Ses cheveux bruns déstructurés, coupés court sur la nuque, retombaient sur ses yeux marron paniqués.

— La victime s'appelle Mr Blaustein, m'informe Conklin.

J'entendis la voix de Cindy derrière moi.

— Cindy Thomas, du *Chronicle*. Vous voulez bien m'épeler votre nom ?

J'eus un soupir de soulagement. L'adolescent n'était ni mort ni blessé mais apparemment fou de terreur.

— Pouvez-vous me raconter ce qui s'est passé ? demandai-je à Blaustein.

— Comme si je le savais ! Je suis sorti me chercher un pack de bières autour de 17 heures. Je suis tombé sur une ex et on a grignoté un truc. Quand je suis rentré, on m'avait totalement bousillé mon appart !

Conklin poussa la porte d'entrée du studio de Blaustein où je pénétrai, Cindy sur mes talons.

— Reste près de moi..., murmurai-je.

— Et ne touche à rien, termina-t-elle.

L'appartement avait tout d'une boutique d'électronique qu'un rhinocéros sous crack aurait piétinée. Je dénombrai rapidement un ordinateur de bureau, trois moniteurs, une chaîne stéréo et une télévision à écran plasma, qui avaient tous volé en éclats. On n'avait rien dérobé... mais tout détruit !

— Il m'a fallu des années pour rassembler un matos pareil, grommela Blaustein.

— Quel genre de travail faites-vous ? lui demanda Cindy.

— Concepteur de jeux vidéo et de sites Web. Tout mon matos, ça va chercher pas loin des vingt-cinq mille dollars, je dirais.

— Mr Blaustein, repris-je, quand vous êtes sorti, vous avez laissé votre porte ouverte ?

— Je la ferme toujours.

— Mr Blaustein a laissé la musique allumée en quittant son appartement, précisa Rich sans me regarder.

— Quelqu'un s'est plaint de la musique ? demandai-je.

— Aujourd'hui ?

— Ou un autre jour.

— J'ai reçu des coups de fil agressifs d'une seule personne.

— Et c'était qui ?

— Vous pensez vraiment qu'il m'a donné son nom ? Il a même pas dit « allô ». D'entrée, il m'a fait « si t'arrête pas tout de suite de me faire chier avec ton boucan, je te bute ». Et ça, c'était la première fois. Il me prend la tête comme ça, deux, trois fois par semaine depuis un bout de temps maintenant. À chaque fois, il me balance des insultes. Il a même injurié mes enfants.

— Vous avez des enfants ? demandai-je, sceptique.

— Non. Il a maudit ceux que j'aurais un jour.

— Et qu'est-ce que vous avez fait ?

— Moi ? Je connais des insultes dont ce mec n'a même pas idée. Le truc, c'est que j'aurais reconnu sa voix si je l'avais déjà entendue. J'ai une oreille assez bonne pour l'assurer à la Lloyd's. Mais je le connais pas. Et pourtant je connais tous ceux qui habitent ici. Je la connais même, elle, ajouta-t-il en braquant son doigt sur Cindy. Deuxième étage, c'est bien ça ?

— Et vous affirmez que personne d'autre dans l'immeuble ne s'est plaint de votre installation sonore ?

— Non, parce que grand A, je bosse que pendant la journée et que grand B, on a l'autorisation de faire du bruit jusqu'à 11 heures du soir. Et grand C, je mets pas la musique à donf.

Je soupirai, pris mon portable et appelai le labo. J'eus le responsable de l'équipe de nuit en ligne et lui annonçai que nous avions besoin de lui.

— Vous connaissez quelqu'un qui peut vous accueillir ce soir ? demandait déjà Rich à Blaustein.

— Possible.

— Vous ne pouvez pas rester ici. Votre appartement va être mis sous scellés pour le moment.

Blaustein balaya du regard son appartement dévasté. Son visage jeune se décomposa tandis qu'il répertoriait les dégâts.

— Je resterais pas ici ce soir même si on me filait de la thune.

101.

Cindy, Rich et moi complétâmes le tableau pendant notre descente en ascenseur jusqu'au hall d'entrée.

— Les chiens, le piano, le tapis roulant..., énuméra Rich.

— L'appartement du webmaster..., ajouta Cindy.

— Un seul point commun, conclus-je. Ça fait du bruit.

— Ouais, convint Rich. Qui que soit ce fou furieux, le bruit le rend un poil violent.

— Rich, excuse-moi de t'avoir agressé tout à l'heure, lui dis-je. Mais j'ai eu une mauvaise journée.

— Laisse tomber, Lindsay. Une fois cette affaire terminée, on se sentira bien mieux tous les deux.

Les portes de l'ascenseur s'ouvrirent sur le hall d'entrée où se tenaient environ deux cents locataires paniqués.

Cindy, calepin en main, se dirigea vers la présidente du syndic. Conklin, de son côté, usait de son corps comme du soc d'une charrue. Je le suivis de près jusqu'à ce que nous atteignions le bureau de réception.

— Silence ! hurla quelqu'un.

Et quand le tohu-bohu mourut, je lançai à la cantonade :

— Je suis le sergent Boxer. Je ne vous apprends rien en vous disant qu'une série d'incidents inquiétants viennent de se succéder dans cet immeuble...

Je supportai patiemment les invectives du genre « la police ne fait pas son boulot », puis je poursuivis en annonçant qu'on allait réinterroger tout le monde et que personne n'était autorisé à quitter les lieux sans notre accord.

Un septuagénaire aux cheveux gris leva la main et se présenta : Andy Durbridge.

— Sergent, j'ai un renseignement qui peut vous être utile. J'ai aperçu cet après-midi dans la buanderie un homme que je n'avais encore jamais vu. Il avait comme des morsures de chien sur les bras.

— Pouvez-vous me donner son signalement ? demandai-je.

Mon estomac se contracta.

— Un mètre soixante-cinq, musclé, cheveux châtains, légère calvitie, la trentaine, je dirais. J'ai déjà regardé autour de moi, je ne le vois pas ici.

— Merci, Mr Durbridge. Quelqu'un ici présent peut-il mettre un nom sur ce signalement ?

Une petite jeune femme avec des boucles couleur caramel fendit la foule avec difficulté afin de me rejoindre.

Elle ouvrait des yeux immenses et son teint était d'une pâleur peu naturelle : malheureusement, quelque chose la terrifiait.

— Je m'appelle Portia Fox, dit-elle d'une voix tremblante. Je peux vous parler en privé, sergent ?

102.

Je sortis de Blakely Arms en compagnie de Portia Fox.

— Je crois que je connais l'homme auquel Mr Durbridge a fait allusion, dit-elle. Il pourrait s'agir de la personne qui occupe mon appartement pendant la journée.

— Votre colocataire ?

— Pas officiellement, répondit la jeune femme en lançant un coup d'œil autour d'elle. Il loue mon salon. Je travaille la journée et lui la nuit. On est comme des trains qui se croisent, vous voyez ?

— C'est votre appartement et cet homme le sous-loue, c'est ce que vous êtes en train de me dire ?

Elle hocha la tête.

— Comment s'appelle-t-il ?

— Garry, avec deux R, Tenning. C'est ce qui est imprimé sur ses chèques.

— Et où se trouve Mr Tenning en ce moment ? demandai-je.

— Il est à son poste à la société de construction.

— Il travaille dans le bâtiment la nuit ? m'étonnai-je. Vous avez son numéro de portable ?

— Non. Je l'ai vu tous les jours pendant un an au Starbucks d'en face. On se disait parfois bonjour, on se prêtait un journal. Il paraissait sympa et quand il m'a demandé si je connaissais un endroit pas cher à louer... comme j'avais besoin d'argent...

Cette gamine avait introduit un inconnu dans son appartement. J'eus une soudaine envie de lui secouer les puces, ou même de prévenir sa mère. Mais à la place, je me bornai à lui poser une seule question :

— À quelle heure revient Mr Tenning ?

— Aux alentours de 8 h 30 du matin. Comme je vous l'ai dit, je suis déjà partie au travail quand il arrive. Et maintenant qu'il y a une machine à café au boulot, je vais plus jamais au Starbucks.

— Il va falloir qu'on fouille votre appartement.

— Bien sûr, fit-elle en sortant sa clé de son sac pour me la remettre. Ça me dérange pas du tout, au contraire. Mon Dieu, vous croyez que je partage mon appart avec un tueur ?

103.

— C'est le même que le mien, me dit Cindy au moment où nous entrions dans l'appartement de Portia Fox.

La porte d'entrée ouvrait sur un grand salon donnant sur la rue : spacieux, ensoleillé, meublé de manière moderne.

Il y avait une kitchenette à côté du salon, mais alors que la salle à manger de Cindy était de plain-pied, Miss Fox avait cloisonné la sienne de murs en Placoplâtre avec une porte à âme creuse.

— Il vit là, m'informa Miss Fox.

— Il y a des fenêtres dans sa pièce ? lui demandai-je.

— Non, mais ça ne le dérange pas, au contraire.

Il était vraiment dommage que le salle à manger ait été divisée, car désormais, il nous fallait soit la permission de Tenning pour entrer chez lui, soit un mandat de perquisition. Même si Tenning ne figurait pas sur le bail de Portia Fox, il lui payait un loyer et ça cela le dotait d'un statut juridique.

Posant ma main sur la poignée de la chambre de Tenning, je misai à tout hasard sur l'éventualité qu'elle tournât d'elle-même. Sans grande surprise, la porte était verrouillée.

— Vous avez un ami ou une amie chez qui vous pouvez dormir ce soir ? demandai-je à Portia Fox.

Je postai un agent à l'extérieur de l'appartement pendant que Portia rassemblait quelques affaires. Je donnai ensuite mes clés à Cindy en lui disant d'aller chez moi. Elle ne protesta même pas.

Puis Rich et moi passâmes deux autres heures à questionner les locataires de Blakely Arms. Nous retournâmes au palais à 22 heures.

La salle de garde, déjà pas d'une gaieté folle pendant la journée, était encore plus sinistre la nuit venue. Le plafonnier dispensait un éclairage blanc abrutissant. L'endroit empestait encore les restes de nourriture, balancés à la poubelle au cours de la journée.

Je jetai un gobelet de café froid, allumai mon ordinateur tandis que Rich suivait le mouvement. J'accédai à une banque de données et, alors que je m'étais préparée à de longues recherches, tout ce qu'il nous fallait sur Garry Tenning s'afficha sur mon écran en quelques minutes.

Y figurait un mandat d'arrêt en suspens lancé contre ce dernier. La charge était insignifiante : il ne s'était pas présenté au tribunal pour une banale infraction au code de la route. Mais tout mandat d'arrêt était bon à prendre pour l'embarquer.

Et ça ne s'arrêtait pas là.

— Garry Tenning est employé par Conco Construction, dit Rich. Il peut être en train de patrouiller dans une bonne centaine de chantiers à l'heure qu'il est. Impossible de le localiser jusqu'à l'ouverture des bureaux de Conco demain matin.

— Il a un permis de port d'armes ? demandai-je.

— Ouais. Et tout ce qu'il y a de valide.

Garry Tenning était armé.

104.

Le lendemain matin, une pluie torrentielle noyait San Francisco sous la grisaille, comme si c'était l'un des quarante jours du Déluge.

Conklin gara notre voiture de patrouille dans un terrain vague de Townsend Street devant la Tour 2 du Beacon, un immeuble résidentiel avec des boutiques au rez-de-chaussée, dont le Starbucks où Tenning et Portia Fox avaient fait connaissance.

Par temps clair, on aurait eu une bonne vue sur les deux portes d'entrée des cinq étages de brique de Blakely Arms et sur l'allée étroite qui, partant de Townsend Street, longeait le flanc de l'immeuble et menait dans la cour jusqu'à la porte de service. Mais la pluie ôtait toute visibilité.

Les inspecteurs Chi et McNeil stationnaient dans la voiture derrière nous, en planque eux aussi. Nous guettions un individu de race blanche d'un mètre soixante-dix, aux cheveux châtains et atteint d'une légère calvitie, vêtu peut-être d'un uniforme et sans doute armé d'un Colt.

À moins qu'il n'ait modifié ses habitudes, Tenning s'arrêterait au Starbucks puis traverserait Townsend Street pour retrouver ses pénates entre 8 h 30 et 9 heures.

On supposait que Tenning emprunterait l'allée puis la porte de service de l'immeuble, dont il avait la clé, et enfin l'escalier de secours pour éviter les locataires.

J'épiais à travers les vitres brouillées par la pluie les piétons en imperméable, le visage masqué par des parapluies sombres faire halte à la pharmacie Walgreen, déposer du linge au pressing Fanta Deluxe, courir pour attraper le Caltrain.

Rich et moi étions dangereusement en manque de sommeil, si bien que lorsqu'un quidam correspondant au signalement de Tenning traversa Townsend Street, sans café à la main, je ne fus pas certaine qu'il s'agissait de notre homme... ou si j'avais juste envie que ce fût lui.

— Celui en coupe-vent gris, parapluie noir, lançai-je.

Le feu passant au vert, le flot de la circulation nous masqua la vue assez longtemps pour que mon suspect disparaisse dans la cohue de l'autre côté de la rue. Je songeai qu'il en avait peut-être profité pour se faufiler le long de l'allée menant à l'arrière de Blakely Arms.

— Ouais, c'est ce qu'il a dû faire, acquiesça Conklin.

J'appelai Chi pour le prévenir que nous allions passer à l'action. Nous laissâmes s'écouler deux ou trois minutes... puis Conklin et moi remontâmes notre col et courûmes jusqu'à l'entrée de Blakely Arms.

Nous montâmes en ascenseur jusqu'au quatrième. Puis, utilisant la clé de Portia Fox, je déverrouillai la porte sans l'ouvrir.

Je sortis mon arme de service.

Une fois que Chi et McNeil nous eurent rejoints, Conklin fit une percée dans l'appartement. Nous pénétrâmes tous les quatre à l'intérieur et vérifiâmes dans toutes les pièces avant de nous approcher de l'espace de Tenning.

Je collai mon oreille au battant, entendis un tiroir se fermer, puis des chaussures tomber l'une après l'autre sur le sol sans moquette ni tapis.

Je fis signe à Conklin, qui frappa à la porte de Tenning.

— Police, Mr Tenning. Nous avons un mandat d'arrêt contre vous.

— Foutez le camp ! répondit une voix avec colère. Vous n'avez pas de mandat. Je connais mes droits.

— Mr Tenning, vous avez garé votre véhicule en stationnement interdit devant une caserne de pompiers, vous vous rappelez ? Le 15 août de l'année dernière. Et vous ne vous êtes pas présenté au tribunal.

— Et vous venez m'arrêter pour ça ?

— Ouvrez, Mr Tenning.

La poignée tourna et la porte s'ouvrit en couinant. La mine ennuyée de Tenning s'empourpra quand il nous vit braquer nos armes sur sa poitrine.

Il nous claqua la porte au nez.

— Défonce-la, ordonnai-je.

Conklin donna deux coups de pied dans le battant qui se fendit, puis céda, s'ouvrant largement.

Nous nous abritâmes de part et d'autre de l'embrasure dès que j'aperçus Tenning à trois mètres de nous, le dos collé au mur.

Son Colt.38 était braqué sur nous.

— Vous m'embarquerez pas. Je suis trop crevé, je me sens pas du tout d'attaque pour ça.

105.

Mon rythme cardiaque grimpa en flèche. De la sueur dégoulinait sous mon T-shirt. Pivotant sur moi-même, je m'encadrai sur le seuil.

J'assurai ma posture, jambes écartées, tenant Tenning en joue avec mon Glock. Malgré mon gilet pare-balles, il pouvait m'abattre d'un tir à la tête. Et les cloisons en Placoplâtre, minces comme du papier à cigarette, ne protégeraient pas longtemps mon équipe.

— Lâche ton arme, connard ! criai-je. Ou dans une seconde, je te perce le cœur d'un joli petit trou.

— Quatre flics armés pour une infraction au code de la route ? C'est une blague ! Vous me prenez pour un débile ou quoi ?

— Tu es débile, Tenning, si tu as envie de crever pour une amende de cinquante dollars.

En un clin d'œil, Tenning jaugea mon arme et les trois autres qui le visaient.

— Fais chier, grogna-t-il.

Puis son flingue tomba au sol avec un bruit sourd.

Nous investîmes aussitôt la petite pièce. Une chaise se renversa et une planche à tréteaux valdingua par terre.

J'expédiai d'un coup de pied le flingue de Tenning vers la porte tandis que Conklin le faisait tourner sur lui-même. Il le poussa contre le mur et lui passa les menottes.

— Vous êtes en état d'arrestation pour non-présentation au tribunal, lui annonça Conklin, et pour rébellion contre un agent de la force publique.

J'énumérai ses droits à Tenning. Le stress ajouté à la prise de conscience de ce que je venais de faire me voilait la voix.

— Bon boulot, tous autant que vous êtes, lançai-je, me sentant au bord de l'évanouissement.

— Ça va, Lindsay ? me demanda McNeil en posant sa main sur mon épaule.

— Oui. Merci, Cappy, répondis-je en songeant que cette arrestation aurait pu tourner au bain de sang et que tout ce que nous avions contre Tenning, c'était une infraction au code de la route.

Je jetai un regard à la chambre qu'il sous-louait : un cube de trois mètres sur quatre, un lit à une place, une petite commode en pin, deux meubles de rangement qui servaient de support à la planche qui faisait office de bureau, gisant à présent sur le sol en compagnie d'un ordinateur et de feuilles de papier éparpillées.

Mais autre chose avait été délogé durant l'échauffourée. Un morceau de tuyauterie avait roulé dessous le lit.

De quatre centimètres de diamètre pour trente de long, il était muni d'une valve à l'une des extrémités.

Cet assemblage en deux parties avait tout l'air d'une matraque.

Je m'accroupis pour l'examiner de plus près.

On distinguait une légère tache brune à l'endroit où la valve était vissée dans le tuyau. J'attirai l'attention de Conklin, qui se baissa près de moi. Nous échangeâmes un regard.

— On dirait qu'on s'en est servi comme d'un gourdin, conclut Conklin.

106.

Nous nous trouvions dans la salle d'interrogatoire numéro deux, la plus petite de la brigade criminelle. Tenning était attablé face au miroir sans tain, et je lui faisais face.

Vêtu d'un T-shirt blanc et d'un jean, il avait les coudes sur la table et la tête baissée, si bien que la lumière du plafonnier se réfléchissait sur son crâne atteint de calvitie.

Il refusait de parler sans la présence de son avocat.

Ça prendrait un quart d'heure pour que sa demande filtre jusqu'au bureau de l'aide judiciaire. Puis quinze autres minutes avant qu'un avocat monte rencontrer son client dans notre salle d'interrogatoire.

Entre-temps, rien de ce que nous dirait Tenning ne pourrait être utilisé contre lui.

— On a un mandat pour fouiller tes pénates, lui appris-je. Et le morceau de tuyauterie dont tu t'es servi pour tuer Irene Wolkowski et Ben Wyatt est déjà parti au labo. On aura des résultats avant que ton babillard ne pointe son nez.

Tenning eut un petit sourire narquois.

— Alors fichez-moi la paix jusqu'à ce qu'il soit là, OK ? Laissez-moi réfléchir tranquillement.

— Mais tes pensées m'intéressent, dis-je à Tenning. Toutes ces statistiques sur ces paperasses que j'ai vues dans ton appartement. C'est quoi tout ça ?

— J'écris un livre, et j'aimerais bien aller m'y remettre, en fait.

Conklin entra dans la pièce avec un transistor. Il claqua la porte violemment puis alluma le poste de radio. Le haut-parleur cracha une giclée de parasites bruyants. Il tripota les boutons du cadran pour augmenter le volume.

— Dur d'obtenir une bonne réception ici, fit-il à Tenning. J'aimerais bien savoir quand cette pluie va s'arrêter.

J'aperçus un éclair de panique dans les yeux de Tenning alors que les parasites viraient au glapissement électronique. Tout en observant Conklin triturer les boutons, Tenning se mit à suer à grosses gouttes.

— Eh, vous pourriez pas éteindre ce truc-là ? finit-il par lui dire.

— Un instant..., fit Conklin.

Il monta le volume d'un cran et déposa le poste sur la table.

— Tu veux un café, Garry ? Il vient pas de chez Starbucks, mais il a toute la caféine dont on peut rêver.

— Écoutez, reprit Tenning en fixant la radio, les yeux exorbités. Vous n'êtes pas censés m'interroger en l'absence de mon avocat. Vous devriez me mettre en cellule.

— Mais on ne t'interroge pas, mon pote, objecta Conklin.

S'emparant d'une chaise métallique, il la planta sur le sol à grand fracas tout près de Tenning. Puis il s'y installa.

— On essaie de t'aider. Tu exiges un avocat... très bien, murmura Conklin dans le creux de l'oreille de Tenning. Mais tu renonces à l'occasion de tout avouer et de passer un accord. Aucun problème pour nous, pas vrai, sergent ?

— Ça me va très bien, dis-je assez fort pour couvrir les parasites radio.

En cherchant une station, je tombai sur du hard rock des années quatre-vingt, poussai le son à fond au point que les riffs discordants firent presque vibrer la table.

— On va déterrer les chiens que tu as tués, Garry, criai-je. Et comparer leurs empreintes dentaires avec ces marques que tu as sur les bras. Puis on comparera l'ADN du sang laissé sur ta matraque avec celui de tes victimes. Alors, l'inspecteur Conklin et moi, on s'inscrira pour obtenir des places au premier rang, le jour de ton exécution, genre dans vingt ans d'ici, à moins bien sûr que tu ne préfères que j'appelle le D.A. et qu'on voie avec lui si on peut s'arranger pour t'éviter la peine de mort.

Je consultai ma montre.

— Je te donne dix minutes pour te décider.

Un groupe du nom de Gross Receipts se lança dans une version torturante de *Brain Buster*. Tenning se recroquevilla et plaqua ses mains sur ses oreilles.

— *Arrêtez ça ! Arrêtez ça !* Annulez l'avocat. Je vous dirai tout ce qui s'est passé. Mais, je vous en prie, *arrêtez ce truc* !

107.

Il pleuvait toujours à verse lorsque je me garai derrière le 4 × 4 de Claire.

Je traversai la rue sous la pluie battante et courus jusqu'à l'entrée de Chez Susie. À peine à l'intérieur, je retrouvai le son des percussions et l'odeur de poulet au curry qui m'étaient si familiers.

Tout en accrochant mon manteau derrière la porte, j'aperçus Susie en train d'encourager ses habitués à un concours de limbo pendant que le groupe accordait ses instruments.

— Lindsay ! me héla Susie. Retire-moi vite ces chaussures mouillées. Tu peux y arriver, fillette.

— Pas question, Susie, refusai-je en riant. N'oublie pas, je sais de quoi il retourne.

Je gagnai l'arrière-salle et, alpaguant Lorraine au passage, je lui commandai une Corona.

Yuki me fit signe depuis le box du fond. Puis Cindy releva la tête avec un grand sourire. Je me glissai sur la banquette près de Claire, ma meilleure amie. Ça faisait longtemps que notre groupe ne s'était pas réuni. Bien trop longtemps.

Une fois ma bière servie, Cindy proposa de me porter un toast pour l'arrestation de Garry Tenning.

Je refusai en riant avant d'ajouter :

— J'étais hypermotivée, Cindy. Je n'avais aucune envie de partager mon appart avec quelqu'un et tu te serais installée chez moi à perpète si on n'avait pas chopé ce salopard. Il est en train d'écrire un bouquin intitulé *Le Décompte*, leur appris-je. Il l'a sous-titré en toute modestie *Précis Statistique du Vingtième Siècle*.

— Arrête ! Il écrit sur tout ce qui s'est passé, ces cent dernières années ? demanda Yuki.

— Oui, si on peut appeler « écrire » rédiger des pages et des pages de statistiques ! Par exemple, la quantité de lait et de céréales produite dans chaque État, le nombre d'enfants ayant suivi les cours du primaire, celui d'accidents domestiques dus à des appareils électroménagers...

— Bon Dieu, il y a Google... pour ça, fit remarquer Yuki.

— Mais Garry Tenning, lui, croit dur comme fer que *Le Décompte* est sa vocation, ajoutai-je alors que Lorraine apportait bière et menus. Il vivait sur sa paie de veilleur de nuit sur les chantiers. Ça lui donnait du temps pour « avoir de grandes idées », selon ses dires.

— Mais comment faisait-il pour entendre tous ces gens-là et le bruit qu'ils faisaient en restant calfeutré dans sa petite pièce ? questionna Claire.

— Le son se propage à travers les conduits, expliqua Cindy. Et il resurgit dans les endroits les plus bizarres. Par exemple, j'entends des gens chanter par la bouche d'aération de ma salle de bains. Qui sont-ils ? Où habitent-ils ? Je n'en sais rien.

— Je me demande s'il ne souffre pas d'hyperacousie, suggéra Claire.

— Tu peux répéter ?

— C'est un dysfonctionnement du centre auditif du cerveau, expliqua Claire, malgré le vacarme régnant dans l'arrière-salle et les fracas de vaisselle en provenance de la cuisine. Des sons que les autres entendent à peine sont intolérables pour quelqu'un qui souffre d'hyperacousie.

— Et quel effet cela a-t-il ?

— Ça donne à cette personne le sentiment d'être isolée. Si tu mélanges tout ça avec un trouble de l'humeur en y ajoutant un grain de sociopathologie, ma foi, tu obtiens un Garry Tenning.

— *Le Fantôme de Blakely Arms*, lança Cindy. Dis-moi simplement qu'il n'a aucune chance d'être libéré sous caution.

— Aucune, lui assurai-je. Il a avoué. On est en possession de l'arme du crime. Il est cuit.

— S'il souffre vraiment de ce trouble auditif, Garry Tenning risque de devenir complètement dingue en prison, remarqua Yuki au moment où Lorraine nous apportait notre dîner.

— Votre attention, s'il vous plaît ! fit Cindy en nous montrant ses oreilles.

Nous attaquâmes notre repas, échangeant récits et soucis. Claire nous confia qu'elle avait le double de boulot et qu'un pot d'adieu avait été organisé pour le départ du Dr G., suite à une proposition de travail impossible à refuser, quelque part dans l'Ohio.

Nous portâmes un toast au Dr Germaniuk, puis Claire demanda à Yuki comment elle allait.

— Je me sens un poil cyclothymique, dit Yuki en éclatant de rire. Il y a des jours où je pense que Fredelito-lindo va finir par persuader les jurés qu'il est pour de bon psychopathe. Et le lendemain matin, je me réveille convaincue que je vais battre Mickey Sherman à plates coutures.

Nous nous lançâmes alors dans un concours bon enfant pour trouver un nom au futur bébé de Claire. Cindy, qui s'écria « Margarita, si c'est une fille ! », gagna un verre à l'œil.

Bien trop vite, le dîner fut réduit à un tas d'os dans nos assiettes, et le café fut servi.

Après avoir laissé le montant de l'addition sur la table, nous nous lançâmes un défi à qui se précipiterait la première sous la pluie. Je fus lanterne rouge.

Je roulai vers Potrero Hill, absorbée par le balayage rythmé des essuie-glaces et les phares que je croisais. Je m'aperçus que le silence et le vide, après une journée tumultueuse et une soirée entre amies, me faisaient redescendre sur terre.

Joe ne serait pas assis sur les marches du perron quand j'arriverais chez moi.

Même Martha était en vacances.

Le tonnerre grondait quand je gravis en courant les marches menant à mon appartement. Et il pleuvait toujours quand je me mis au lit, toute seule.

108.

Le lendemain matin, Rich et moi étions sur des charbons ardents à nos bureaux, attendant que Mary Jordan franchisse le portillon. Elle arriva avec dix minutes de retard, l'air passablement secouée.

J'invitai la responsable administrative du Registre Westwood à nous suivre dans cette cellule sans fenêtre qui nous servait de cantine. Rich avança une chaise pour Mary, et je lui préparai un café : noir, deux sucres, comme la dernière fois qu'on l'avait vue.

— J'ai prié pour Madison, dit-elle en se tordant les mains.

Elle avait de grands cernes mauves sous les yeux.

— Je sens tout au fond de mon cœur que j'ai fait ce que Dieu voulait que je fasse.

Ses paroles suscitèrent une légère appréhension au creux de mon estomac.

— Qu'avez-vous fait, Mary ?

— Quand Mr Renfrew est sorti ce matin, je suis retournée dans son bureau. Et j'ai fouillé encore un peu.

Elle déposa sur la table son grand sac à main en simili cuir, et en retira un livre de comptes à l'ancienne, avec une couverture en toile bleu ardoise. On lisait sur une étiquette : GRAND LIVRE QUEENSBURY.

— C'est l'écriture de Mr Renfrew, indiqua Mary Jordan en nous désignant du doigt les lettres capitales et les chiffres nettement tracés. Il s'agit du registre d'une agence que les Renfrew possédaient à Montréal il y a deux ans.

Elle l'ouvrit à la page marquée d'un morceau de papier, puis le tourna vers nous.

C'était la photographie d'un petit garçon blond, âgé d'environ quatre ans, avec des yeux bleu-vert incroyables.

— Vous avez quelques minutes ? demandai-je à Mary Jordan.

Elle acquiesça.

Étant montée en ascenseur avec Kathy Valoy, je savais que celle-ci était à son bureau. Je l'appelai et lui parlai de la photo du petit garçon.

— Les Renfrew, poursuivis-je, se baladent sur tout le continent américain, ouvrant et fermant des agences. Je suppose qu'on a sous les yeux la photo d'une autre victime.

Kathy dut dévaler l'escalier quatre à quatre car à peine avais-je eu le temps de raccrocher qu'elle fit son apparition.

Elle demanda à Mary Jordan si elle avait déterré ce renseignement de son propre chef et Mary lui jura une fois de plus qu'elle ne nous servait pas d'auxiliaire.

— Je vais contacter le juge Murphy, déclara Kathy Valoy tout en fixant la photo et en se passant la main dans ses cheveux bruns coupés court. Je vais voir ce que je peux faire.

Quelques minutes après que nous eûmes raccompagné Mary Jordan jusqu'à l'ascenseur, j'avais Kathy Valoy au bout du fil.

— Je suis en train de vous faxer le mandat de perquisition.

109.

Paul Renfrew répondit aux coups frappés à la porte du Registre Westwood en l'ouvrant à la volée. Il était des plus élégants en costume gris à chevrons, chemise impeccable et nœud papillon. Ses cheveux blonds comme les blés étaient bien coiffés. Il haussa ses sourcils broussailleux au-dessus de ses verres sans monture, puis se fendit d'un grand sourire. Il paraissait absolument enchanté de nous voir.

— Vous m'apportez de bonnes nouvelles ? Vous avez retrouvé Madison ? nous demanda-t-il.

C'est alors qu'il aperçut les quatre agents en uniforme qui descendaient de la fourgonnette.

— Nous avons un mandat de perquisition, Mr Renfrew, lui annonçai-je.

Conklin fit signe aux agents qui grimpèrent les marches, lourdement, des cartons vides sous les bras. Ils nous suivirent dans le long couloir jusqu'au bureau de Renfrew.

L'ordre régnait dans ce lieu de travail. Une tasse de thé était posée sur le bureau, une assiette de muffins entamée se trouvait près d'une grosse pile de dossiers ouverts.

— Et si vous nous disiez tout sur le Registre Queensbury ? demandai-je à Renfrew.

— Asseyez-vous, dit-il en m'indiquant un petit canapé en angle droit dans un coin de la pièce.

Je m'installai et Renfrew fit rouler son fauteuil de bureau vers moi, sans cesser de jeter des regards inquiets vers Conklin, qui donnait des directives aux flics. Ils se mirent à balancer dossiers, classeurs et autres chemises dans les cartons.

— Queensbury n'a rien de secret, reprit Renfrew. Je vous en aurais sûrement parlé mais nous avons fermé l'agence parce qu'elle a fait faillite.

Il ouvrit ses paumes, comme pour signifier qu'il n'avait rien dans les mains ni dans les manches.

— Je suis à tous égards un très mauvais homme d'affaires, ajouta Renfrew.

— Nous devons parler à votre femme, annonçai-je.

— Bien entendu, elle aussi veut vous parler. Elle revient de Zurich ce soir.

L'attitude franche de Renfrew était si conquérante que je le laissai croire qu'il m'avait gagnée à sa cause. Je lui souris, puis lui demandai :

— Connaissez-vous cet enfant ?

Renfrew prit la photo du petit garçon blond aux yeux bleu-vert et la détailla.

— Je ne le reconnais pas. Je devrais ?

Conklin s'approcha, un flic derrière lui et plusieurs registres à couverture bleue sous le bras.

— Mr Renfrew, vous êtes interdit d'activité pendant soixante-douze heures. Cela inclut l'utilisation du téléphone sur votre lieu de travail. Voici l'agent Pat Noonan. Sa mission est de s'assurer que votre agence restera bien fermée jusqu'à expiration du mandat.

— Il va s'installer ici ?

— Jusqu'à ce qu'on le relève. Dans huit heures, à peu près. Vous connaissez quelque chose au football ? Pat est un grand fan des Fighting Irish. Il peut être rasoir si vous le branchez sur le sujet.

Noonan sourit mais le visage de Renfrew était dénué d'expression.

— Encore une chose, Mr Renfrew, n'essayez pas de quitter la ville. Ça ferait vraiment mauvais effet.

110.

La tension qui régnait dans le bureau de Tracchio frôlait l'insupportable. Les médias, tel un monstre insatiable, nous harcelaient sans relâche depuis plus d'une semaine – à la radio, dans la presse dite sérieuse comme dans les tabloïds de supermarché. Et on n'avait rien à leur opposer.

Une jeune fille de dix-neuf ans avait été assassinée. La fille d'une famille en vue avait disparu et était tenue pour morte.

C'était difficile à vivre et tous ceux présents dans le bureau de Tracchio se sentaient personnellement impliqués.

— Boxer, tu veux bien exposer les faits au chef ? me demanda Jacobi.

Je décochai à ce dernier un coup d'œil qui disait : « Je sais ce que j'ai à faire, lieutenant. »

J'énumérai ce que nous avions, disposant chacune des pièces à conviction sur le bureau. D'abord, la copie des lettres des kidnappeurs, puis les photos des trois enfants : Erica Whitten, Madison Tyler et le petit garçon anonyme aux yeux bleu-vert.

— Nous ne connaissons pas l'identité de ce petit garçon, précisai-je. Renfrew affirme ne pas le connaître, mais sa photo était glissée dans ce registre lui appartenant.

Rich plaça le Grand Livre Queensbury sur le bureau près des deux Grands Livres Westwood.

— Nous savons que les Renfrew ont dirigé trois agences de jeunes filles au pair : l'une à Boston, celle qu'ils dirigent ici et encore une autre, antérieure : le Registre Queensbury, à Montréal. La police de Montréal a un dossier non résolu, poursuivis-je. Un petit garçon du nom d'André Devereaux a été enlevé sur un terrain de jeux, près de chez lui, il y a deux ans. Il avait une nounou.

— Dépendait-elle du Registre Queensbury ?

— Oui, chef, répondit Conklin. J'ai vérifié ces livres de compte. Entre le loyer, le coût du recrutement et de l'importation de ces filles depuis l'Europe, les frais de fonctionnement et autres charges – même en pratiquant des honoraires de placement colossaux –, les Renfrew souffrent d'hémorragie financière.

— Et pourtant, ils poursuivent leurs activités, notai-je. Ce qui oblige à se demander comment. Où sont leurs bénéfices ?

Le lieutenant Macklin fit glisser la sortie imprimante d'une photo vers Tracchio.

— Voici André Devereaux, dit-il, l'enfant canadien kidnappé. Il ressemble trait pour trait au petit garçon dont on a retrouvé la photo dans le Grand Livre Queensbury. La nounou d'André était une citoyenne suédoise du nom de Britt Osterman. Elle était employée par le Registre Queensbury. Une semaine après l'enlèvement d'André Devereaux, on a découvert le cadavre de Britt Osterman dans le fossé d'une route secondaire. Une balle dans la tête.

» Le Registre Queensbury était la propriété de deux Américains se faisant appeler John et Tina Langer. Lesdits Langer ont disparu après le double kidnapping Devereaux/Osterman. La police canadienne nous a envoyé par mail cette photo du couple.

Macklin déposa une nouvelle sortie laser d'une photo sur le bureau de Tracchio : elle représentait un homme et une femme de race blanche âgés d'une cinquantaine d'années.

Le cliché amateur avait été pris lors d'une réception. Pièce magnifique. Lambris sculptés. Les hommes en smoking, les femmes en robes de cocktail.

Posant un doigt sur la photo, Macklin isola une femme brune, proche de la cinquantaine, vêtue d'une robe décolletée couleur bronze. Elle s'appuyait à un homme qui, tout sourires, l'enlaçait d'un bras passé autour de sa taille.

Si je ne pouvais que supputer l'identité de cette femme, je connaissais bien l'homme en question. Ses cheveux noirs étaient peignés en arrière, il arborait un bouc et ne portait pas de lunettes.

Mais j'avais vu ce visage il y a peu de temps. Je le reconnaissais très bien.

John Langer et Paul Renfrew ne faisaient qu'un.

111.

Juste après midi, ce même jour, Conklin et moi nous trouvions à l'Uncle Café, dans Chinatown. Nous avions commandé tous deux le plat du jour du mercredi : rôti en cocotte, purée de pommes de terre et haricots verts. Si Conklin avait attaqué vaillamment sa purée, je manquais quant à moi d'appétit.

Depuis notre table, nous jouissions d'une vue imprenable sur une rangée de maisons en brique et le Registre Westwood, de l'autre côté de cette rue lugubre.

Une Chinoise enceinte remplit nos tasses de thé. En regardant à travers la devanture une infime seconde plus tard, Paul Renfrew, comme il se faisait appeler maintenant, franchissait le seuil de sa maison et descendait les marches du perron.

— Vise-moi un peu ça, dis-je en tapant de ma fourchette sur l'assiette de Conklin.

Mon portable sonna. C'était Pat Noonan.

— Mr Renfrew m'a annoncé qu'il sortait déjeuner et qu'il serait de retour dans une heure.

J'en doutais fort.

Renfrew allait s'enfuir.

Sans avoir idée du nombre d'yeux qui l'épiaient.

Conklin régla l'addition. Je passai des coups de fil à Stanford et à Jacobi, zippai mon blouson tout en observant Renfrew arriver d'un pas alerte devant herboristeries et autres boutiques souvenirs, se dirigeant vers l'angle de Waverly Place et Clay Street.

Conklin et moi montâmes dans notre Crown Victoria à l'instant même où Renfrew déverrouillait la portière de son coupé BMW bleu nuit. Après un regard jeté derrière lui, il s'installa au volant et prit la direction du sud.

Dave Stanford et sa coéquipière, Heather Thomson pilèrent derrière Renfrew quand il atteignit Sacramento Street, tandis que Jacobi et Macklin empruntaient un itinéraire vers le nord, direction Broadway Avenue. Nos talkies-walkies bipaient et jacassaient au fur et à mesure que les membres de notre équipe signalaient leurs positions et celle de la BMW, la laissant filer parfois pour mieux regagner leur place en slalomant et reprendre la filature.

Mon cœur battait la chamade tandis que nous suivions le trajet de Paul Renfrew.

Nous traversâmes le Bay Bridge, puis nous roulâmes vers le nord, via le Highway 24, pour pénétrer enfin dans Contra Costa County.

Conklin et moi étions dans la voiture de tête au moment où Renfrew quitta Altarinda Road pour l'une des routes secondaires menant à Orinda, ville tranquille huppée, en partie dissimulée dans les replis des collines environnantes.

J'entendis Jacobi prévenir à la radio la police locale que nous effectuions une opération de surveillance dans le cadre d'une enquête criminelle en cours. Macklin réclama du renfort auprès de la police d'État, puis celle d'Oakland à laquelle il demanda un hélicoptère. J'entendis ensuite la voix de Stanford qui réclamait les grands moyens, à savoir un groupe d'intervention du FBI.

— Le SFPD vient de perdre le contrôle de l'opération, dis-je à Conklin alors que la BMW de Renfrew ralentissait, avant de s'engager dans l'allée d'une maison blanche à multiples pignons et aux volets bleus.

Conklin dépassa la maison comme si de rien n'était.

Arrivés à l'embranchement, au bout de la route, nous fîmes demi-tour. Puis, rebroussant chemin, nous nous garâmes dans l'ombre des arbres, juste en face de l'endroit où Renfrew avait rangé sa BMW bleue, près d'un minivan Honda noir.

Il ne pouvait s'agir en aucun cas d'une coïncidence.

Ce van devait être le même que celui qui avait servi à l'enlèvement de Madison Tyler et Paola Ricci.

112.

J'entrai le numéro d'immatriculation du van dans l'ordinateur de bord. J'envisageais déjà un mandat de perquisition pour faire emmener le véhicule en fourrière. J'entrevoyais, avec une petite lueur d'espoir, la possible découverte d'une goutelette du sang de Paola Ricci dans une couture du revêtement intérieur de la Honda... ce qui constituerait une preuve irréfutable et relierait les Renfrew à l'enlèvement de Paola Ricci et de Madison Tyler.

Au cours de l'heure qui suivit, deux périmètres de sécurité furent délimités. Le périmètre intérieur encerclait la demeure à pignons, l'autre bouclait une zone de deux blocs autour de la maison.

On n'avait noté aucune activité dans la maison, et je me demandai ce qui se passait à l'intérieur. Renfrew faisait-il ses bagages ? Détruisait-il des archives ?

Il était presque 16 heures lorsque cinq 4 × 4 noirs remontèrent la rue et se garèrent près de la maison.

Dave Stanford s'approcha de la vitre de ma voiture et me tendit un mégaphone. Ses cheveux avaient été coupés selon les critères en vigueur au FBI, toute trace d'humour avait disparu de ses yeux bleus. Dave ne bossait plus incognito.

— On a pris les rênes, Lindsay, annonça-t-il. Mais comme Renfrew vous connaît, tâchez de le faire sortir de la maison.

Conklin tourna la clé de contact. Nous traversâmes la rue jusqu'à l'allée. Nous bloquions ainsi le passage au van et à la BMW.

M'emparant du mégaphone, je me tins derrière la portière ouverte de la voiture.

— Paul Renfrew, criai-je. Ici le sergent Boxer. Nous avons un mandat d'arrêt contre vous. Vous êtes soupçonné de meurtre. Sortez lentement, les mains en l'air.

Ma voix tonnait dans ce quartier résidentiel paisible. Des oiseaux prirent leur envol, masquant le battement des pales de l'hélicoptère.

— Ça bouge au premier, dit Conklin.

Tous mes muscles se raidirent. Je balayai des yeux la façade de la maison. Je ne vis rien, mais j'avais la chair de poule. Comme si l'on braquait une arme sur moi.

Je repris le mégaphone, appuyai sur le bouton.

— Mr Renfrew, c'est votre dernière chance, profitez-en. Nous avons ici assez d'artillerie pour réduire votre maison en un tas de décombres. Ne nous obligez pas à nous en servir.

La porte d'entrée s'entrebâilla. Renfrew apparut dans l'ombre.

— Je sors. Ne tirez pas ! Je vous en prie, ne tirez pas ! cria-t-il.

Je lançai un coup d'œil à ma gauche pour voir comment le groupe d'intervention du FBI réagissait. Plus d'une dizaine de fusils M16 étaient braqués sur la porte d'entrée. Et je savais que sur un toit, quelque part, à une centaine de mètres sans doute, un tireur isolé armé d'un Remington 700 à lunette superpuissante gardait le front de Renfrew en ligne de mire.

— Sortez pour qu'on puisse vous voir, criai-je à l'homme qui se tenait sur le seuil. Vous avez pris la bonne décision, Mr Renfrew. Et maintenant, tournez-vous et reculez vers moi en vous guidant au son de ma voix.

Renfrew se tenait sous le fronton, à l'entrée de la maison. Neuf mètres de pelouse nous séparaient.

— Je ne peux pas faire ça, supplia Renfrew faiblement. Si jamais je sors, elle me descend.

113.

Renfrew avait l'air terrorisé et à juste titre. Au moindre faux mouvement, son espérance de vie n'excéderait pas les deux secondes.

Mais il n'avait pas peur de nous.

— Qui veut vous descendre ? criai-je.

— Laura, ma femme. Elle se trouve à l'étage, armée d'un semi-automatique. Je n'arrive pas à la convaincre de sortir. Je crois qu'elle va essayer de m'empêcher de me rendre.

L'affaire tournait au vinaigre. Si on voulait apprendre ce qui était arrivé à Madison Tyler, on devait garder Paul Renfrew en vie.

— Faites exactement ce que je vous dis, repris-je. Retirez votre veste et jetez-la loin de vous... Bien. Maintenant, retournez les poches de votre pantalon.

Le micro de ma radio était ouvert, si bien que tous ceux qui étaient branchés sur notre canal pouvaient m'entendre.

— Débouclez votre ceinture, Mr Renfrew. Et baissez votre pantalon.

Renfrew me lança un coup d'œil, mais obéit. Le pantalon tomba, sa chemise le couvrait jusqu'au haut des cuisses.

— Maintenant, retournez-vous lentement. Relevez votre chemise jusqu'à la taille, lui dis-je alors qu'il s'exécutait avec difficulté. OK, vous pouvez vous rhabiller.

— Maintenant, je veux que vous retroussiez le bas de votre pantalon jusqu'aux genoux.

— Jolies jambes pour un mec, nota Conklin à mon adresse par-dessus le toit de notre voiture. Maintenant, faisons-le sortir de là.

J'acquiesçai, songeant que si sa femme dévalait les escaliers, elle pourrait tirer sur Renfrew par la porte ouverte.

J'ordonnai à ce dernier de lâcher le bas de son pantalon et de sortir en se collant contre le mur de la maison.

— Si vous faites ce que je vous dis, elle ne pourra pas vous mettre en joue, le rassurai-je. Plaquez vos deux mains contre le mur. Contournez l'angle sud de la façade, puis couchez-vous par terre, les mains croisées sur la nuque.

Une fois Renfrew allongé sur le sol, une Chevrolet Suburban noire roula sur la pelouse. Deux agents du FBI en bondirent et, après avoir passé les menottes à Renfrew, le palpèrent de haut en bas.

Ils le poussaient sur la banquette arrière de leur véhicule quand j'entendis des bris de verre en provenance du premier étage de la maison à pignons. *Et merde.*

Un visage de femme apparut derrière la vitre.

Elle tenait un flingue contre la tempe d'une petite fille dont l'expression était figée, yeux écarquillés, bouche bée.

C'était Madison Tyler.

Celle qui la retenait captive n'était autre que Tina Langer, alias Laura Renfrew. Et elle avait tout l'air d'une tueuse. Son visage déformé par la rage n'exprimait aucune peur.

Elle nous apostropha par la fenêtre :

— La fin de partie est toujours ce qu'il y a de plus intéressant, vous ne trouvez pas, sergent Boxer ? J'exige un laissez-passer. Et, je précise, un laissez-passer pour moi *et* pour Madison. Cet hélicoptère me semble un bon début. Il vaudrait mieux prévenir son pilote. Faites-le atterrir sur la pelouse. Et que ça saute. Ah, au fait... à la première tentative contre moi, je descends cette petite...

Je vis le trou noir sur son front avant même d'entendre l'écho de la détonation du Remington se répercuter depuis le toit de l'autre côté de la rue.

Madison hurlait. Celle qui se faisait appeler Laura Renfrew resta pétrifiée dans l'encadrement de la fenêtre.

Puis elle lâcha la fillette dans sa chute.

114.

Est-ce que Madison Tyler allait bien ? Je n'avais pas d'autre idée en tête quand nous déboulâmes, Conklin et moi, dans la chambre à coucher au premier étage. Mais la fillette n'était pas là.

— Madison ? m'écriai-je.

Un lit défait était poussé contre le mur adjacent à la porte. Une valise ouverte était posée sur le lit, des vêtements de fillette jetés à l'intérieur.

— Où es-tu, Madison ? cria Conklin en s'approchant de la penderie. C'est la police.

Nous atteignîmes la penderie en même temps.

— Madison, tout va bien, ma chérie, dis-je en tournant la poignée. Plus personne ne te fera de mal.

J'ouvris le battant et aperçus des vêtements entassés sur le sol que la respiration de quelqu'un soulevait légèrement.

Je m'accroupis, toujours effrayée de ce que je risquais de découvrir.

— Maddy, fis-je, je m'appelle Lindsay et je suis de la police. Je suis venue pour te ramener chez toi.

En écartant la pile de vêtements, j'aperçus enfin la fillette. Elle geignait doucement, recroquevillée sur elle-même, en se berçant les yeux fermés.

Dieu merci, c'était bien Madison.

— C'est fini, ma chérie, murmurai-je d'une voix tremblotante. Tout va aller très bien, maintenant.

Madison ouvrit les yeux et je lui tendis les bras. Elle se jeta contre moi et je la serrai très fort, pressant ma joue contre ses cheveux.

Saisissant mon portable, je composai un numéro que je connaissais par cœur. Mes mains tremblaient si fort que je dus m'y reprendre à deux fois. On répondit à mon appel à la seconde sonnerie.

— Mrs Tyler, ici Lindsay Boxer. Je suis avec l'inspecteur Conklin. Et Madison est avec nous.

Baissant le téléphone à la hauteur de Madison, je lui murmurai :

— Dis quelque chose à ta maman.

115.

Tôt, ce même soir, Conklin et moi nous trouvions au Q.G. du FBI sur Golden Gate Avenue, au douzième étage. Entassés dans une pièce en compagnie de quinze autres agents, nous regardions sur des moniteurs vidéo Dave Stanford et sa coéquipière interroger Renfrew.

Assise près de Conklin, j'observai Stanford et Heather Thomson disséquer les actes criminels commis par Paul Renfrew, connu aussi sous les noms de John Langer, David Cornwall et Josef Waller, celui qu'on lui avait donné à sa naissance.

— Il monopolise toute l'attention et il boit du petit-lait, dis-je à Conklin.

— Il a de la chance que je ne me trouve pas avec lui dans ce box, répondit-il. Je pourrais pas supporter ça.

« Ça », c'était l'affabilité auto-satisfaite de Waller. Au lieu de la ramener ou de se montrer arrogant, Waller s'adressait à Stanford et à Thomson comme s'ils étaient collègues, comme s'il s'attendait à avoir une relation suivie avec eux une fois qu'il aurait achevé l'habile récit de son parcours.

Macklin, Conklin et moi étions rivés à nos sièges tandis que Waller égrenait leurs noms d'un ton caressant : André Deveraux, Erica Whitten, Madison Tyler et aussi Dorothea Alvarez, une fillette originaire de Mexico.

Une enfant dont on n'avait rien su.

Une enfant qui était peut-être encore en vie.

Tout en sirotant son café, Waller révéla à Stanford et Heather Thomson le lieu où se trouvaient les trois enfants disparus, servant de *sex toys* à des individus fortunés dans leurs demeures, éparpillées sur le globe.

— C'est ma femme qui a eu l'idée de faire venir des jolies filles originaires d'Europe, disait Waller, et de les placer au pair dans des familles bien sous tous rapports. Puis de trouver des acheteurs pour les enfants. Je travaillais avec les nounous. C'était mon job. Mes filles étaient très fières des gamins les plus beaux, les plus intelligents et les plus doués. Et je les encourageais à tout m'apprendre sur eux.

— Donc, les nounous se bornaient à vous désigner les enfants sans jamais se douter du sort que vous leur réserviez, conclut Heather Thomson.

Renfrew sourit.

— Comment trouviez-vous vos acheteurs ? demanda Stanford.

— Par le bouche à oreille, répondit Renfrew. Tous nos clients étaient des hommes riches et de qualité. J'ai toujours senti que les enfants étaient entre de bonnes mains.

J'eus envie de vomir mais, agrippant les accoudoirs du fauteuil, je restai scotchée à l'écran qui me faisait face.

— Vous avez gardé Madison presque quinze jours, reprit Heather Thomson, ça me semble un peu risqué.

— On attendait un transfert de fonds, lâcha Waller sur un ton de regret. On nous avait promis un million et demi de dollars pour Madison mais l'affaire est tombée à l'eau. On avait une autre offre, pas aussi bonne, puis l'acheteur d'origine est revenu en lice. Ces quelques jours de trop ont causé notre perte.

— Revenons à l'enlèvement de Madison et de Paola, dit Stanford. Il y avait énormément de monde dans le parc, ce jour-là. C'était en plein jour. Ce kidnapping était très impressionnant, je dois dire. J'aimerais savoir comment vous avez réussi ce coup-là.

— Ah oui, mais il faut malgré tout avouer que ça a bien failli virer au désastre, admit Waller en soupirant, réfléchissant à la façon de présenter les choses. On a roulé avec le van jusqu'à l'aire de jeux de l'Alta Plaza, commença le psychopathe en costume à chevrons. J'ai demandé à Paola et à Madison de nous suivre. Vous voyez, les enfants faisaient confiance à leurs nounous, et leurs nounous, à nous.

— Génial, fit Stanford.

Renfrew acquiesça et, ayant reçu de tels encouragements, eut envie de poursuivre.

— On a dit à Paola et à Madison qu'il fallait retourner d'urgence chez les Tyler, qu'Elizabeth avait été victime d'une chute. J'ai endormi Madison avec du chloroforme sur le siège arrière, selon le plan précis qu'on avait suivi dans trois autres kidnappings. Mais Paola a tenté de s'emparer du volant. On aurait pu tous y rester. Je devais la neutraliser illico presto. Et vous, qu'auriez-vous fait ? demanda Renfrew à Dave Stanford.

— Je vous aurais étouffé au berceau, répondit Stanford. Bon Dieu, qu'est-ce que j'aurais aimé pouvoir le faire.

V

FREDELITO-LINDO

116.

La tribune était bourrée à craquer d'employés juridiques, de journalistes criminels, de membres des familles des victimes et de dizaines de personnes qui se trouvaient à bord du *Del Norte* lors de la funeste fusillade d'Alfred Brinkley. Les murmures enflèrent quand Brinkley, escorté de deux gardiens, pénétra dans la salle d'audience.

« Le voilà ! »

« Le tireur du bac. »

Mickey Sherman resta debout pendant qu'on ôtait à son client ses menottes et les chaînes qui lui ceinturaient la taille. Il avança une chaise à Brinkley qui lui demanda :

— J'aurai une chance de m'exprimer ?

— J'y songe, répondit Sherman à son client. Vous êtes sûr de vous, Fred ?

Brinkley opina.

— De quoi j'ai l'air ?

— Vous avez l'air bien.

Mickey, se carrant sur son siège, détailla attentivement son client : pâle, la peau sur les os, les cheveux coupés à la diable, les joues rougies par le feu du rasoir, arborant son costume tel un épouvantail.

En règle générale, on n'appelle pas son client à la barre à moins d'être en train de boire la tasse, et même dans ce cas-là, seulement si ledit client est assez crédible et sympathique pour charmer les jurés.

Fred Brinkley avait tout d'un gros ballot.

Par ailleurs, qu'avaient-ils à perdre ? L'accusation disposait de témoins oculaires, d'une bande vidéo et d'aveux. Sherman retourna donc cette idée sous toutes les coutures. Éviter de courir un gros risque contre la maigre chance que « Fredelito Lindo » arrive à convaincre les jurés que la rumeur dans sa tête était insupportable au point qu'il n'avait plus toute sa raison quand il avait tiré sur tous ces pauvres gens...

Même si Fred avait le droit de témoigner pour se défendre, Sherman comptait bien l'en dissuader. Il était toujours indécis quand les jurés s'installèrent dans le box et que le juge prit place. L'huissier déclara l'audience ouverte. Une chape de silence et d'impatience s'abattit sur le tribunal.

Le juge Moore regarda par-dessus la monture noire de ses lunettes aux verres épais.

— Êtes-vous prêt, maître Sherman ? demanda-t-il.

— Oui, monsieur le président, lui répondit Sherman en se levant.

Il boutonna la veste de son costume. Puis s'adressa à son client :

— Fred...

117.

— Et donc, peu après l'accident de votre sœur, vous êtes entré à l'hôpital de Napa State ? demanda Sherman tout en remarquant que Fred était parfaitement à l'aise à la barre, ce qui augurait bien mieux qu'il ne l'avait espéré.

— Oui, je me suis fait interner volontairement. Je craquais complètement.

— Je vois. Vous étiez sous traitement à Napa ?

— Bien sûr que oui. Avoir seize ans, c'est déjà assez galère comme ça sans avoir votre petite sœur qui meurt sous vos yeux.

— Donc, vous étiez déprimé parce que, quand votre sœur, frappée par la baume du voilier, est passée par-dessus bord, vous n'avez pas pu la sauver ?

— Monsieur le président, intervint Yuki en se dressant. Nous ne voyons aucune objection à ce que Mr Sherman témoigne, mais je crois qu'il faudrait au moins lui faire prêter serment.

— Je vais vous poser une autre question, reprit Sherman, souriant et détendu, ne s'adressant qu'à son client. Fred, entendiez-vous des voix dans votre tête avant l'accident de votre sœur ?

— Non, j'ai commencé à l'entendre, lui, juste après.

— Fred, pouvez-vous dire aux jurés de qui vous parlez ?

Brinkley, se plaquant les deux mains sur le sommet du crâne, soupira profondément, comme si décrire cette voix allait lui donner vie.

— Vous voyez, y a pas qu'une seule voix, expliqua Brinkley. Y a d'abord une voix de femme, genre gnagnagna, mais elle, faut oublier. Puis y a l'autre voix, et lui, c'est vraiment un fou furieux. Je peux pas le contrôler, lui, il me crie dessus, encore plus, toujours plus. Lui, *il me commande*.

— C'est cette voix-là qui vous a ordonné de tirer, ce jour-là, sur le ferry ?

Brinkley opina d'un air malheureux.

— Il me gueulait : « *Tue ! Tue ! Tue !* » et plus rien d'autre n'avait d'importance. Je pouvais rien entendre d'autre à part lui. Je pouvais rien faire d'autre que ce qu'il me disait. Y avait plus que lui, tout le reste, c'était qu'un cauchemar horrible.

— Fred, est-il exact de dire que vous n'auriez jamais, au grand jamais, tiré sur personne sans les voix qui vous ont « commandé » pendant les quinze années qui se sont écoulées depuis l'accident de votre sœur ? lui demanda Sherman.

Mais il remarqua qu'il avait perdu l'attention de son client, que Fred fixait quelque chose ou quelqu'un dans la tribune.

— Ma mère est là ! s'étonna Brinkley. Ma maman à moi !

Des têtes pivotèrent vers une séduisante Afro-Américaine à peau claire, cinquante ans à peine, qui longeait une rangée de sièges et qui sourit sèchement à son fils avant de s'asseoir.

— Fred, le rappela à l'ordre Sherman.

— Maman ! Je vais tout dire ! s'écria Brinkley, gazouillant d'émotion, le visage tordu par la souffrance. Tu m'écoutes, maman ? Prépare-toi à entendre la vérité ! Maître Sherman, vous avez tout faux. Vous arrêtez pas d'appeler ça un accident. La mort de Lily, c'était pas du tout un accident !

Sherman se tourna vers le juge et déclara calmement :

— Monsieur le président, le moment me semble bien choisi pour faire une pause...

— Mais j'ai pas besoin de faire une pause, moi, le coupa Brinkley. À vrai dire, j'ai plus du tout besoin de vos services, maître Sherman.

118.

— Monsieur le président, reprit Sherman d'un ton égal, faisant de son mieux pour se comporter comme si son client n'avait pas dangereusement dérapé. Je demande que le témoignage de Mr Brinkley soit supprimé des minutes.

— Sous quel motif, maître Sherman ?

— Je baisais avec elle, maman ! gueula Brinkley à travers le prétoire. On l'avait déjà fait. Elle était en train d'enlever le haut quand la baume a pivoté...

— Oh mon Dieu ! gémit quelqu'un dans la tribune.

— Monsieur le président, insista Sherman, ce témoignage est irrecevable.

Yuki ne fit qu'un bond.

— Monsieur le président, Me Sherman a tendu la perche à son témoin... qui est aussi son client !

Brinkley se détourna de sa mère, clouant les jurés à leur place de son regard fixe, intense et sournois.

— Je jure de dire la vérité, fit-il alors que le chaos submergeait la salle d'audience.

Même les coups de marteau du juge, qui l'abattait assez fort au risque de le fendre, furent noyés sous le tumulte.

— Et la vérité, c'est que j'ai pas levé le petit doigt pour sauver ma sœur, ajouta Brinkley, écumant de bave. Si j'ai tué tous ces gens sur le bac, c'est parce qu'il m'a dit de le faire. Je suis un type dangereux !

Sherman se rassit à la table de la défense et se mit à ranger calmement des dossiers dans un classeur. Brinkley commença à hurler.

— Ce jour-là, sur le bac, j'ai mis en joue tous ces gens et j'ai appuyé sur la détente. Je pourrais le refaire !

Les jurés ouvraient de grands yeux devant Fred Brinkley qui s'essuyait de la paume les larmes baignant ses joues creuses.

— Ça suffit, Mr Brinkley, le coupa le juge d'un ton sec.

— Vous avez prêté serment, tous autant que vous êtes, de rendre la justice, claironna Brinkley, martelant ses genoux en rythme. Vous devez m'exécuter pour ce que j'ai fait à ces gens-là. C'est la seule façon de vous assurer que je le referai plus jamais. Et si vous me condamnez pas à la peine de mort, je vous promets que je recommencerai.

Mickey Sherman rangea le classeur dans sa mallette métallique, dont il enclencha les fermoirs. Il pliait boutique.

— Maître Sherman, lui dit le juge Moore, le visage cramoisi par l'exaspération. Avez-vous d'autres questions à poser à votre témoin ?

— Je n'en ai aucune en tête, monsieur le président.

— Maître Castellano ? Désirez-vous procéder à un contre-interrogatoire ?

Yuki ne pouvait rien dire qui pût surpasser les propres déclarations de Brinkley : « Si vous me condamnez pas à la peine de mort, je vous promets que je recommencerai. »

— Je n'ai pas d'autre question, monsieur le président, répondit Yuki.

Mais quand le juge demanda à Brinkley de se rasseoir, un petit voyant rouge se mit à clignoter dans la tête de Yuki.

Brinkley venait-il vraiment de clouer lui-même son cercueil ?

Ou bien avait-il fait davantage pour convaincre les jurés de sa folie que tout ce que Mickey Sherman avait pu dire ou faire ?

119.

Fred Brinkley était assis sur la couchette de sa cellule de trois mètres sur deux, au neuvième étage du palais de justice.

Il y avait du bruit tout autour de lui : les voix des autres prisonniers, le couinement des roues du chariot des repas, le fracas métallique des portes qui se fermaient et dont l'écho se répercutait le long de la rangée de cellules.

Le plateau du dîner de Brinkley était posé sur ses genoux. Il mangeait le blanc de poulet tout sec, la purée liquide, le petit pain dur comme du bois, le même que celui qu'on lui avait donné la veille au soir, mâchant ses aliments consciencieusement mais sans aucun plaisir.

Il s'essuya la bouche avec la serviette en papier brun, qu'il roula en boule, aussi ronde et compacte qu'une bille avant de la lâcher au milieu de son assiette.

Puis il rangea soigneusement les couverts en plastique sur le côté, se leva, fit deux pas et glissa le plateau sous la porte.

Retournant à sa couchette, il s'appuya contre le mur, les jambes pendantes. Dans cette position, il avait une vue imprenable sur le lavabo et les chiottes à sa gauche, et sur la totalité du mur en parpaings en face de lui.

Le mur de béton était peint en gris, recouvert ici et là de graffiti. Numéros de téléphone, mots d'argot, noms de gangs et autres symboles qu'il ne comprenait pas.

Il se mit à compter les parpaings du mur, suivit des yeux les joints comme si le ciment qui collait les blocs ensemble était un labyrinthe dont la sortie se trouvait parmi ces innombrables lignes.

À l'extérieur de sa cellule, un gardien récupéra le plateau. On lisait sur son badge : OZZIE QUINN.

— C'est l'heure des cachets, Fredo, annonça Ozzie.

Brinkley s'approcha des barreaux de la porte, tendit la main et prit le gobelet contenant ses cachets. Le gardien veilla à ce que Brinkley le vide dans sa bouche.

— En avant, déclara Ozzie qui lui passa un autre gobelet à travers les barreaux, rempli d'eau cette fois. Il vérifia que Brinkley avalait bien ses cachets.

— Dix minutes avant l'extinction des feux, annonça Ozzie à Fred.

— Fais de beaux rêves, lui répondit ce dernier.

Il retourna à son matelas, s'appuya à nouveau contre le mur. Il essaya de fredonner entre ses dents. « Ay, ay, ay,ay, Mama-cita-lindo. »

Agrippant alors le bord de sa couchette, il s'élança tête la première contre le mur en béton.

Puis il recommença.

120.

Quand Yuki entra dans la salle d'audience, Leonard Parisi, son boss, était assis près de David Hale à la table de la défense. Yuki avait appelé Len dès qu'elle avait appris la tentative de suicide de Brinkley, mais elle ne s'était pas attendue à le trouver au tribunal.

— Leonard, ça fait du bien de vous voir, lui dit-elle tout en se demandant s'il allait lui reprendre l'affaire.

— Les jurés sont tombés d'accord ? lui demanda Parisi.

— C'est ce qu'ils ont dit au juge. Personne ne tient à ce que le procès soit annulé. Mickey n'a même pas demandé d'ajournement.

— Bien. J'adore ce salopard qui se la pète, marmonna Parisi.

De l'autre côté, Sherman parlait à son client. Brinkley avait le tour des yeux noir et bleu et une large bande de gaze collée sur le front. Il portait une blouse d'hôpital bleu pâle en coton sur un pantalon de pyjama rayé. Tête baissée, il s'arrachait les poils du bras tout en écoutant Sherman. Il ne releva même pas les yeux quand l'huissier annonça l'entrée de la cour.

Le juge s'installa, se versa un verre d'eau puis demanda à Yuki si elle était prête à faire son réquisitoire.

Cette dernière acquiesça, puis s'avança jusqu'au pupitre, le sang battant à ses tempes. Elle s'éclaircit la gorge puis, après avoir salué les jurés, elle entama son réquisitoire.

— Nous ne sommes pas ici pour décider si Mr Brinkley a des problèmes psychologiques, commença Yuki. Nous avons tous des problèmes et certains d'entre nous les gèrent mieux que d'autres. Mr Brinkley a déclaré entendre une voix agressive dans sa tête, c'est peut-être vrai.

» Nous ne pouvons pas le savoir et ça n'a pas d'importance. La maladie mentale n'est pas un permis de tuer, mesdames et messieurs, et entendre des voix dans sa tête ne change rien au fait qu'Alfred Brinkley savait que ce qu'il faisait était mal quand il a exécuté quatre innocents, y compris le plus innocent de tous : un petit garçon de neuf ans.

» Comment pouvons-nous être sûrs que Mr Brinkley savait que ce qu'il faisait était mal ? demanda-t-elle aux jurés. Parce que son comportement, ses actes l'ont trahi.

Yuki marqua une pause et balaya la salle du regard. Elle nota la carrure et l'air pincé de Len Parisi, les yeux mauvais de Brinkley, puis s'aperçut que tous les jurés étaient suspendus à ses lèvres, attendant qu'elle poursuive.

— Considérons le comportement de Mr Brinkley, reprit-elle. Primo, il était porteur d'un Smith & Wesson modèle 10 chargé sur le bac.

» Puis il a attendu que le ferry arrive à quai afin de ne pas se retrouver coincé au milieu de la baie sans aucune issue.

» Ces actes prouvent qu'il avait tout prévu, qu'il y a eu préméditation.

» Pendant l'accostage du *Del Norte*, continua Yuki sans quitter les jurés des yeux, Alfred Brinkley a visé soigneusement cinq êtres humains avant de décharger son arme sur eux. Ensuite, il a pris la fuite. Il a détalé comme s'il avait le diable à ses trousses. Cela prouve qu'il avait conscience de sa culpabilité.

» Mr Brinkley n'a été arrêté qu'au bout de deux jours, après s'être livré lui-même à la police et avoir avoué ses crimes... parce qu'il savait que ce qu'il avait fait était mal.

» Nous ne saurons peut-être jamais avec précision ce que Mr Brinkley avait dans la tête le jour du 1er novembre, mais nous savons ce qu'il a fait.

» Et nous savons avec certitude ce que Mr Brinkley nous a dit avec ses propres mots, hier après-midi.

» Il a mis en joue ses victimes.

Mimant une arme avec sa main et lui faisant lentement décrire un demi-cercle, à hauteur d'épaule, elle balaya et la tribune et le box des jurés.

— Il a pressé la détente à six reprises. Et il a affirmé être un homme dangereux. La meilleure preuve de la santé mentale de Mr Brinkley est qu'il est d'accord avec nous sur deux points : sa culpabilité, et la nécessité de lui appliquer la peine maximale prévue par la loi. Je vous en prie, accordez à Mr Brinkley ce qu'il vous a réclamé afin que nous n'ayons plus jamais à nous inquiéter de le savoir armé.

Rouge d'excitation, Yuki se rassit près de Len Parisi.

— Superbe réquisitoire, Yuki, lui chuchota-t-il. De première classe.

121.

Mickey Sherman se leva. Faisant face aux jurés, il leur raconta une histoire simple et tragique comme il l'aurait fait à sa mère ou à sa petite amie.

— Il faut que je vous dise, mesdames et messieurs, que Fred Brinkley entendait tirer sur ces personnes et qu'il l'a fait. Nous ne l'avons jamais nié et nous ne le nierons jamais. Quel était donc son mobile ?

» Avait-il une dent contre l'une des victimes ? S'agissait-il d'un casse ou d'un deal de drogue qui aurait mal tourné ? A-t-il abattu ces personnes en légitime défense ? Non, non, non et non.

» Si la police a échoué à trouver une raison rationnelle pour laquelle Fred Brinkley aurait tiré sur ces personnes, c'est parce qu'il n'avait aucun mobile. Et même s'il n'y a pas de mobile pour un crime, on n'en revient pas moins à la question : pourquoi ?

» Fred Brinkley souffre d'un trouble schizo-affectif, ce qui est une maladie au même titre que la leucémie ou la sclérose en plaques. Il n'a rien fait de répréhensible pour avoir cette maladie. Il ignorait même qu'il en souffrait.

» Quand Fred a tiré sur ces personnes, il ne savait pas qu'agir ainsi était mal ni même que ses personnes étaient bien réelles. Il vous l'a dit lui-même. Tout ce qu'il savait, c'était qu'une voix impérative, punitive, lui ordonnait de tuer. Et la seule façon qu'il avait de la faire taire, c'était de lui obéir.

» Mais vous ne devez pas nous croire sur parole quant au fait que Fred Brinkley est fou au sens juridique du terme. Fred Brinkley a des antécédents de troubles psychologiques : cela remonte à quinze ans, quand il était patient dans un établissement psychiatrique.

» Des dizaines de témoins ont affirmé avoir surpris Mr Brinkley en train de parler à des postes de télévision ou de chantonner tout seul en se frappant le front si fort que la marque de ses doigts restait visible longtemps après... voilà qui prouve à quel point il avait envie d'étouffer ces voix dans sa tête !

» Vous avez aussi entendu le Dr Sandy Friedman, psychiatre et expert judiciaire dont la réputation n'est plus à faire et qui, après avoir examiné

Mr Brinkley à trois reprises, a diagnostiqué chez lui un trouble schizo-affectif, poursuivit Sherman en faisant les cent pas.

» Le Dr Friedman nous a déclaré qu'au moment du délit Fred se trouvait en pleine crise de délire paranoïaque, qu'il souffrait d'une maladie mentale qui l'empêchait de se comporter conformément aux lois régissant notre société. Telle est la définition juridique de la folie.

» Et il ne s'agit pas là d'une maladie inventée par la défense, asséna Sherman.

En deux enjambées, il prit sur sa table un lourd ouvrage relié.

— Voici le DSM-4 [1], la bible de la profession psychiatrique. Vous l'aurez à votre disposition en salle de délibération afin que vous puissiez y lire que le trouble schizo-affectif est une psychose, une grave maladie mentale qui conditionne les actes de la personne qui en est atteinte.

» Mon client n'a rien d'admirable. Nous n'essayons pas de lui décerner une quelconque médaille. Mais Fred Brinkley n'est pas un criminel, et rien dans son passé ne suggère autre chose. Son comportement d'hier vous a démontré qu'il était malade. Quel homme saint d'esprit demande aux jurés de le condamner à mort ?

Sherman revint à la table de la défense, y reposa le livre et sirota son verre d'eau avant de retourner au pupitre.

— La preuve de la folie est écrasante dans ce dossier. Fred Brinkley n'a tué ni par amour ni par haine, ni pour l'argent ou le plaisir. Il n'est pas le mal

1. *Diagnostic and Statistical Manual – Revision 4*, outil de classification des troubles mentaux. *(N.d.T.)*

incarné. Il est malade. Et je vous demande aujourd'hui de faire la seule chose juste : reconnaître Fred Brinkley non coupable en raison de sa folie. Et faire confiance au système pour protéger les citoyens d'un tel homme.

122.

— Dommage que vous n'ayez pas pu voir Yuki de près, lança Cindy en enlaçant affectueusement cette dernière, qui, radieuse, nous faisait face à Claire et à moi, de l'autre côté de la table.

C'était à tomber par terre.

— C'est ton point de vue impartial de journaliste ? lui demanda Yuki, légèrement rougissante mais souriante.

— Absolument pas ! rétorqua Cindy en éclatant de rire. C'est moi qui parle, là. *Off the record.*

Nous nous trouvions chez MacBain, en face du palais, nos portables posés sur la table. Sydney MacBain, la fille du patron, nous apporta quatre verres et deux grandes bouteilles d'eau minérale.

— Que d'eau, que d'eau ! plaisanta Sydney. Que se passe-t-il, mesdames ? Ici, c'est un bar, si vous voyez ce que je veux dire.

Je réponds en nous désignant tour à tour.

— Voilà ce qui se passe : Je bosse. Tu bosses. Elle bosse.

Puis, arrivée à Claire, j'ajoutai :

— Elle bosse et attend un enfant.

Sydney éclata de rire, félicita Claire, prit nos commandes et mit le cap sur la cuisine.

— Alors, il entend des voix ? demandai-je à Yuki.

— Peut-être. Mais beaucoup de gens en entendent. Cinq à dix mille, rien qu'à San Francisco. Et sans doute deux ou trois rien que dans ce bar. Mais je n'en vois aucun prêt à canarder la salle. Fred Brinkley a très bien pu entendre des voix. Mais ce jour-là, il savait que ce qu'il faisait était répréhensible.

— Quel salopard, lâcha Claire. Et là, c'est moi qui parle *on the record*, en tant que victime et témoin oculaire.

Le souvenir de cette fameuse journée resurgit alors en moi avec une clarté écœurante : le pont couvert de sang, les cris des passagers et ma peur que Claire ne meure. Je me revis en train de serrer Willie contre moi, remerciant Dieu que le dernier coup de feu tiré par Brinkley l'ait manquée.

— Tu penses que les jurés vont le condamner à mort ? demandai-je à Yuki.

— Aucune idée. Mais ils devraient. Si quelqu'un le mérite, c'est bien lui, s'emporta Yuki en salant ses frites avec énergie.

Ses cheveux, lui balayant le visage en toute liberté, nous empêchaient de lire dans son regard.

123.

Ce fut à 14 heures passées, le troisième jour après le début des délibérations du jury, que Yuki reçut l'appel. Elle en fut terriblement ébranlée.

On y était.

Elle resta assise raide comme un piquet pendant un instant, à regarder dans le vide. Puis elle se ressaisit.

Elle bipa Leonard et appela Claire, Cindy et Lindsay, qui se trouvaient toutes à quelques minutes du tribunal. Elle se leva de son bureau et traversa le couloir jusqu'au box de David.

— Ils reviennent !

David posa son sandwich au thon et suivit Yuki jusqu'à l'ascenseur, qui les mena jusqu'au rez-de-chaussée.

De l'autre côté du hall principal, ils passèrent les doubles portes matelassées de cuir du second hall, franchirent la sécurité à l'extérieur du tribunal et, après avoir traversé le vestibule vitré, ils reprirent place derrière la table.

La salle d'audience s'était remplie, la rumeur s'étant répandue. La chaîne Court TV installait ses caméras. Des localiers et autres journalistes free-lance de tabloïds, agences de presse et infos nationales s'entassaient au dernier rang. Cindy était au bord de la travée.

Yuki aperçut Claire et Lindsay qui s'asseyaient au milieu mais ne vit nulle part Elena Brinkley, la mère de l'inculpé.

Mickey Sherman franchit le portillon, vêtu d'un costume bleu foncé qui le mettait en valeur. Il déposa sa mallette métallique devant lui, adressa un signe de tête à Yuki, puis passa un coup de fil.

Le téléphone de Yuki sonna.

— Len, fit-elle, lisant le nom de son correspondant, ils sont arrivés à un verdict.

— Merde, je suis chez mon cardiologue, répondit Len. Tenez-moi au courant.

La porte à la gauche du siège du juge s'ouvrit. L'huissier entra avec Alfred Brinkley.

124.

On avait retiré son bandage à Brinkley, dévoilant une rangée de points de suture qui, partant du milieu du front, lui remontait jusqu'à la racine des cheveux et au-delà. Ses ecchymoses autour des yeux avaient viré, prenant la couleur d'un jaune d'œuf trop cuit.

L'huissier défit les menottes et les chaînes qui ceinturaient Brinkley, et l'inculpé s'assit près de son avocat.

La porte à droite du box des jurés s'ouvrit et les douze hommes et femmes, plus leurs deux suppléants, pénétrèrent dans la salle d'audience. Ils étaient bien habillés, arboraient des coupes de cheveux soignées, et des bijoux étincelaient aux doigts et aux cous des femmes. Aucun d'eux ne regarda Yuki ni l'inculpé. En fait, ils avaient l'air tendu, comme s'ils avaient bataillé à propos du verdict jusqu'au bout. Puis le juge Moore entra dans le tribunal, nettoya ses lunettes tandis qu'on déclarait l'audience ouverte, avant de prendre la parole :

— Monsieur le président du jury, j'en déduis que les jurés ont rendu un verdict ?

— Oui, monsieur le président.

— Auriez-vous l'amabilité de remettre ce verdict à l'huissier ?

Le président du jury était un charpentier à la crinière blonde tombant aux épaules et aux doigts jaunis par la nicotine. Visiblement nerveux, il tendit une feuille pliée à l'huissier, qui l'apporta au juge.

Celui-ci déplia le papier et le lut. Il demanda aux personnes présentes dans la tribune de bien vouloir respecter le protocole du tribunal et de s'abstenir de toute manifestation bruyante à la lecture du verdict.

Yuki se triturait les doigts sur la table devant elle. Elle entendait la respiration de David Hale à ses côtés et, l'espace d'un instant, elle l'aima.

Le juge Moore entama la lecture.

— Concernant le chef d'inculpation de meurtre avec préméditation d'Andrea Canello, le jury déclare Afred Brinkley, l'accusé, non coupable par suite de maladie ou déficience mentale.

Une vague de nausée envahit Yuki.

Elle se carra fermement sur sa chaise, entendant à peine la voix du juge égrener chaque nom, chaque chef d'inculpation suivi d'un « non coupable » pour cause de folie.

Yuki se leva en voyant Claire et Lindsay s'avancer pour la soutenir. Elles l'entouraient quand on emmena Brinkley et virent toutes le regard qu'il lança à Yuki.

C'était un regard étrange, à la fois fixe et chargé d'ironie. Yuki ignorait ce qu'il cherchait à lui signifier, mais cela lui hérissa les poils de la nuque.

C'est alors qu'il s'adressa à elle :

— Bien joué, maître Castellano. Très bien joué. Mais vous savez, il faudra que quelqu'un paie.

L'un des gardiens donna une poussée à Brinkley qui, après un dernier coup d'œil à Yuki, remonta la travée en traînant les pieds.

Fou ou non, Alfred Brinkley allait être mis hors-circuit très longtemps, Yuki le savait.

Et pourtant, elle ne pouvait s'empêcher d'avoir peur.

125.

Un mois plus tard, Conklin et moi étions de retour à l'Alta Plaza Park, là où tout avait commencé.

Cette fois, nous regardions Henry Tyler descendre l'allée vers nous, le vent faisant claquer son manteau. Il serra la main de Conklin, puis la mienne.

— Vous nous avez rendu la vie. Je n'ai pas assez de mots pour vous remercier.

Tyler héla sa femme et sa petite fille, qui jouait sur une structure hexagonale. Le visage éclairé de surprise, Madison se laissa tomber des barres et courut vers nous.

Henry Tyler prit sa fille dans ses bras. Madison, se penchant par-dessus l'épaule de son père, noua ses bras autour de mon cou et celui de Rich, nous réunissant tous trois dans une seule et même étreinte.

— Vous êtes mes préférés ! s'exclama-t-elle.

Je souriais toujours quand Henry Tyler reposa Madison sur le sol et nous dit, le visage radieux :

— Nous vous sommes tellement reconnaissants, Liz, moi, Maddy... nous sommes vos amis pour la vie.

Mes yeux s'embuèrent.

Aujourd'hui, il faisait bon d'être flic.

Tout en revenant vers notre véhicule, Richie et moi évoquions le mal qu'il fallait se donner pour résoudre une affaire : la difficulté même, le contact avec les criminels et autres drogués, les fausses pistes...

— Et puis une affaire tourne bien et c'est le pied absolu, fis-je remarquer.

Rich s'arrêta et posa une main sur mon bras.

— Posons-nous ici une minute.

Je m'assis sur une des larges marches chauffées par le soleil. Rich s'installa près de moi. Je voyais bien qu'il avait quelque chose derrière la tête.

— Lindsay, je sais que tu penses que j'ai le béguin pour toi, dit-il. Mais c'est plus fort que ça. Crois-moi.

Pour la première fois, il me fut douloureux de regarder en face le si beau visage de Rich Conklin.

Repenser à notre étreinte dans l'hôtel à Los Angeles me mettait encore mal à l'aise.

— Tu veux bien nous donner une chance ? demanda-t-il. Laisse-moi t'emmener dîner. Je ne tenterai rien, Lindsay. J'ai juste envie qu'on...

Rich déchiffra sur mes traits ce que je ressentais et s'interrompit.

— Je la bouclerai à partir de maintenant, reprit-il.

J'avançai ma main et la posai sur la sienne.

— Je regrette, murmurai-je.

— Ne t'en fais pas... oublie ça, Lindsay. Oublie ce que je viens de dire. D'accord ?

Il s'efforça de sourire.

— Il me faudra quelques années de thérapie pour digérer ça.

— Tu fais une thérapie ?

— Non. Tu crois que ça m'aiderait ? dit-il en éclatant de rire.

— Je suis juste..., tu vois, tu sais ce que je ressens pour toi. Ça suffit presque.

Le retour en voiture pour le palais fut difficile. Notre conversation resta sous pression jusqu'à ce que nous recevions un appel nous signalant un cadavre dans le Tenderloin et nous demandant de nous en occuper. Nous consacrâmes à l'affaire toutes nos heures ouvrables et même au-delà. Et ce fut bon, comme si nous faisions équipe depuis des années.

Peu après 21 heures, je pris congé. Je venais de déverrouiller ma portière de voiture quand mon portable sonna.

— Quoi encore ? marmonnai-je.

Il y eut un grésillement, puis une voix profonde et sonore se fit entendre, éclairant ma nuit comme le plein jour.

— Je ne sais pas comment on surprend un officier de police armé sur son paillasson, blondinette. Alors... je te préviens ouvertement. Je serai en ville ce week-end. J'ai du nouveau. Et j'ai vraiment envie de te voir.

126.

On sonna à ma porte.

J'enfonçai le bouton de l'interphone, puis dévalai l'escalier. Karen Triebel, la *dog-sitter* de Martha, se tenait devant la porte. Je la serrai contre moi, puis me baissai pour envelopper Martha la Douce dans mes bras.

— Tu lui as vraiment manqué, Lindsay, me dit Karen.

— Tu crois ? répondis-je en riant tandis que Martha gémissait et aboyait avant de me renverser complètement par terre.

Je me laissai clouer au sol par Martha qui me mouillait le visage de ses bises baveuses.

— Bon, je vais y aller maintenant. Je vois que vous avez besoin de rester seules toutes les deux, me cria Karen en redescendant les marches du perron pour rejoindre sa vieille Volvo.

— Attends, Karen, remonte. J'ai un chèque pour toi.

— Ça fait rien ! Je le prendrai la prochaine fois, dit-elle en disparaissant dans sa voiture.

— Merci ! lui lançai-je quand elle passa devant moi en me saluant de la main.

Je rendis toute mon attention à ma chienne.

— Tu sais à quel point je t'aime, toi ? glissai-je dans l'une des oreilles soyeuses de Martha. Apparemment, elle le savait.

Je remontai chez moi au pas de course, mis mon manteau et ma casquette, puis chaussai mes baskets. Nous empruntâmes les rues que nous aimions tant, dévalant la 19e Rue en direction du centre de loisirs et du parc où, affalée sur un banc, j'observai Martha effectuer son numéro de border-collie. Décrivant des cercles joyeux, elle rameuta d'autres chiens et se paya du bon temps.

Au bout d'un moment, elle revint jusqu'à mon banc, s'assit près de moi en posant sa tête sur ma cuisse et leva vers moi ses grands yeux bruns.

— Contente d'être de retour à la maison ? Fatiguée des vacances ?

Nous rentrâmes en joggant plus lentement, puis remontâmes les marches. Je servis à Martha un bol plein de nourriture débordant de sauce, et me mis sous la douche. Le temps de me sécher, Martha dormait sur mon lit.

Elle n'ouvrit même pas un œil tandis que je me faisais belle pour mon rendez-vous avec Joe.

127.

Le restaurant Big 4 se trouvait au sommet de Nob Hill, juste en face de Grace Cathedral. Il tirait son nom des quatre barons de la Central Pacific Railroad. Avec ses élégants lambris en bois sombre, somptueusement éclairé et fleuri, le Big 4, selon une dizaine de magazines haut de gamme, possédait l'un des meilleurs chefs de la ville.

On nous avait servi nos entrées : foie gras avec glaçage à la pomme pour Joe, quant à moi, je m'étais laissé séduire par des poires caramélisées au prosciutto. Mais ni le cadre ni la vue ne m'empêchaient de percevoir les regards timides de Joe, qui ne pouvait détacher ses yeux de moi.

— J'ai eu une flopée d'idées cucul, m'avoua-t-il. Et ne me demande pas lesquelles, d'accord ?

— Non, bien sûr que non, répliquai-je en lui adressant un large sourire.

J'enfournai un morceau de fromage de chèvre en croûte de noisettes après une bouchée de poire et je laissai fondre le tout dans ma bouche.

— Après y avoir mûrement réfléchi – pour de bon – j'ai mis le doigt sur quelque chose dont j'aimerais te parler.

Je posai ma fourchette et laissai le serveur emporter mon assiette.

— Je suis tout ouïe.

— Bien. Tu es au courant qu'avec mes six frères et sœurs, on a grandi dans une petite maison du Queens, que mon père était toujours loin et tout ça.

— Il était voyageur de commerce.

— Oui. Tissus et articles de mercerie. Il faisait des allers-retours sur la côte est, il était absent six jours sur sept. Parfois plus. Il nous manquait beaucoup. Mais c'était à ma mère qu'il manquait le plus.

» Il était vraiment tout pour elle et puis un beau jour, il a disparu. Il téléphonait chaque soir avant qu'on aille se coucher, mais ce jour-là, il ne l'a pas fait. Alors, ma mère a appelé la police qui l'a retrouvé le lendemain en train de roupiller dans sa voiture, dans un garage, à la sortie d'une bourgade du Tennessee.

— Sa voiture était tombée en panne ?

— Oui, et les portables n'existaient pas à l'époque. Bon Dieu, tu n'imagines pas par quoi on est passés. On a cru que sa voiture était tombée dans un fossé. Ou encore qu'il s'était fait descendre pendant un hold-up dans une station-service. Ou bien encore qu'il menait une seconde vie.

— Je comprends, Joe, intervins-je.

Il marqua une pause, tripotant ses couverts en argent, puis se remit à parler.

— Mon père a mesuré alors combien nous souffrions. Il nous a dit qu'il allait démissionner. Mais il ne pouvait pas faire ça et continuer de subvenir à nos besoins. Et puis, un jour – j'étais en seconde au lycée à l'époque –, il a démissionné. Il est revenu à la maison une fois pour toutes.

Joe nous resservit du vin, et nous en bûmes tous les deux une gorgée tandis que le serveur disposait devant nous les plats de résistance. Mais l'émotion de Joe et le sentiment qui grandissait en moi m'avaient coupé l'appétit.

— Que s'est-il passé, Joe ?

— Il s'est installé à demeure. Et on est partis, l'un après l'autre. Mes parents se sont débrouillés avec moins d'argent, en étant plus heureux comme ça. Ils le sont toujours. Et en voyant ça, je me suis promis que je ne reproduirais jamais le même schéma.

» Et puis j'ai vu l'expression de ton visage, la dernière fois que je suis arrivé à l'improviste et que je t'ai annoncé que je devais reprendre l'avion. Et tout ce que tu m'as dit a fini par faire son chemin.

» J'ai compris que, sans le vouloir, j'avais simplement répété les erreurs de mon père. Et donc, Lindsay, voilà la nouvelle que je voulais t'annoncer : je reviens à la maison pour de bon.

128.

Je tenais la main de Joe dans la mienne lorsqu'il m'annonça qu'il avait été muté à San Francisco. Je l'écoutais tout en l'observant m'exprimer tout son amour. Mais je n'en gambergeais pas moins.

Joe et moi avions déjà discuté de l'éventualité de se retrouver au même endroit. Et si j'avais rompu avec lui, c'était parce qu'il avait pris l'habitude de parler plutôt que d'agir.

À présent, je me demandai si le job de Joe avait été le vrai problème ou si nous avions conspiré de concert pour garder à une distance salutaire une relation qui avait tout le potentiel pour durer.

Joe s'empara de sa cuillère à café et la glissa dans la poche de sa veste : je supposai qu'il l'avait confondue avec sa paire de lunettes.

Puis, farfouillant dans sa poche, il en sortit un petit écrin à bijou en velours noir.

— Voilà quelque chose que je tiens à t'offrir, Lindsay.

Il écarta le vase de roses posé entre nous sur la table et me tendit l'écrin.

— Ouvre-le !

— Je ne crois pas que je puisse.

— Si, je t'assure, il suffit de soulever le couvercle...

J'éclatai de rire, mais je suis prête à parier que je cessai de respirer en ouvrant la petite boîte. À l'intérieur, niché sur du velours, était posé un anneau de platine rehaussé de trois gros diamants et de deux plus petits de chaque côté, qui scintillaient sous mes yeux.

Je repris ma respiration. La bague était à couper le souffle. Puis, je fixai Joe dans les yeux. Cela revenait presque à regarder au fond des miens tant je le connaissais !

— Je t'aime, Lindsay. Veux-tu m'épouser ?

Le serveur, qui venait d'arriver à notre table, repartit aussi sec sans dire un mot. Je refermai l'écrin. Il émit un petit clic mat et j'aurais juré que les lumières de la salle avaient baissé d'intensité.

Je ravalai ma salive, ne sachant quoi dire. Je gambergeais toujours autant, et la salle commençait à tourner autour de moi.

Joe et moi avions déjà été mariés, l'un et l'autre. Et avions divorcé.

Étais-je prête à retenter ma chance ?

— Linds ?

Je finis par répondre d'une voix étranglée :

— Je t'aime aussi, Joe, et je... je suis bouleversée.

Ma voix se brisa tandis que je m'efforçais de parler.

— J'ai besoin de temps pour y réfléchir de mon côté. J'ai besoin d'être absolument sûre. Tu veux bien garder ça en attendant, s'il te plaît ? lui demandai-je en repoussant vers lui le petit écrin à travers la table. Voyons comment nous allons vivre le quotidien, ajoutai-je. La lessive. Aller au cinéma. Les week-ends qui se terminent sans que tu partes pour l'aéroport.

La déception s'afficha sur le visage de Joe, ce qui me peina terriblement. Il parut perdu un instant, puis il déposa l'écrin dans ma paume et referma mes doigts dessus.

— Garde-le, Lindsay. Je ne changerai pas d'avis. Je suis prêt à m'engager... peu importe la corvée de lessive. Peu importe les désaccords sur les tâches ménagères. J'ai hâte d'y être.

Il m'adressa un grand sourire et la salle sembla s'illuminer à nouveau.

— Quand tu seras prête, reprit-il, fais-le-moi savoir afin que je puisse te passer cette bague au doigt. Et annoncer à mes parents de se préparer à célébrer un grand mariage à l'italienne.

129.

Nous étions le 6 juin. Jacobi nous convoqua, Rich et moi, dans son bureau. Il avait l'air vraiment contrarié, je ne l'avais jamais vu dans un état pareil.

— J'ai de mauvaises nouvelles. Alfred Brinkley vient de s'évader, nous annonça-t-il.

J'en restai abasourdie.

Personne ne s'évadait d'Atascadero ! C'était un établissement psychiatrique réservé aux fous criminels, ce qui signifie qu'il s'agissait d'une prison de haute sécurité davantage que d'un hôpital.

— Comment est-ce arrivé ? demanda Conklin.

— Il s'est tapé la tête contre le mur de sa cellule...

— Il n'était pas sous traitement ? Et sous haute surveillance pour éviter qu'il n'essaie de se suicider ?

Jacobi haussa les épaules.

— Aucune idée. Bref, le toubib va d'habitude dans la cellule, mais ce toubib-là, un certain Carter, a insisté pour qu'on lui amène le prisonnier dans son bureau. Sous bonne garde. Dans l'aile la moins sécurisée.

— Oh non..., fis-je, imaginant ce qui avait dû se passer. Le gardien avait une arme.

— Les gardiens sont armés uniquement quand ils transfèrent les prisonniers d'une aile à une autre, expliqua Jacobi. Donc le toubib a demandé à ce qu'on désenchaîne Brinkley afin de pouvoir le soumettre à des tests neurologiques.

Jacobi poursuivit en racontant que Brinkley s'était emparé d'un scalpel, qu'il avait désarmé le gardien et raflé son arme. Il avait ensuite enfilé les vêtements du médecin, utilisé les clés du gardien pour sortir et emprunté la voiture du médecin.

— Ça s'est passé il y a deux heures, précisa Jacobi. On a lancé un avis de recherche à toutes les patrouilles pour la Subaru Outback bleue du Dr Carter.

— Il a sans doute déjà abandonné le véhicule à l'heure qu'il est, fit observer Conklin.

— Ouais, approuva Jacobi. J'ignore ce que vaut ce renseignement, ajouta-t-il, mais d'après l'un des gardiens, Brinkley était à cran à cause d'Edmund Kemper, un tueur en série dont il avait lu l'histoire.

Conklin fit signe qu'il en avait entendu parler.

— Il a tué six jeunes femmes, je crois, et il vivait avec sa mère.

— C'est bien lui, confirma Jacobi. Un soir qu'il rentrait d'un rendez-vous, sa mère lui a sorti un truc du genre « et maintenant, je suppose que tu vas me faire chier en me racontant ce que t'as fait toute la nuit ».

— Sa mère était au courant de ses meurtres ? demandai-je.

— Non, elle n'en savait rien, répondit Jacobi. Elle était juste casse-couilles. Écoute, j'allais aux chiottes quand le téléphone a sonné, alors je peux terminer fissa mon histoire ?

— Faites, patron, dis-je avec un grand sourire.

— Bref, maman Kemper balance à son fiston : « Hein, que tu vas me faire chier ? » Alors Edmund Kemper a attendu qu'elle aille se coucher pour lui trancher la tête et la poser sur la cheminée. Puis il a raconté à la tête de sa mère ce qu'il avait fait cette nuit-là. La version longue, j'en suis sûr.

— Ce barjo s'est livré, si je me rappelle bien, dit Conklin.

Rich fit craquer ses jointures, ce qu'il faisait toujours quand il était nerveux.

J'étais terrorisée, moi aussi, à l'idée que Brinkley était dans la nature, armé, et gravement « atteint ». Je me rappelais la manière dont il avait toisé Yuki à l'issue de son procès, et la phrase qu'il avait prononcée : « Il faudra que quelqu'un paie. »

— Oui, Kemper s'est livré. Le hic, c'est qu'en avouant tout aux flics il leur a déclaré qu'en fait, il avait tué toutes ces filles à la place de sa mère. Tu me suis ?

Jacobi s'adressait à moi à présent.

— Il avait fini par tuer la bonne personne.

— Et d'après le gardien, Kemper avait de l'importance pour Alfred Brinkley ?

— Oui, me confirma Jacobi qui se leva en remontant son pantalon par la ceinture.

Il contourna les longues jambes de Conklin pour gagner la porte.

— Brinkley était obsédé par Edmund Kemper.

130.

Fred Brinkley déambulait le long de Scott Street, regardant droit devant lui sous la visière de la casquette de base-ball du Dr Carter. Il observait la pointe des mâts des voiliers dans la marina, au bout de la rue, humant la brise en provenance de la baie.

Si sa tête lui faisait encore mal, les médicaments avaient fait taire les voix, si bien qu'il arrivait à réfléchir. Il se sentait fort et puissant. Il avait eu la même sensation quand Bucky et lui avaient explosé ces pauvres taches sur le bac.

Tout en marchant, il se rejoua la scène dans le bureau du Dr Carter. Il était passé à l'action en un éclair quand les menottes étaient tombées, comme un véritable super héros.

Se toucher le nez.

Se toucher les orteils.

Choper le scalpel.

Il l'avait appuyé sur la jugulaire du toubib et ordonné au maton de lui filer son flingue. Fred riait à présent en repensant à ce débile de maton, à ses menaces tandis qu'il le ficelait avec le médecin, nus tous les deux, avec de l'adhésif, leur enfonçait de la gaze dans la bouche et les bouclait dans le placard.

— On te reverra, espèce de cinglé.

Fred toucha l'arme glissée dans la poche de la veste du médecin, en songeant :

Oui, on me reverra. J'y compte bien.

Mais le moment n'est pas encore venu.

Les maisonnettes en stuc de Scott Street, en léger retrait, étaient collées les unes aux autres, comme des vaches laitières à l'abreuvoir. Celle que cherchait Fred était de couleur fauve avec des volets marron foncé et un garage à une place. La porte du garage était ouverte.

Parfait. Excellent timing.

Fred Brinkley couvrit les six mètres de l'allée, puis se faufila dans le garage. Se glissant le long de la

BMW 95 décapotable bleu layette, il s'empara du pistolet à clous sans fil sur l'établi. Il inséra une cartouche à l'intérieur et tira dans le mur pour s'assurer que l'outil était en état de marche. *Tchac-tchac.*

Après avoir grimpé les quelques marches, il tourna la poignée de la porte et se retrouva dans le salon. Il stationna un instant devant le mausolée.

Puis il s'empara des albums photos en cuir posés sur la commode, rafla l'aquarelle sur le chevalet et emporta le tout dans la cuisine.

Elle y était attablée, réglant les factures. Un petit poste de télé encastré sous le placard était allumé.

La femme brune tourna la tête quand il entra dans la cuisine, ouvrant de grands yeux étonnés.

— *Hola, Mamacita,* c'est moi ! lui lança-t-il gaiement. Et c'est l'heure du *Fred et Elena Brinkley Show.*

131.

— Tu ne devrais pas être ici, Alfred, lui dit sa mère.

Fred déposa le pistolet à clous sur le comptoir de la cuisine, et verrouilla la porte derrière lui. Puis, feuilletant les albums photos, il montra à sa mère celles de Lily dans sa poussette, de Lily avec maman, de Lily en maillot de bain.

Il vit les yeux d'Elena s'agrandir quand il prit le portrait de Lily à l'aquarelle et en brisa le sous-verre contre le comptoir.

— Non !

— Si, Mama. Si, si, si. Ce sont de sales images. Sales, dégueus.

Il ouvrit le lave-vaisselle, y empila les albums sur le panier du bas et glissa l'aquarelle sur celui du haut. Puis, claquant la porte sur la collection photographique complète de sa sœur adorée, il programma la machine.

Il entendit l'appareil émettre un tic-tac.

— Alfred, reprit sa mère en se levant. Ce n'est pas drôle !

Fred la fit retomber sur son siège.

— Le cycle de lavage se déclenchera dans cinq minutes. Tout ce que je veux, c'est avoir ton attention pendant quatre minutes. Ensuite je libérerai tes précieux albums photos.

Fred tira une chaise et s'assit juste en face de sa mère. Elle lui décocha un regard dégoûté, lui signifiant le mépris qu'elle lui avait porté toute sa vie.

— J'ai pas fini de te raconter ce que j'ai commencé à te dire, ce jour-là au tribunal, fit-il.

— Le jour où tu as menti, c'est ça ? dit-elle en se dévissant le cou vers le lave-vaisselle avant de jeter un regard à la porte verrouillée de la cuisine.

Fred sortit le Beretta du maton de la poche de sa veste, en releva le cran de sûreté.

— Je veux te parler, Mama.

— Il n'est pas chargé.

Fred sourit et tira un coup dans le sol. Le visage de sa mère devint d'un gris de cendre.

— Pose tes bras sur la table. Obéis, maman ! Tu tiens à récupérer ces photos, hein ?

Fred décolla un des bras que sa mère plaquait contre son flanc, le posa de force sur la table avant d'appuyer le canon du cloueur contre sa manche. Il appuya sur la détente.

Tchac. Il cloua l'autre côté de la manche. *Tchac. Tchac.*

— Tu vois ? Qu'est-ce que t'as cru, Mama ? Que j'allais te faire du mal ? Je suis pas fou, tu sais.

Après avoir fixé la première manche, il cloua la seconde. Sa mère grimaçait à chaque coup, donnant l'impression qu'elle allait pleurer.

Le bouton du minuteur du lave-vaisselle avança d'un cran : une minute venait de s'écouler.

Tic, tac, tic.

— Rends-moi mes photos, Fred. C'est tout ce qui me reste...

Fred approcha sa bouche de l'oreille de sa mère, et lui parla à haute voix, comme en aparté au théâtre.

— J'ai menti au tribunal, c'est vrai. Parce que j'avais envie de te faire mal. De te faire savoir ce que moi, j'éprouve tout le temps...

— Je n'ai pas le temps de t'écouter, protesta Elena Brinkley, tirant sur le tissu pour libérer ses bras cloués.

— Mais si, tu as le temps. Ce jour m'est consacré. Tu piges ? fit-il en lui clouant les manches jusqu'aux coudes.

Tchac. Tchac. Tchac.

— Mais la vérité, c'est que j'avais envie de faire des saletés avec Lily et ça, c'était ta faute, maman. Parce que tu avais fait de Lily une petite bombe sexuelle avec ses minijupes, ses ongles peints et ses talons hauts... à douze ans ! À quoi tu pensais dans ta tête ? Qu'elle pourrait se trimballer avec ce look-là et que personne n'aurait envie de se la taper ?

Le téléphone sonna. Elena Brinkley tourna les yeux vers lui avec espoir. Fred se leva et arracha le fil du mur. Puis il souleva le bloc à couteaux du comptoir pour le reposer violemment sur la table. VLAN.

— Oublie le bigo. T'as besoin de causer à personne. C'est moi qui suis le plus important dans ton monde.

— À quoi est-ce que tu joues, Alfred ?

— À ton avis ? fit-il, saisissant un couteau à longue lame. Tu crois que je vais te trancher la langue ? Non mais tu me prends pour un taré ou quoi ?

Il éclata de rire en voyant les traits de sa mère déformés par la terreur.

— Bon, je vais te cracher le truc, maman. J'ai vu Lily tailler une pipe à Peter Ballantine, ce type qui bossait à la marina.

— Tu racontes n'importe quoi.

Brinkley se mit à passer l'aiguisoir sur la lame de vingt centimètres... une longue tige en carbure de silicium. Cela produisit un son grave satisfaisant.

— Tu devrais t'en aller à présent. La police te recherche...

— J'ai pas encore fini ! Tu vas m'écouter pour la première fois de ton existence... de ta sale et misérable...

Tic-tac, tic-tac, tic.

Dans sa tête, il se disait : *Tue-la. Tue-la.*

Fred posa la lame et essuya ses paumes en sueur sur le pantalon kaki du Dr Carter, puis il reprit le couteau en main.

— Comme je te disais, maman, Lily elle m'excitait à me gambader autour à moitié à poil. Et puis la voilà qui met la queue de Ballantine dans sa bouche. *Oublie tes photos et écoute-moi !* Lily et moi, on a sorti le petit voilier, puis on a jeté l'ancre loin, là où personne pouvait nous voir... et Lily a retiré son haut.

Menteur. Lâche. Tu l'accuses.

— Moi, j'ai tendu la main vers elle. Et j'ai touché ses petits nénés. Alors elle m'a regardé comme tu me regardes en ce moment. Comme si j'étais qu'une merde.

— Je ne veux pas entendre ça.

— Tu vas l'entendre ! s'écria Brinkley, appuyant doucement la lame contre le cou fripé de sa mère. Donc, elle était là dans son bas de maillot de bain riquiqui, à me balancer que j'étais dingue, un vrai monstre, elle arrêtait pas de me répéter : « Je vais le dire à maman... »

» Ça a été ses derniers mots, Mama. « Je vais le dire à maman. »

» Quand elle s'est détournée, j'ai écarté la baume puis je l'ai ramenée en avant. Elle l'a frappée derrière la tête et...

Il y eut un bruit de verre qui se brisait, puis une déflagration assourdissante accompagnée d'un éclair éblouissant.

Fred Brinkley crut que le monde venait d'exploser.

132.

En jetant un coup d'œil par la fenêtre de la cuisine, j'aperçus, horrifiée, Brinkley qui approchait la pointe aiguisée d'un couteau vers le cou de sa mère.

Nous étions armés, prêts à tirer, mais il nous fallait une ligne de tir dégagée. Mrs Brinkley nous cachait la cible. Forcer l'une ou l'autre porte fournirait à son fils le temps nécessaire pour la tuer.

La peur que j'éprouvais pour cette femme me remonta le long de l'échine telle la mèche allumée d'une bombe. J'eus envie de hurler.

Mais au lieu de ça, je me tournai vers Ray Quevas, chef de notre groupe d'intervention. Il me fit non de la tête, me signifiant par là qu'il ne pouvait pas placer son tir. La situation pouvait dégénérer d'un instant à l'autre, quoi qu'on fasse. Aussi, lorsqu'il me demanda mon feu vert pour utiliser un *flash bang*, je le lui donnai.

Nous enfilâmes masques et lunettes protectrices, Ray frappa la fenêtre du canon du lanceur, brisa la vitre, puis fit feu.

La grenade rebondit sur un mur de la cuisine et explosa dans une secousse à la fois aveuglante et assourdissante.

Le groupe d'intervention défonça la porte en une demi-seconde et nous nous retrouvâmes à l'intérieur de la pièce pleine de fumée, ne désirant qu'une chose : mettre Brinkley hors d'état de nuire avant qu'il ne retrouve ses esprits et ne s'empare de son arme.

Je le découvris allongé sur le ventre, les jambes sous la table. Je me mis à califourchon sur son dos et lui repliai les bras en arrière.

Je l'avais presque menotté quand, se retournant comme une crêpe, il m'envoya valdinguer loin de lui. Il était fort comme un bœuf. Le temps que je me redresse, Brinkley récupéra son arme, tombée au sol.

Conklin arracha son masque et hurla :

— Mets tes mains bien en évidence !

Match nul, un partout.

133.

Des lasers étaient pointés sur la tête de Brinkley, qui empoigna son flingue à deux mains, en position allongée, sa formation militaire refaisant surface. Il braqua son Beretta sur Conklin tandis que Rich visait Brinkley de son arme.

Mais j'étais là aussi.

Vissant mon Glock dans la première vertèbre de Brinkley, assez fort pour qu'il puisse vraiment le sentir, je lui hurlai à travers mon masque :

— Ne bouge pas. Tu bouges le petit doigt, t'es mort !

Richie fit sauter l'arme de Brinkley d'un coup de pied, la faisant ricocher sur le sol.

Six armes restèrent braquées sur Brinkley pendant que je le menottais, submergée par l'euphorie même si Brinkley se payait ouvertement notre tête.

Je retirai mon masque, prise d'un léger haut-le-cœur à cause du phosphore flottant encore dans l'air. Je ne voyais pas ce que Brinkley trouvait aussi drôle.

On le tenait. Et on le tenait vivant.

— Il allait me tuer ! cria Elena Brinkley à Jacobi. Vous ne pouvez pas le garder sous les verrous ?

— Qu'est-ce qui s'est passé ? demanda Brinkley en me jetant un regard par-dessus son épaule.

— Tu te souviens de moi ? lui dis-je.

— Ah ouais. T'es ma copine, Lindsay Boxer.

— Bien. Tu es en état d'arrestation pour évasion, lui signalai-je. Et je crois bien qu'on a un second chef d'inculpation pour mise en danger inconsidérée de la vie d'autrui. Et peut-être même celui de tentative de meurtre.

Dans mon dos, Jacobi intimait à Elena Brinkley de se tenir tranquille, lui assurant qu'il allait la délivrer.

— Vous avez le droit de garder le silence, assénai-je à Brinkley.

Elena se décloua elle-même en déchirant l'étoffe de sa manche. Puis, se débarrassant de son chemisier, elle se libéra l'autre bras et s'approcha de son fils.

— Je te déteste ! lui cria-t-elle. J'aurais aimé qu'ils te tuent.

Puis elle le frappa en plein visage.

— Ouah, le choc, ironisa-t-il d'un air narquois.

— Tout ce que vous direz pourra être utilisé contre vous, continuai-je.

— À quoi vous jouez ? me cria Brinkley, semblant oublier que la pièce était pleine de représentants de l'ordre remontés à bloc qui ne souhaitaient rien moins que lui faire la peau. Tout ce que vous pouvez faire, c'est me ramener à Atascadero. Tout ce que vous me collerez sur le dos comme chefs d'inculpation, ça tiendra pas.

— La ferme, enfoiré, rétorquai-je. Estime-toi heureux qu'on ne t'enferme pas dans une housse en plastique.

— Non, toi, tu la fermes ! s'écria Brinkley, me coupant la chique, une lueur diabolique dans l'œil. Je suis coupable de rien du tout, tu le sais. Je suis fou, juridiquement fou.

Soudain, j'entendis Elena Brinkley pousser des hauts cris.

— Non !

Le lave-vaisselle entamait son cycle de lavage.

Épilogue

LA SIXIÈME BALLE

134.

Je ne connaissais pas le pauvre homme étendu sur la table de Claire, nu comme au jour de sa naissance. Je savais seulement que sa mort était peut-être liée à la tragédie du *Del Norte*. Claire avait décollé et rabattu la peau du crâne du patient sur son visage, tel le haut d'une chaussette retroussé, puis avait scié le sommet de sa tête et retiré son cerveau.

Elle tenait maintenant un éclat de balle entre le pouce et l'index.

— Le projectile a d'abord traversé quelque chose, ma chérie, me dit Claire. Un morceau de bois, peut-être. Quoi que ce soit, ça en a réduit la vélocité et l'impact, mais n'en a pas moins tué ce type au final.

J'appelai Jacobi.

— Tu sais quoi faire, Boxer. Raconte-lui ton histoire mais reste simple, me dit-il.

Puis il me passa le poste du chef.

Je rapportai à Tracchio la version brute de l'histoire, à savoir que Wei Fong, un ouvrier du bâtiment de trente-deux ans, venait de mourir ce matin, et qu'il était resté dans un état végétatif pendant des mois au Laguna Honda Hospital, suite à une blessure par balle à la tête, inopérable. Qu'il s'était récolté ladite balle le jour où Alfred Brinkley avait abattu certains passagers du *Del Norte*.

— Le sixième projectile de Brinkley a joué les balles perdues, lui expliquai-je, et a fini par tuer Wei Fong.

— Vous avez mon numéro de portable ? me demanda Tracchio.

Les mains de Claire, fermes en temps normal, tremblaient en glissant l'éclat de balle dans une enveloppe transparente. Nous signâmes toutes les deux la paperasse et j'appelai le laboratoire.

J'entendis Claire qui parlait au mort allongé sur la table :

— Cher Mr Fong, je sais que vous ne pouvez pas m'entendre, mais je tiens quand même à vous dire merci.

Le Pathfinder de Claire était garé à côté du parking des ambulances. Je poussai le linge du pressing posé sur le siège passager et bouclai ma ceinture.

— Ça m'évoque vaguement les tueries du gang Manson, remarquai-je alors que nous démarrions. Deux séries d'assassinats : Sharon Tate et ses amis, les époux LaBianca. Deux équipes de flics qui bossent côte à côte pendant des semaines avant de comprendre que les tueries ont été perpétrées par les mêmes personnes. Et maintenant, ceci : l'équipe de Macklin qui bosse sur l'affaire Wei Fong, n'aboutissant à rien.

— Jusqu'à ce qu'il meure. Tu as bien tout pris avec toi ? me demanda Claire.

— Oui, j'ai tout.

L'éclat de balle se trouvait dans ma poche de poitrine. L'arme était dans un sachet en papier sous scellés, entre mes pieds. Nous prîmes la 280 jusqu'à

Cesar Chavez Street puis, de là, nous nous dirigeâmes vers l'ex-chantier naval d'Hunters Point, où l'intérieur d'un bâtiment en béton bleu et gris abritait le labo criminel.

Claire se gara sous l'un des trois palmiers Phénix montant la garde dans le parking, et je descendis du véhicule.

135.

Jim Mudge, le directeur du labo, nous attendait dans son bureau. Il nous salua, me prit le sachet en papier des mains puis en retira « Bucky », l'ami mortel d'Alfred Brinkley.

Nous suivîmes Mudge dans le couloir, puis entrâmes avec lui dans le stand de tir intérieur où il tendit le revolver à un inspecteur du service balistique. Ce dernier tira un unique coup de feu avec le Smith & Wesson modèle 10 dans une longue chambre remplie d'eau. Récupérant la balle de calibre.38, il me la rendit.

— À vous de jouer, sergent. Bonne chance et faites-en bon usage. Faites-moi tomber ce salopard.

Mudge nous escorta, Claire et moi, jusqu'à une salle au fond du couloir. Des tables et de stations de travail y étaient disposées en U. Des microscopes s'alignaient le long d'un des murs.

Une jeune femme nous accueillit et se présenta :

— Je m'appelle Petra. Voyons un peu ce qu'on a.

Je lui tendis la balle provenant du revolver d'Alfred Brinkley et l'éclat de projectile que Claire avait retiré du cerveau de Mr Fong.

Je retins mon souffle en croisant mentalement les doigts.

Claire et moi nous bousculâmes autour de la technicienne qui disposa les balles sur un plateau d'observation du microscope.

— Voyez vous-mêmes, annonça Petra en souriant.

Ce fut évident, même pour moi, quand, grâce au double œilleton, je comparai les deux projectiles.

Les stries, les fonds et les surfaces de l'éclat correspondaient à ceux de la balle qu'on venait de tirer avec l'arme d'Alfred Brinkley.

Le fragment provenait de la sixième balle qu'Alfred Brinkley avait tirée sur Willie, le fils de Claire... et qui avait raté sa cible.

Cette même balle allait refaire passer Alfred Brinkley devant un tribunal.

Je me tournai vers Claire, sans trop savoir si j'allais lui taper dans la main ou la serrer dans mes bras. Je fis donc l'un, puis l'autre.

— On l'a eu, s'exclama Claire.

136.

Une heure plus tard, Rich Conklin et moi attendions dans une pièce grise encombrée de tables et de chaises à Atascadero. Brinkley entra, les joues roses. Je me dis qu'il était capable de m'inviter à danser, tellement il avait l'air content de me voir.

— Je t'ai manqué, Lindsay ? Parce que, moi, faut dire que j'ai pas arrêté de penser à toi depuis la dernière fois qu'on s'est vus !

— Ne te donne pas la peine de t'asseoir, Fred, lui répondis-je. On est venus t'arrêter. Tu es inculpé de meurtre.

— Cette blague ! Tu me fais marcher, hein ?

Je lui adressai un sourire que je ne pus réprimer, suite au feu d'artifice qui m'éclatait littéralement dans la tête. C'est dire à quel point j'étais heureuse.

— Ton grand jour sur le *Del Norte* ?

— Oui, quoi, qu'est-ce qu'il y a ?

— La dernière balle que tu as tirée a raté Willie Washburn. Mais elle s'est logée dans une autre cible. On est venus t'arrêter pour avoir tué Mr Wei Wong, Fredelito. Tu es inculpé d'homicide involontaire.

— Pas question, Lindsay, protesta Brinkley en haussant les épaules avec indifférence. Tu viens me dire que j'ai tué quelqu'un que j'ai même pas vu ?

— Oui, tu es un sacré bon tireur.

— Dans tes rêves, ma petite dame. On m'a déclaré irresponsable de la fusillade du *Del Norte*. Je suis juridiquement fou, t'as pas oublié ? Ce dont tu parles, ça s'appelle de la double incrimination.

— On ne t'a pas inculpé pour la mort de Mr Wong dans ton procès, Fred. Il s'agit d'un nouveau dossier. Avec de nouveaux témoignages. De nouveaux jurés. Et j'ai l'impression que ta mère sera témoin à charge, cette fois.

Le sourire de Brinkley s'évanouit quand je lui demandai de se retourner. Je lui passai les menottes et Conklin lui énuméra ses droits.

Rich et moi entraînâmes Alfred Brinkley jusqu'à notre voiture. À peine l'avait-on installé à l'arrière, derrière la cloison métallique grillagée, que son expression changea, affichant un air peiné qui me fit penser que ça le renvoyait peut-être à une époque ancienne... quand il était encore petit garçon et qu'il avait commencé à lui arriver des bricoles.

Mais Fred fredonnait quand nous nous retrouvâmes sur l'autoroute.

Ay, ay, ay, ay, canta y no llores,
Porque cantando se allegran
Cielito lindo.

— C'est ta mère qui te l'a apprise, Fred ? lui demandai-je.

Il se trouvait que je connaissais le sens des paroles de cette vieille chanson : « Chante, ne pleure pas. Car si tu chantes, le ciel là-haut s'éclaire et devient très beau. »

En regardant dans le rétroviseur, je sursautai en voyant que Brinkley y fixait le reflet de mes yeux. Il cessa de fredonner et lança, assez fort pour que tout le monde en profite bien :

— Au fait, Lindsay, tu crois vraiment que tu m'as eu ?

Remerciements

Nous adressons tous nos remerciements et notre gratitude à ces professionnels top niveau, qui se sont montrés si généreux de leur temps et de leurs connaissances : Dr Humphrey Germaniuk, médecin légiste à Trumbull County, Ohio ; Capitaine Richard Conklin, super flic du Police Department de Stamford, Connecticut ; Dr Allen Ross, de Montague, Massachusetts.

Nous tenons aussi à remercier nos experts juridiques : Philip Hoffman, de New York City, Melody Fujimori, de San Francisco, ainsi que l'extraordinaire avocat de la défense Mickey Sherman de Stamford, Connecticut.

Un grand merci tout particulier enfin, pour l'excellence de leurs recherches, à Donn MacBain, Ellie Shurtleff et Lynn Colomello.

Ce volume a été composé
par Facompo à Lisieux (Calvados)

Impression réalisée par
CPI BRODARD ET TAUPIN
La Flèche
en novembre 2008

Imprimé en France
Dépôt légal : novembre 2008
N° d'édition : 01 – N° d'impression : 49949